壁の向こうへ続く道

シャーリイ・ジャクスン

渡辺庸子 訳

文遊社

批評家のスタンリーに、敬意を表して。

壁の向こうへ続く道

ペッパー通り周辺地図・登場人物

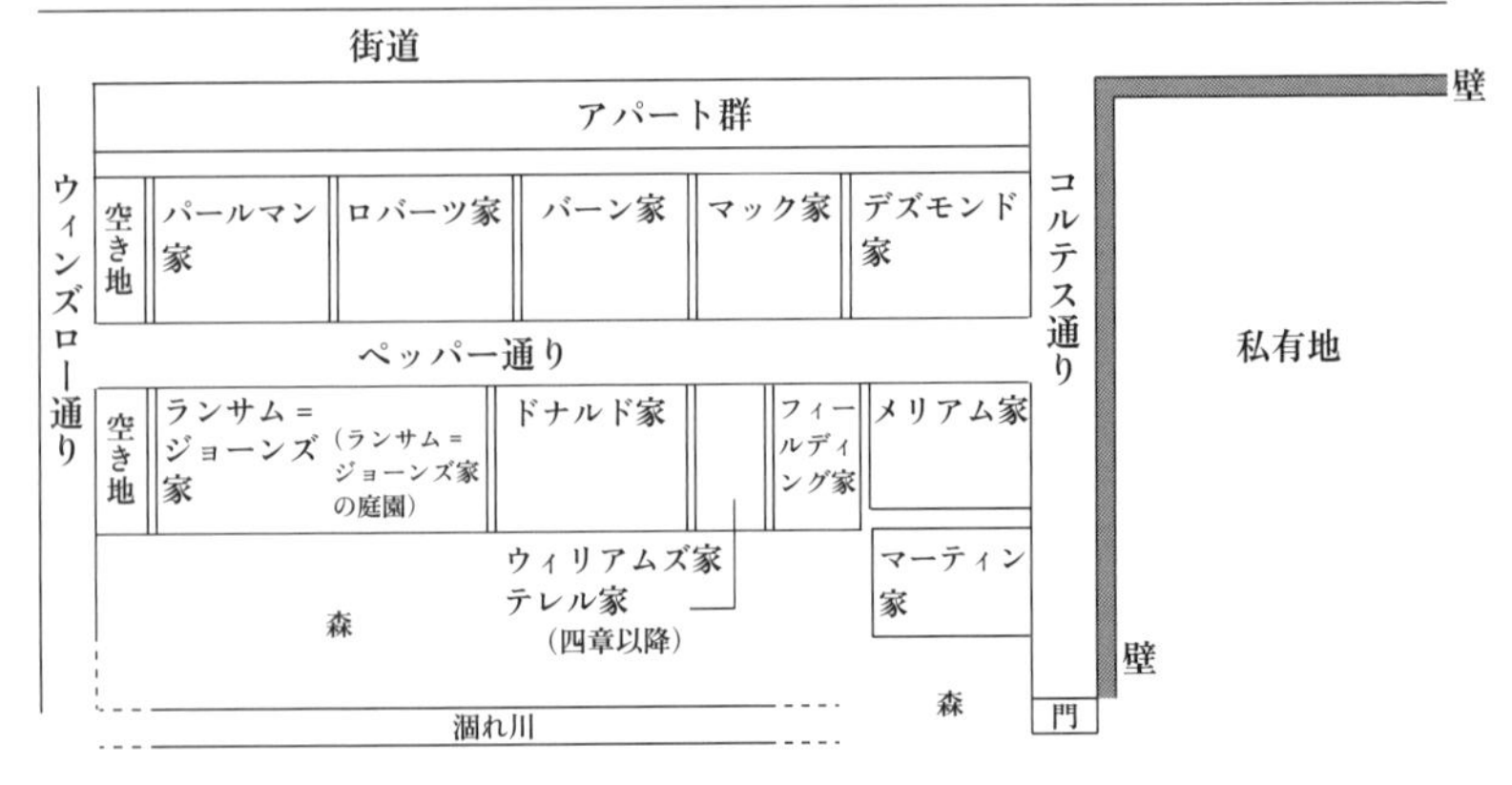

デズモンド家
夫　ジョン
妻　マーガリート
長男　ジョニー
長女　キャロライン

メリアム家
夫　ハリー
妻　ジョゼフィン
娘　ハリエット

マーティン家
祖父母　マーティン夫妻
母
長男　ジョージ
長女　ハリー

マック家
マック夫人

フィールディング家
スザンナ

ウィリアムズ家
祖母　パナット夫人
母
長女　ヘレン
次女　ミルドレッド

テレル家
母
長女　フレデリカ・ヘレナ
次女　ベバリー・ジーン

バーン家
夫　ウィリアム
妻
長男　パット
長女　メアリー

ドナルド家
夫　スティーブン
妻　シルヴィア
長男　ジェームズ
長女　ヴァージニア
次男　トッド

ロバーツ家
夫　マイケル
妻　ドロシー
長男　アーサー
次男　ジェイミー

パールマン家
夫　マイロン
妻
娘　マリリン

ランサム＝ジョーンズ家
夫　ブラッドリー
妻　ディナ
妻の妹　リリアン・タイラー

序章

天気が下り坂のときでも、その変化がほかにくらべてゆるやかな地域はあるし、この世のだれもが父のような目で見守りたくなる人はいる。ある場所は音に聞こえたその温暖さで、雪が降る時期にあっても、夏のリゾート地としての面目を失うことはなく、ある人々は、当然のように、まず疑惑の対象からはずされる。カリフォルニア州のカブリリョという街にあるペッパー通り(ストリート)に住んでいるジョン・デズモンド氏と、ブラッドリー・ランサム＝ジョーンズ氏と、マイケル・ロバーツ氏と、ミス・スザンナ・フィールディングは、なんの害悪にもさらされず平穏無事に暮らせることは自分にとって正当なことだと考えていた。同じくペッパー通りの住人であるマイロン・パールマン氏と、それからたぶんウィリアム・バーン氏も、自らの暮らしが平穏なのは運命の魔の手が及ばないからだと思っているかもしれないが、だとすれば、彼らは楽観的に生きていると言えるかもしれない。ただただ家が欲しいという理由で家を持つ者はなく、一夫一婦制が好きだという理由で結婚する者もいないが、今、名前をあげた男たちは全員が結婚しており、大半が家を所有していて、各自が自分のことを、ちゃんと道理をわきまえた、利己的なところなどない、さらに言うなら責任感もじゅうぶんにある人間だと考えていた。彼らはみんなペッパー通りの住人で、それは、この通りに住むことのできる金銭的余裕があったからで、もし、ほかの場所に住めるだけのさらなる財力があったとしたら、彼らのうちのだれひとりとして、この通りには住んでいなかっただろうが、それでも、このペッパー通りは見た目にきれいで、それなりに高級で、住む者に安心感をもたらす外界との適度な隔絶具合にも恵まれた住宅地だった。一九三六年のカブリリョの街というのは、デズモンド氏とその家族のような人々が家を建てるにはちょうどよい土地だった。

デズモンド一家は、だれよりも長く、このペッパー通りに住んでいる。それは、デズモンド氏が自分の家を持てるようになった当時（その前まで、彼が妻と暮らしていた最初の家は借家だった）まだ周囲の開発があまり進んでいなかったこの地域を、間違いなく〝素晴らしい〟と判断し、家を建てるのにまたとない場所として選んだからだ。デズモンド家はペッパー通りとコルテス通りの角にあって、正面にあたるペッパー通り側には広々とした前庭が広がっており、コルテス通りに面した家屋の外壁には、背の高いあかない窓が並んでいた。その窓の内側には、夜になると家族がくつろぐ居間があり、室内のベネチアン・ブラインドは、日が暮れると必ずとじられる。ここにデズモンド一家が引っ越してきたとき、彼らの娘のキャロラインはまだ生まれておらず、外から家屋が丸見えになってしまう場所に張りめぐらされた生垣はわずかな高さしかなかった。しかし、キャロラインが三歳になる頃には、生垣も腰の高さにまで育ち、今は土曜日ごとに小遣い稼ぎの少年の手で剪定されている。その生垣の内側の、ガラス煉瓦で華美に彩られた現代建築のだだっ広い家に、デズモンド一家は暮らしていた。彼らはこのご近所きってのエリートであり、家そのものも一番大きい。よって、デズモンド夫妻の養子で、十五歳になる息子のジョニーがもっぱら付き合っているのは、ペッパー通りの子供たちではなく、一家がいつか移り住みたいと願っている一帯に暮らす家庭の少年たちだ。

ペッパー通り沿いの、デズモンド家のすぐ隣には、果樹園のように生い茂ったリンゴの木立と、その奥にすっぽり隠れる形で、マック夫人という変わり者の老婆の家があり、さらにその向こう隣にはバーン一家の家があった。ここには、十四歳のパットと十二歳のメアリーが、バーン夫人の篤い信仰のもとに暮らしており、ふたりは毎朝、石鹸で洗ったテカテカの顔で、家から飛び出してくる。彼らの家は賃貸物件で、外壁には今時の嘆かわしいピンク色をした化粧漆喰が塗られ、正面玄関には、マントルピースをくっつけたような見栄えの悪いポーチがあって、一段しかない階段の両端には、あまりに華奢で頼りにならない鉄の手すりがついている。これは、郊外に造成された昨今の住宅地で不幸にも流行っている玄関ポーチだ。バーン氏はこの家を建てたわけでも、所有しているわけでもなく、ただ、家賃を決められたとおりにせっせと払い続けている。

バーン家の隣はロバーツ家。マイク・ロバーツは一九一七年当時、騎兵隊の将校だった人物で、それ以来、馬なしにすごす人生を自由のきかない窮屈なものと感じ続けている。彼の妻は家を建てる際、我が家に対する希望の数々を建築家に申し入れたが、やたら大口をたたく形ではじまったそれは、しだいに尻すぼみになって、最終的には、永遠に完成しない金魚池が裏庭に見苦しく残ることになった。表側には広いポーチが造られたものの、全面にコンクリートを打ちならしたその場所には、ブーゲンビリアの花など——お隣のパールマン家の庭では贅沢に咲き誇っているが——およそ育ちそうにもなく、また、周囲にみっしり植えこんである低木の茂みも、この家がコロニアル様式の屋根の下に現代的な窓が並んでいる、どこから見ても派手な黄色の建物であることを、中途半端にしか隠していない。ロバーツ家には子供がふたりいて、兄はアート、弟はジェイミーという名だ。アート・ロバーツとパット・バーンは、おたがいの家を自由に行き来するほど仲がよく、一時期は、それぞれの部屋の窓を空き缶と紐で作った直通電話でつないでいたこともあった。

パールマン家は、このペッパー通りでは唯一のユダヤ人一家で、ブーゲンビリアの塊の奥に身をひそめるように暮らしていた。住んでいるのは借家だが、どこにも引っ越していかないところをみると、この家には、彼らにとって妥当な数の寝室と適切な収納スペースがちゃんとあるのだろう。パールマン家の私道は灰色の杭垣によって、その隣の空き地部分とかろうじて区切られている。パールマン家のダイニングルームの窓からは、草が生えているだけのがらんとした空間と、そこを人が通るうちにできた、何本かの近道の跡が見えるはずだ。その果てにはウィンズロー通り（ロード）があって、南北にのびるこの道は、東西にのびているペッパー通りと空き地の角で交差している。この空き地の、ペッパー通りをはさんだ向かい側には、さらに別の空き地があって、その広い空間の横、パールマン家のほぼ正面にランサム＝ジョーンズの家があった。

　ランサム＝ジョーンズ夫妻と夫人の妹がペッパー通りに住んでいるのは、おそらく、デズモンド氏と同じように、彼らの夢描いている暮らしができるほどには裕福でなかったから、そして、その夢に背を向けて暮らせるほどには潔くなかったからだろう。そこで彼らは、歩道際から敷地の一番奥にいたるまで、思い通りの庭を造ることに心血を注ぎ、自分たちの家がちっぽけである事実に折り合いをつけようとしていた。その家は、コテージ風の趣ある建物だと言えなくもなかったが、ランサム＝ジョーンズ家の基準に照らせば合格点ではなかったのだ。しかしながら、その家も敷地いっぱいに造りあげられたランサム＝ジョーンズ庭園のなかに埋もれて、近隣の目にはほとんど触れない状態になっており、また、ランサム＝ジョーンズ夫人のほうも、わざわざ玄関を出て、踏み石が続く私道を半分ほど歩かなければ、すぐ前のペッパー通りの様子を見ることができない状態だった。そんなランサム＝ジョーンズ家の隣に住むのはドナルド一家で、隣家の庭園に一区画分ほど押しのけられた彼らの家は、通りをはさんでバーン家とほぼ向かい合う位置にある。ここの主のドナルド氏もまた、家を借りてすませているひとりだ。彼はこれまで一度も自分の家を建てようと考えたことがなく、だからこれまでずっと、自分より野心のある人間が設計した型（パターン）に身を置いて暮らしてきた。現在の住まいは、ドナルド氏と彼の家族にとって申し分のない物件で、煉瓦をきっちり積んで造られた四角い家屋には、夫婦と三人の子供が暮らすにはじゅうぶんすぎる広さがあり、それに加えて、彼の妻と娘が、これこそ自分の家だと満足するに足る、気取った雰囲気もあった。

　そんなドナルド家の女性陣にとって頭痛の種なのが、すぐ横にある貸し家で、反対隣にあるランサム＝

ジョーンズ庭園とは対照的に、こちらから遠慮なく迫ってくるのは、下品でがさつな空気だった。ドナルド一家が越してきてからこっち、この貸し家には適切な入居者がいたためしがなく、定期的に貸しに出されている。つまり、どこからどう見ても欠陥のある家族が、次から次へと引っ越してきては、すぐに出ていくのだ。その理由を、ドナルド夫人は自分なりに考え、こんなことになっているのは、ここの家主がペッパー通りの家賃相場を大きく下まわる金額で貸しているからだと、だれはばかることなく口にした。だいたいこの家にしたって、ひどい間取りで、おそろしく暗いし、まさに無用の長物だ、とも。もちろん、おおもとの所有者とて、そんなものを好んで造ったわけはなく、たぶん、居住性より見た目を重視して設計・建築した結果、そこに、当初の狙いとはまるで違う効果が生まれてしまった、ということなのだろうが、いずれにせよ、そうして完成したのは灰色がかった貧弱な建物で、ただ幸いなことに、ドナルド家とのあいだには、四本の太い木がみっしりと植えられており、また、それとは反対隣の、ミス・フィールディングの家とのあいだには、でこぼこの石をそのままセメントで固めて造った塀が建っていた。それと同じ造りの塀は家の正面にもあるのだが、これを見てドナルド夫人が発した「少年院みたい」という言葉は、なかなか的確な表現ではある。

ミス・フィールディングも家賃を払って暮らしているひとりで、これはだれも知らないことだが、彼女は自分の家がまるで気に入っておらず、その外観をきちんと見たことも、たぶん、これまで一度もなかった。ペッパー通りは、彼女のような未婚の老婦人がひとり暮らしをするのにちょうどいい一軒家が見つけられる、数少ない場所のひとつだった。ところが、いかなる建築技法の妙によってか、その家は地面よりずっと高い場所に浮かんだように設置され、まるでミス・フィールディングは木の上か、ハウスボートにでも住んでいるように見えた。なにしろ、地面からは片側に石の手すりがある段差の低い階段が長くのびていて、その頂上に、信じがたいほど小さな家がちょこんと載っており、そこから、扉と小さな窓が、用心深い子猫のように下の通りを見おろしている、といった具合なのだ。玄関先には転落防止の石の手すりが張りめぐらされた形ばかりのポーチがあり、建物全体は白く塗られているのだが、窓と扉の枠だけは緑色に彩られている。ミス・フィールディングは、飼っている猫――ランサム＝ジョーンズ家のエンジェルが生んだ子猫の一匹をもらいうけたもの――を膝に抱き、来る日も来る日も、この玄関先のポーチに座ってすごしていた。この家の前にわずかに残る空きスペースは、なんの手も加えられずに地肌を見苦しくさらしていたが、近所の住人たちは、彼女のような高齢の女性にとってあの階段はなにをするにも大きな障害だろうと思い、そのことを大目に見ていた。

メリアム一家はペッパー通りとコルテス通りの角地、つまり、ちょうどデズモンド家の正面に住んでいたが、その家には、目の前にでんと構えるセミモダンの大きな建物と張り合う様子などまるでなかった。なぜなら、そもそもメリアム家の玄関はコルテス通りに面しており、正式に言えば、彼らはコルテス通りの住人だからだ。そしてもうひとつ、メリアム氏は自分の家をきちんと持っていて、だから借家住まいなどするまでもないのだが、その上で、国内のあちらこちらに、さらに何軒かの家を所有しており、なかでもこの家は一番借り手がつきにくく、売りに出しても売れそうにないとわかっている物件だったので、自分たちで住むことにした、という事情があったからだった。この家は、デズモンドの家ができる十年ほど前から建っていたもので、メリアム夫人の手にゆだねられて改修工事がなされたものの、当然その佇まいには、近隣の建物がいまだ得ることのできない歳月の重みがあった。風雨にさらされた外装が灰色を帯びているうえに、もともとは、だれかが自分の祖父の領主館に似せて造った建物なので、本来の築年数よりもずっと古びて見えるのだった。

そして、メリアム家の隣にある最後の一軒、コルテス通りに面して傲然と建っているのがマーティン一家の家で、彼らは、自分たちが住むしかない場所に住み、手もとにあるものにしがみついて生きている、野暮で鈍重な家族だった。この家の所有者であるマーティン老夫妻にはふたりの孫がおり、上は十四歳の男の子でジョージ、下は九歳の女の子でハリーというのだが、この子供たちの存在を、メリアム夫人は遺憾きわまりない目で見ていた。なぜなら、彼女にはハリエットという十四歳の娘がいて、マーティン家の子供たちとはあまり付き合わせたくない気持ちでいるのに、ハリエットもマーティン兄妹も近所の子供たちと同じように遊んでいるため、ここだけ縁を切らせるのは不可能に近かったからだ。おまけに――これも、メリアム夫人にとって気に入らない点のひとつで――この隣家は、若いほうのマーティン夫人の住処でもあって、ジョージとハリーの母親である彼女は、繁華街のどこかでウェイトレスをしていた。そんな彼らが住んでいる家は黄色い建物で、敷地の奥にはリンゴの木があり、そのそばにある裏口はメリアム家の建物から一段低い場所にあったので、当然ながら、ここから建物の角をまわってペッパー通りに直接出ることはできかねた。

カブリリョはサンフランシスコから三十マイルほど離れた街で、一九三六年当時は、そういう郊外の大地主から土地を集めて宅地開発する作業がまだ道なかばだった頃であり、それで言うと、ペッパー通りは開発地と個人の所有地のちょうど境界線に位置していたため、ここは、住む人のプライバシーがうらやましいほど確保された場所になっていた。具体的に説明すれば、マーティン家の向こう側、ペッパー通りの南側に並んでいる家屋の裏手一帯には鬱蒼とした森が広がっていて、ここを探検してまわるのはペッパー通りの子供たちくらいなもの。もっとも、木立の奥には涸れて久しい一本の川があるくらいで、森はそれを越えたところで終わり、その先の南側にはゴルフ場が広がっていた。一方、ペッパー通りの北側に並ぶ家――つまり、デズモンド家からパールマン家にかけて――の裏手には、いくつかのアパートメントが建っており、こちらは、さらにその向こうを通る大きな街道に面していた。この北側一帯の存在によって、ペッパー通りの平穏が乱されることはめったにない。それは、アパートメントの建物も、そこに住む人々も、街道を走るたくさんの車も、その視線をそろって別の方向、すなわち、街の中心部へ向けていて、すぐ背後で起こっていることなどほとんど気にかけていないからだ。アパートメントの一棟は、デズモンド家のそばの角地をくすねて、その住所をコルテス通りとしており、こちらの歩道に出る戸口の上には、番地を記した日よけを大きく広げてもいたのだが、ここの住人がその下を通るのはまれで、彼らはたいがい、倍の大きさの日よけが広がる街道側の玄関を出入りしていた。とにかく、この世でコルテス通りの住所を使っているのは、このアパートメントと、メリアムの家と、マーティンの家の三軒だけだった。そして、コルテス通りをはさんだこの三軒の向かい側には壁があった。

この壁は広大な私有地を囲っている塀で、ペッパー通りとその周囲の土地も、もとはすべてこの私有地の一部だったのだが、これまでに少しずつ切り売りされて、今にいたっている。そして現在、壁はコルテス通りの片側を端から端まで占めたあと、角を曲がって街道沿いに一ブロックほど進み、さらに、その向こう側の、こことよく似た別の通りに続いていた。煉瓦を積んで造られた壁は、さほど厚みはないものの、ペッパー通りでもっとも背の高いドナルド氏を越える高さがあって、ペッパー通りの歴史がはじまって以来、だれもよじ登ったことがない。人々は、この壁を〝壁〟と呼び、街道を〝街道〟と呼び、門を〝門〟と呼んでいる。この〝門〟というのはコルテス通りの片端、つまり、街なかの一ブロックより広い範囲をぐるりとまわってきた壁が、このなかの土地はすべて自分のものであると尊大な顔で宣言しながら、その包囲網をとじている場所にあった。門は煉瓦でできた四角い柱で、道の両脇に一本ずつ建っており、そのあいだには横棒がわたしてあるわけではなく、先への進入を阻むなにかが提示されているわけでもなかったが、それでもその存在は、ペッパー通りにおける生活範囲がここまでであることを実質的に示していた。この先に住んでいるのは裕福な人々で、カーブしながら奥へと続く長い道の両側に、彼らの家がそのまま見えるようなことはない。この先にあるのは、通りの名前も家の番地もいっさい表示しないほど、排他的な地域なのだ。ここには、壁の所有者たちが住んでいて、だれもはっきりとは知らなかったが、ペッパー通りの何軒かの家を所有している人たちも、それから、例の貸し家の家主で、銀行家の男性も住んでいた。バーン氏の雇用主もここに住んでいたし、ハリー・マーティンの未来の夫も同様だった。

太陽はペッパー通りを明るく照らしたが、門の向こうでは、さらに燦々とまぶしいまでに輝いた。ペッパー通りに雨が降るとき、門の向こうの人々は自分の足を濡らすようなことを絶対にしなかった。門の向こうにある家は、「立ち入り禁止」の標識を一軒残らず出していた。

が、それはそれとして、午後二時半のペッパー通りは、まるで空から刺さるように落ちてくる、木立を抜けて緑に染まったようなカリフォルニアの初夏の日差しのもと、とても静かでさわやかだった。ペッパー通りの両側の歩道際に並んでいる、子供たちがニセアカシアと呼び、親たちが胡椒(ペッパー)の仲間だろうと認識している街路樹は、春になると、隣に届くほど伸びた枝にピンクの小花をたくさんつけて、まるでベッドの天蓋のように人々の頭上を覆いつくすが、それも一か月ほどすると、突然、たくさんの葉だけが残る緑一色の姿に変貌し、あっという間に散り落ちた花は、豪華なピンクの絨毯となって人々の足もとに広がることになる。それから数日のあいだ、ピンクの花はあらゆる場所に——側溝のなか、芝生の上、あるいは買い物袋の上にくっついて、心地のいい居間のなかへ——顔を出し続けるが、その後、またしても花たちは、あっという間に姿を消し去り、あとに残った木々の緑が、その色をどんどん深めていく。が、それは新学期がはじまる秋までのことで、それから通りは落ち葉でいっぱいになり、裸になった街路樹は、次の春に新たなピンクの花をつける準備をしながら冬をすごす。

今、ピンクの花はペッパー通りの人々の足もとに広がっていた。これは六月中旬の代名詞ともいえる光景だ。この時期、ランサム＝ジョーンズ氏とメリアム氏とデズモンド氏は、朝の光が射す頃までにそれぞれの家で朝食をすませ、それから、サンフランシスコの職場へと、いつものように、みんなそろって車で出勤していく。マーティン家の老主人は、こういう暖かな陽気には植物も根をよく張ることを考え、夜明け前から自分が受け持つ温室の世話をしに家を出る。ミス・フィールディングの飼い猫はこんなお天気が好きで、小さなキャロライン・デズモンドもやっぱり好きだ。

そして今日は、学校がある最後の日。これから夏が終わるまで、新学期がはじまるまで、この晴れた暖かい天気はありがたく続くことになる。

一章

メリアム夫人は自宅の奥の窓まで行って、ミス・フィールディングの家越しに見えるペッパー通りを、そわそわしながら眺めた。なぜなら、彼女がいつも使っている時計が止まってしまっており、二階の寝室にある時計をわざわざ見に行くくらいなら、この窓から外を見たほうが用は早いからだ。メリアム夫人の台所には作りつけの電気時計がある（それから、作りつけの食器洗い機と、作りつけの冷蔵庫もある）のだが、こちらはだいぶ前から故障していて、でも、いずれ冷蔵庫が故障すれば電気屋が修理に来るから、ついでに直してもらえばいいだろうと思い、そのままになっている。よって、居間の時計が止まってしまうと、階下にいるメリアム夫人に正確な時刻を知るすべはないのだ。

三時十五分すぎ、メリアム夫人はすでに窓を離れて針仕事に戻っていたが、子供たちがペッパー通りをやってくる様子は耳に届いていた。学校から帰ってきた彼らは、ウィンズロー通りからペッパー通りに入ると、両側にある空き地の前を通り、ランサム＝ジョーンズ家とパールマン家のあいだを通り（ただし、マリリン・パールマンが自宅に帰りつくのはいつも最後で、それは、ほかの子供たちが下校したあと、数分たってから学校を出て、ひとりで帰ってくるからだ）、片側にロバーツ家とバーン家が並び、向かい側にドナルド家が建っているところで、ロバーツ兄弟が集団を離れ、パット・バーンとトッド・ドナルドがそれぞれの自宅に戻っていったが、ヴァージニア・ドナルドとメアリー・バーンは、ほかの少女たち、つまり、ハリエット・メリアムやヘレン・ウィリアムズとのんびりした足取りでさらに先へと進み、ペッパー通りとコルテス通りの角まで来たところで、かたまっておしゃべりを続けた。そのあいだに、家に戻って上着を置いた少年たちは母親からリンゴやケーキを、たとえばパット・バーンの場合なら、コップ一杯の牛乳とグラハム・クラッカー二枚をおやつにもらって食べた。ミス・フィールディングは、彼らがドナルド家の前にさしかかったところで、ようやく子供たちが帰ってきたことに気づき、猫と一緒に家に入って、居間の寝椅子で横になった。そわそわしていたメリアム夫人は、子供たちが貸し家の前まで来たところでその様子を聞きつけ、裏窓から、教科書を抱えたハリエットがほかの少女たちと歩いてくる姿を確認した。そのそばには、家のある場所が一番遠いマーティン家の兄妹もいる。このふたりは子供らしい活気に欠けていて、周囲の様子をうかがう態度でいることが多い――今も、兄のジョージはデズモンド家の前で足を止め、ジョニー・デズモンドが台所の窓から顔を出して「さっさと帰れよ、マーティン」と言うまで立っていたし、彼の妹でまだ九歳のハリーは、角でたむろする少女の輪にくっついたまま、これというタイミングでみんなの会話に口をはさみ、その輪が解散したあとは、ハリエットにまとわりつきながらコルテス通りを戻ってきた。

メリアム夫人はハリエットを出迎えに玄関まで行きたい気持ちを抑え、かわりに、細長い形をした明るい居間に腰を落ちつけ、足もとの床に裁縫道具の入った籠を置いたまま縫い物を続けた。彼女自身はそこまで考えていなかったものの、長身で細身の彼女が大きな窓を背にしたシルエットと、うつ向きかげんで針仕事をしている細面のきつい顔つきは、日差しに満ちた明るい外の世界から戻ってきた娘の目に厳しく威圧的に映ることになる。やがて「じゃあね、ハリー」と言うハリエットの声と、ポーチの階段をのぼってくるけたたましい足音と、玄関の扉を勢いよくあける派手な音が聞こえてきた。メリアム夫人は縫い物から目をそらさずにいた。こうしていれば、母親が機嫌をそこねていることはハリエットにもわかるはず。足音が玄関ホールから近づいてきて、やがてためらうように止まった。つまり、ハリエットが居間の戸口まで来て、母親の機嫌が悪いことに気がついたということだ。

「ただいま、お母さん」ハリエットが言った。「学校は、九月までお休みよ」それは、いつもどおりの不安がにじむ臆病な声で、だんだんと小さくなり、言葉の最後はおもねるような小さな笑いとともに消えた。ハリエットは骨太なうえによく太った大柄な少女で、メリアム夫人はそんな娘の髪を毎朝三つ編みに結い、鮮やかな明るい色の服を着せている。ハリエットはここ一、二年、正確に言えば、十二歳からもうすぐ十四歳になる今にいたるまで、うまく話せなくなる症状が出ていた。なにかストレスを感じると、言葉が出てこなくなったり、どもってしまったりすることがあるのだ。メリアム夫人は、ハリエットの臆病な声を聞くたびに、そんなだからそういう症状が出るのだと思い、だから娘に向かって、ますます切り口上の、きつい言い方をする。

「帰ってきたのはすぐにわかったわ」と、メリアム夫人は返した。「だって、とてもよく聞こえたもの」

ハリエットは底の厚いオックスフォード・シューズをはいた、自分の大きな足を見おろした。「扉の音をたててしまって、ごめんなさい」

「謝るのは当然ね」メリアム夫人はそう言うと、足もとの裁縫箱に身をかがめて、糸巻をひとつ選び取った。「あなたはいつだってそうだから。あとで反省してばかり」

ハリエットは殊勝な態度で一分ほど間をとってから、おもむろに切り出した。「ヘレンのところに行ってもいい？　みんな、待っているの。うちには、ただいまを言いに戻ってきただけだから」

「行きたければ、行きなさい」メリアム夫人はそう言うと、娘の口から安堵のため息が大きくもれる音を聞いてから、ここぞとばかりに続けた。「でも、あなたは行くのをやめるかも」

「どうして？」

メリアム夫人は縫い物に顔を向けたまま、口元をひきつらせた。「自分がなにをしでかしたのか、あなたにはわかっているはずよ、ハリエット」

「お母さん」と、ハリエットは言い返そうとした。しかし、やっと声に出せたのは「お、お、お、お母さん」のひと言だけで、彼女の言葉はなすすべもなく止まってしまった。

「よしてちょうだい、ハリエット」メリアム夫人が言った。「話はこれで終わりよ。自分の部屋に戻りなさい」

「でも――」ハリエットは反論の口をひらきかけ、それから「まさか」と言って、にぶい足音を響かせながら、急いで階段をのぼりはじめた。

「時間潰しに、手紙でも書いたらどう?」彼女の母親が、いくぶん声を張りあげて言った。

〝手紙〟のひと言で、ハリエットはさらに慌てて階段をあがり、自分の部屋に飛びこんだ。ドアに鍵がついていたら、すぐさまそれを使って室内にこもることもできただろうが、今の彼女は鍵のないドアを力まかせにしめ、それから、みじめな気持ちで自分の机に近づいた。部屋の戸口に立ったときから、天板がひらいているのは見えていた。きちんと鍵をかけておいたはずのライティング・デスクは、棚蓋になっている天板がしっかり手前にひらかれて机の形になっている。ハリエットのノートやちょっとしたメモ帳のたぐいは、いつものように奥の棚のところにあったが、残酷なまでにきっちりそろえて置いてあるのを見れば、それらを大事にしている彼女自身の普段のやり方とは違う、もっと几帳面な手で元に戻されているのがわかった。ハリエットはベッドに近づき、枕の下を見た。鍵は、いつものようにそこにある。彼女はベッドを揺らして座りこみ、「どうすればいいんだろう?」と声に出して言った。それは、声に出して言うことが自分にとって意味のある行動だったからではなく、また、本当にどうしたらいいのかと悩んだからでもなくて――最終的に、自分がどういう一連の行動をとらされることになるのか、今の彼女は、疑いの余地もなく知っている――ただ、「どうすればいいんだろう?」という言葉の響きが、今のような状況には一番ふさわしいと思えたからだ。

ベッドに座ったハリエットの位置からだと、ちょうど窓の下に、ペッパー通りとコルテス通りの角が見おろせて、そこを今、ハリー・マーティンがドーナツのようなものを食べながら曲がろうとしていた。これからヘレンの家に行くつもりなのだろう。ハリエットはちょっとのあいだ、ハリーに声をかけることを考え(「みんな見つかってない?」「証拠は燃やした?」)、それから「どうすればいいんだろう?」と、もう一度声に出して言うと、ベッドから腰をあげ、机に近づいた。

彼女は机のてっぺんにやさしいしぐさで手を置いた。これは父親からのプレゼントで、たぶん彼は、妻の気性をよく知っているぶん、この机の鍵を彼女にも持たせないわけにはいかないと思ったのだろう。ハリエットは椅子に座って、昨日の夜に書きはじめた手紙を手に取った。それは、置き場所が変わっていた唯一のもので、彼女の母親の手によって、天板の中央にひらいた状態で置かれていた。それは、ジョージ・マーティンに宛てた手紙で、つややかなピンク色の便箋に書いてあって、「愛しいジョージ」という言葉ではじまっていた。この書式を決めたのはヘレンだった。ヘレンいわく、ラブレターとはこういう風に書くものだそうで、彼女がジョニー・デズモンドに宛てて書いている手紙は「愛しい、愛しいジョニー」ではじまっていることも多い。ハリエットが手紙を書く相手にジョージを選んだのは、彼が鈍重な人気のない少年で、そういう、だれも付き合いたがらないような男の子より少しでもマシな相手に狙いをつける権利は自分にはないのだと、彼女自身が漠然と感じていたからなのだが、その感情が意味するところを多少なりとも把握していたら、逆に彼女はこう考えただろう。「ジョージにとって一番の相手は、ずっと**わたし**だったんだから」

ヴァージニア・ドナルドはアート・ロバーツに宛てて手紙を書き、メアリー・バーンは慎重を期して自分の兄に書いていた。それらの手紙を配達してまわるのがハリー・マーティンの役目で、ヘレンはそんな彼女のために、この界隈のヒーローで、十七歳になる高校三年生のジェームズ・ドナルドに宛てた手紙を代筆してやったことがあった。ある晩、ハリーはその手紙を、夕食時に高校のフットボールの練習から帰ってきたジェームズにわたし、彼がそれを読んでいるのを、ヘレンの家の玄関ポーチの陰から、どきどきして見守った。しかし、ジェームズはその手紙をびりびりに破って側溝に捨ててしまい、ハリーはそれをこっそり拾い集めて、家に持ち帰った。「男はいつだってああなのよ」ヘレンが訳知り顔に言った。「気のない相手には、本当に残酷なんだから」

　ハリエットはピンクの便箋に書いてある「愛しいジョージ」に目を落とし、自分が書いた文章を先のほうまで読み続けた。「一緒に駆け落ちして、結婚しましょう。わたしはあなたを愛しているし、わたしの望みは――」手紙はそこで終わっていた。なぜなら、自分がジョージになにを望んでいるのか、思いつかなかったからだ。ヘレンの手紙は「数えきれないキスをあなたに」という文句で締めくくられているが、ハリエットはそういった言葉を書く気にはなれなかった。なぜなら、少なくとも彼女の心には、ジョージ・マーティンの間抜け面にキスするなんて考えただけでぞっとする、という気持ちがあったからだ。じゃあ、だれの顔ならキスできそうかというと、ヘレンには打ち明けていないが、それはジェームズ・ドナルドで、でも、すでに彼にはハリーが手紙を書いてしまっている。ハリエットは手紙をゆっくり破って、くずかごに投げ捨てた。自分が文字にして、そして読まれてしまった手紙。その一言一句を、母親はきっと覚えているに違いなく、だから、これ以上そんなものを目にするのは不愉快だった。

　机の棚にしまってある、別のものに手を伸ばしたとき、涙があふれてきた。ハリエットは表紙にピンクと青の文字で『詩集』と記したノートを取ると、ページをゆっくりめくりながら、これを読んでいる自分の母親になったつもりで読んでみた。『気分(ムード)』と記してあるノートは、ひらくことなく脇に置いた。なぜなら、これは〝まだ見ぬわたしのヒーロー〟に捧げた一冊で、今ここで読んだりしなければ、母親もまだこれを読んでいないことになる気がしたのだ。ノートはほかにもまだあって、『わたし』と名付けてあるのは、いわば自伝の走り。さらに『白昼夢』という一冊もあった。

「パット」バーン夫人が穏やかに言った。「牛乳を飲み忘れているわ」

「母さん、ぼく、急いでるんだ」パットはそう言うと、本をテーブルに置き、牛乳の入ったグラスを立ったままつかんだ。

バーン夫人は家事のしすぎでひび割れのできた赤い手を伸ばし、息子からさっとグラスを取った。「そんなのは、うちの子のすることじゃありません。ちゃんと座りなさい」

自分のクラッカーと牛乳をせっせと口に運んでいたメアリー・バーンが顔を上げた。「頼むから座ってよ。じゃなきゃ、出てって」彼女は身体が小さくて、貧血気味で、さらに副鼻腔が悪いため、話をするときはいつも鼻をすすっている。そんな娘を、バーン夫妻は目に入れても痛くないほど可愛がっているのだが、息子のパットのほうは、年のわりに背が高く、日に焼けていて、なかなかのハンサムだ。パットもメアリーも、学校ではクラスで一番の成績をとっているが、メアリーは眼鏡をかけているうえに、首もとの髪がもつれている。「まったくあきれるわ」とメアリーが続けた。「この世で急いでいるのは、なにもお兄ちゃんだけじゃないのに」

「これから図書館に行くんだ」パットが言った。「アーティとふたりで」

「だとしても、先に牛乳は飲めるでしょう」と、バーン夫人。「メアリー、あなたもちゃんとおやつをたいらげてから出かけなさいね」

「今日の夕食はなに?」メアリーはそう訊きながら、自分の椅子を動かして、流し台の前にいる母親がどんな作業をしているのか見ようとした。すると、兄に腕をつつかれたので、そちらを振り返った。

パットは頭をくっと動かして、こちらに背を向けている母親の様子をメアリーに示すと、一冊の本のあいだから折りたたんだ紙を取り出した。そして「おまえのだろ」と、口だけ動かして妹に伝えた。

メアリーは手紙を書くのに青い便箋を使っていたので、同じものだとすぐに気づいて、出された紙片を手に取った。それと同時に、これを秘密にしようとしている兄の様子に触発されて、なんなら自分も思い切って訳ありな笑みを投げ返そうかと考えたのだが、よくよく見れば、彼は目をそらし、口元を嫌悪の形にゆがめている。メアリー・バーンは兄に対する憎しみの煉瓦をまたひとつ積み上げ、ひと言「ありがと」と言った。そして服のポケットに手紙を突っこむと、母親に「行ってきます」と声をかけて、台所をあとにした。

パットは、妹が玄関ホールに消えていくのを確認してから、小さめの声で「母さん」と呼んだ。

「なあに、パット?」母親が背を向けたまま返事をする。

「ちょっと、話があるんだ」パットは口早に言った。「告げ口みたいなことはしたくないけど、でも、メアリーが男の子たちに手紙を書いているのは、やめさせたほうがいいよ」

バーン夫人は果物ナイフを握ったままくるりと振り返り、息子を凝視した。「それでメアリーは、どんな手紙を男の子たちに書いてるの?」

パットはテーブルに視線を落とし、落ち着きなく動いている自分の両手を見つめた。「だから、手紙さ」そう答え、彼は身体をもぞもぞさせた。「言わなくてもわかるだろ?」

「で、なんであなたがそれを知ってるの?」

パットの顔は赤くなり、ますます言葉が速くなった。「女の子たちが、みんなやってるんだ。ヘレン・ウィリアムズのせいだよ。ぼくはたまたま、その手紙を見ちゃっただけで」

「で、相手の男の子たちっていうのは?」

パットは立ちあがり、テーブルに置いた本を取りながら答えた。「そこが問題なんだ。ほかにどんな奴がいるのか、それは、ぼくも知らなくて」

「メアリーには、あとでよく話しておくわ」彼の母親が言った。「だから、あなたはもう気にしないで、これからは自分のことだけを考えなさい」

「だけど、こんなの下品じゃないか」と、パット。

「心配しなくて大丈夫。わたしはね、あなたに紳士になってほしいの。本物の紳士にね。出かけるなら、ちゃんと上着を着ていくのよ」

パットは少しためらってから、言った。「ぼく、メアリーのことを悪く言う気はなかったんだ」

「あなたはわたしの自慢の息子よ」彼の母親は果物ナイフを置くと、彼に近づいてキスをした。「さあ、行きなさい。図書館で夢中になりすぎて、夕食に帰ってくるのを忘れないようにね」

バーン夫人はジャガイモの皮をむき、コンロの火にかけた。それから、サヤエンドウを切って、次の調理にかかろうとしたとき、電話が鳴った。彼女はエプロンで手を拭きながら、廊下に出て、受話器を取った。

「もしもし?」電話に出ると、受話器の向こうから落ち着いた声が返ってきた。「こんにちは。わたし、ジョゼフィン・メリアムです。ハリエットの母親の」

「ええ、すぐにわかりましたわ、メリアム夫人」バーン夫人はメリアム夫人に毎日一度は頭をさげて丁寧にあいさつをしている。「どうなさいました?」

「わたし、今、すごく動転しているんです、バーン夫人。それで、このことは、あなたもすぐにお知りになるべきだと思って、それでお電話したんです。わたしたちの娘が、なんというか、とても軽率なことをしてしまっているようで」

「と、言いますと?」

「今朝のことなんですが」メリアム夫人が続けた。「うちの娘が近所の男の子のひとりに書いた手紙を、わたし、たまたま見つけてしまいましてね。子供っぽいものでしたけど」そこでメリアム夫人は短く笑い、「でも、とても適切とはいえない内容の手紙でした。それで、娘が言うには、ご近所のほかの女の子も、みんな同じような手紙を書いているそうなんです」

「メアリーも?」と、バーン夫人。

「ええ、メアリーも」メリアム夫人は断言した。「それに、ヴァージニア・ドナルドも。そして、もちろん、最初にこれをはじめたヘレン・ウィリアムズもね。この責任がだれにあるのかなんて、当然、わたしにはわかりませんけれど」彼女はもったいぶった口調で続けた。「でも、こんなことをしている女の子たちは、きちんと注意されてしかるべきだと、あたりまえのことですけれど、わたし、そう思ったものですから」

「もちろんですわ」バーン夫人が言った。「もちろん、うちでもメアリーによく言って聞かせます」

「これもハリエットから聞いた話なんですけれど」メリアム夫人がさらに続けた。「おたくの息子さんも、ずっと手紙をもらっているそうですよ」

「だれから?」バーン夫人の声が急にこわばった。

「それは、息子さんご自身からお聞きになったほうがいいんじゃないかしら。あなたにこんな話を聞かせてしまって、ごめんなさいね、バーン夫人」

「奥さまは当然のことをされただけです」

「なにしろ、うちの娘も関わっていることですしね」

「あとでメアリーに言って聞かせます」と、バーン夫人は答えた。

マリリン・パールマンは自分の鍵を使って玄関をあけ、すばやく家に入った。そして、玄関ホールのテーブルに教科書を置き、そこにあったメモを見た。「娘へ。ホワイト夫人のところに行きます。帰りは五時頃。電話があれば用件を聞いておいてください。愛をこめて、母より」どうして自分の母親は、こんな短い書き置きにさえ、手紙の最後に添える文句を、いつもこうして書くのだろうと、マリリンはなんとなく不思議に思った。以前、父親が大真面目に聞かせてくれた話によると、牛乳配達の人に宛てて書いていたメモの最後にも、必ず「敬具　R・パールマン」の文字があったという。

　おそらくデズモンド家のほうがお金はたくさん持っているはずだし、〝趣味のよさ〟という点でみんなが漠然と思い浮かべるのはメリアム夫人だったが、ペッパー通りで一番裕福に見えるのは、たぶん、パールマンのこの家だった。パールマン家の居間は薄い緑とベージュを基本色にしていて、暖炉ひとつをとってみても、ドナルド家では雰囲気を出すために偽物の薪を積み上げているだけだし、バーン家では火格子の奥に赤い照明がつくような代物を使っているが、パールマン氏は本物の薪を燃やし、その様子を好んで眺めている。居間には本棚があり、マリリンはどれでも一冊、自由に持ち出していいことになっていた。今、手もとにあるのはサッカレーの作品で、薄っぺらい革表紙がついた貧相な装丁の本だったが、だからどうということはない。なにしろ、ハリエット・メリアムが土曜日の午前中に一週間分の塵払いをするようにページをめくってすごすのは、彼女の居間のサイドテーブルに置きっぱなしになっている写真のアルバムだし、バーン家に最初に持ちこまれた聖書以外の本はなにかといえば、パットが持っている『ロビンソン・クルーソー』なのだから。

　マリリンは自分の知らない言葉を求めてサッカレーを読み続けていた。これまでに『虚栄の市』から収穫できたのは、〝ほれぼれする（アドーラブル）〟と〝おぞましい（フィアサム）〟と〝いまわしい（ホリッド）〟の三つ。その前に読んだ『ヴァージニアの人々』では、五、六個の言葉を見つけた。ちなみに、今日、新しく知った言葉は〃歴史に名高い(ストーリード)〃。これに出会ったのは英語の授業中のことで、あとで書き写すときに忘れぬよう、教科書の余白に書きとめておいた。

サッカレーを小脇に抱えたまま、マリリンは台所に行ってコーラの瓶の蓋をあけ、その瓶と本を持って、玄関ポーチに出た。パールマン家のポーチは鬱蒼と伸びたツタがいい目隠しになっており、軒に吊るされたブランコ椅子に座った彼女は、だれに見咎められることもなく、ペッパー通りを行き来する人々を眺めた。そのなかの何人かは、とてもよく知っている人物だった。お向かいの家に住んでいるランサム＝ジョーンズさん。尊敬にみちた共感を抱かずにはいられない、ハリエット・メリアム。そして、好きで好きでたまらない男の子である、ジェームズ・ドナルド。パールマン家は、同じ通りにあるデズモンド家やヘレン・ウィリアムズの家からはだいぶ離れた場所にあったが、それでもヘレン・ウィリアムズはマリリンにとって脅威であり、若いデズモンド夫人は鬼女だった。デズモンド夫人は道でマリリンの母親に会っても、たぶんわざとではなく、まったく無意識のうちに、あいさつもしないで通りすぎる。でも、ヘレン・ウィリアムズのほうは、学校にいるあいだ、廊下はもちろん、教室のなかまで、マリリンにつきまとってくる。だからマリリンは、自宅があるこのペッパー通りの真ん中あたりから向こうへはめったに行かない。ドナルドさんの家の前を通りすぎてしまうと、ヘレンと鉢合わせする確率が高くなるからだ。ある日のお昼休みのこと、だれもいない教室でマリリンが本を読んでいたら、ヘレンとそのグループが彼女の姿を目ざとく見つけて、周囲の席にぐるりと座った。そして、ヘレンが口をひらいた。「パールマン、あんたのことをずっと捜してたのよ」（このときのことを、マリリンは毎日のように思い出してしまうのだが、ツタに隠れた玄関ポーチにいる今もまた、本から目を上げたらヘレンがいて、残酷にもハリエット・メリアムの姿までもがそこに見えた、あの瞬間にこみあげた吐き気をまざまざと思い出した）「あたしたち、どうしようかなって思ってて」そう言いながら、ヘレンはほかの女の子たちのほうを見た。彼女たちは笑っていて、ハリエットまで笑っていた。

「みんなで悩んでるんだよね、クリスマスのこと」

「どんなことを?」あの場の自分自身を振り返るたび、マリリンの脳裏に浮かぶのは、やけに小さくて、怯えている、みっともない自分の姿だ。ちなみに、ハリエットはこのときの自分自身を、横柄な態度をとった卑怯なデブとして記憶に刻んでいる。そしてヘレン・ウィリアムズは、仮に彼女がこのときの自分を振り返ることがあったとしたら、あたしは親しみをこめて軽くからかっただけだと、そう考えるに違いない。

「だからさぁ」ヘレンはわざとらしく言った。「あと十か月したら、またクリスマスが来るじゃない? で、あんたも知ってのとおり、このあたりの子供たちは、クリスマス休みに入る終業式の日に、みんなでプレゼント交換をするわけよ」マリリンにどんなことを言うのか、少女たちはなんの打ち合わせもしておらず、その点では、ハリエットの罪も少しは軽かったかもしれないが、そんなわけで、彼女たちは笑みを浮かべながら、興味津々でヘレンの言葉に聞き入っていた。「で、あたしたちは思ったわけ」ヘレンはまずマリリンを、それから仲間の顔をぐるりと見て、こう続けた。「クリスマス・プレゼントの交換会でみんなが集まったときに、くじ引きの箱にあんたの名前は入れておかないほうが、あんたとしても、きっと嬉しいんじゃないかな、って。だってそれなら、あんたも恥をかかなくてすむだろうし」

ヘレンの話は、その長さのわりに、効果が今ひとつだった。ハリエットは困惑し、眉をひそめて、ヘレンを見た。マリリンはひらいたままになっている本の上に両手を置くと、ヘレンを、眉をひそめているハリエットを、ほかの少女たちをゆっくり見まわし——そのなかのひとりは、そわそわと戸口に目をやっていた——それから、こう言った。「なぜ、あなたがそんなことをしたがるのか、わからないわ」その言葉は、そのまま、こういう意味だった。「なぜ、あなたがこういうことをしたがるのか、わからないわ」

ヘレンが笑った。「あんたにはクリスマスがふたつあるんだろうな、って思ったからよ」彼女は仲間たちのほうを、ハリエットのほうを振り返って、続けた。「マリリンにはクリスマスがふたつあるの。ひとつは彼女自身ので、もうひとつは、こっちの仲間に加わるための、あたしたちのクリスマス」

「その話、よくわかんない」少女のひとりが言い、別のひとりが戸口にじりじりと近づきながら言った。「もう行こうよ」

「マリリンには、ちゃんとわかってるわよ」ヘレンが言った。

周囲をかこまれて逃げ場のない感覚が、マリリンには辛くてたまらなかった。でも、彼女たちはいつもグループで固まっているから、ひとりがこの場を離れれば、それにあわせて全員が、そう、ハリエットでさえ、ここからいなくなるだろう。彼女たちはいっせいにマリリンを見つめていた。でも、マリリンが一度に見られるのは、大勢いるなかのひとりだけだ。彼女はハリエットを見て、言った。「用がすんだのなら、わたしは読書に戻っていいわよね。勉強中なの」

「またあとで、ちゃんと話をしましょ」ヘレンはそう言って席を立つと、仲間についてくるよう声をかけ、先頭に立って教室を出ていった。とはいえ、彼女のことだから、ドアの外でみんなを引きとめ、しばらく廊下でたむろしていたかもしれない。クリスマスの話をメモにして、クラスの全員にまわしたりしたかもしれない。あるいは、なにもしなかったのかもしれないが、それでも、マリリンは彼女のことを恐れていたし、死んでほしいと願う相手は、いつでもヘレン・ウィリアムズだった。

マリリンはコーラを飲みほしてからサッカレーを読みふけり、午後四時半に、本とからっぽの瓶を持って家に入った。本を本棚に戻し、空き瓶を裏口のポーチに出す。それから、この世でもっとも素敵な場所である二階の自分の部屋に戻ると、鏡台の一番上の抽斗(ひきだし)からノートを取り出し、それを持ってベッドに座った。

そして、ページをめくっていって、まだなにも書いていないページをひらくと、まず〝歴史に名高い（ストーリード）〟と書き記し、そのあとに〝怖気立つ（グリズリー）〟の文字を並べた。

ロバーツ夫人は身体の大きな女性で、運よく身体の大きな男性と結婚することになり、だからロバーツ夫妻が食事時にそれぞれテーブルの端の席につくと、それだけでダイニングルームはせまく感じられ、食卓に並んでいるものが妙に小さくなって見えた。ふたりの下の息子、ジェイミー・ロバーツには、そんな家族の伝統を継ぐ者としての兆候が早くもあらわれていた。まだ十歳でありながら肩幅が広く、足も長い。その容姿があまりにも父親にそっくりなので、ロバーツ夫人は夫婦喧嘩をしているときだと、ジェイミーにきつい言葉を容赦なくぶつけてしまうことがよくあった。

一方、上の息子のアーティは（母親は彼について、この子は本当に期待はずれで、だから自分はどうしてもこの子を愛することができず、かわりにジェイミーを生んだのだと、いつもそう思っているのだが）ロバーツ夫人の兄弟や叔父たちのほうに似ていて、その身体は小さく、細く、生白く、髪や瞳の色もとても薄くて、しかも、ロバーツ夫人の叔父にあたるフランクと同じように、いつも口を半開きにしていた。同じテーブルに貧弱な息子が座っているのを見れば、たいていの親は苛立ちをおぼえ、旺盛に食事を楽しむことなどできないものだが、ロバーツ夫人は違っていた。なぜなら、アーティはもう十四歳で、正直なところ彼の母親は、息子を立派な男に育てるのは無理だと、あきらめきっていたからだ。とはいえ、彼女も、夫のロバーツ氏も、気がついたときには、穏やかな口調で息子に話しかけるようにしていた。それは、ふたりが内心ひそかに、小さな不安を抱いていたからだ。野球をせずに本ばかり読んでいる少年も、いつの日か自分たちに牙を剥くかもしれない。彼がしっかり身につけた途方もない知識を武器に、親の自信や権威を粉々に砕いてみせたら、こちらは丸裸で怯えるしかなく、そのときには体力で勝る下の息子も、自分たち同様、手も足も出ないだろう、と。

「食べなさい、アーティ」ロバーツ夫人が言った。「あなたは、もっと太らないとだめよ」

「運動不足だな」ロバート氏が言った。彼はバターナイフを置くと、品定めをする目で長男を見た。「もっと外に出て、少しでも運動をするようにすれば、そんな骨と皮みたいな姿ではなくなるはずだ」

「ちゃんと食べてるよ」アーティは自分の皿を見たまま、かたくなに言った。

「アーティは女の子たちと遊ぶほうが好きなんじゃないかしら」ロバーツ夫人が陽気に言った。「あなたと女の子たちの話を耳にしたんだけれど、あれはどういうことなの、アーティ?」

「アーティ?」ロバート氏も声をそろえる。

ジェイミーは口いっぱいに頬張ったまま顔を上げ、この話題をひと言も聞きもらすまいと、家族全員を見まわしながら、くぐもった声で「アーティ?」と続けた。

「あたしたちの息子はね」ロバーツ夫人はテーブルの反対端にいる夫に、かしこまった口調で言った。「どこぞの若いお嬢さんから、ラブレターをいただいているんですって」

「そりゃあいい」と、ロバーツ氏は笑い、アーティに指先を向けて言った。「女の子たちに、おまえのあとを追いかけさせてやれ」

アーティには、正面に座っている弟の大きな顔が信じがたい喜びでぱっと輝いたことが、確認するまでもなくわかった。「ただの、つまらないことだよ」そう、言葉足らずに言い返した彼は、顔が火のように熱くなって、自分が赤くなっているのを感じた。すると、母親と父親と弟のいる場所からどっと笑い声がおこって、にぎやかに囃す言葉が続いた。

「見て!」ジェイミーが叫んだ。「アーティを見てよ!」

「おいおい、アーティ」父親が言った。「それで隠してるつもりか?」

やがて笑いがおさまると、ロバーツ夫人が、気持ちのなさがあからさまにわかる愛想のいい声で言った。

「まあ、なんにしたって、気晴らしにそういう追いかけっこをしている女の子たちを見るのは、楽しいものよね」

「ジョン」デズモンド氏が真面目な顔で言った。「きみと話をしてほしいと、お母さんに頼まれてね」彼は男同士の話をするために、ジョニーを居間の片隅の、ふだんはだれも座ることのない席のほうへといざなった。ジョニーは硬い椅子に腰をおろし、なにひとつ聞き漏らすまいという表情で、父親の目をじっと見つめた。デズモンド氏は、この時間がなにより楽しいものになることを見通したうえで、おごそかに言葉を続けた。「これは実に責任重大なことなんだよ、ジョン。父親というものは、責任をもってこういう話を息子にしなければならない。そして、言うまでもなく、きみは確かにわたしの息子だ」デズモンド氏は伸ばした片手を息子の膝に置いた。しばらくそうしているうちに、自分の目が涙で曇ってくるのがわかった。「いいかね、ジョン」彼は言葉を続けた。「男たるもの、自身に向けられた称賛を、決して簡単に受け取ってはいけない。それを口にしたのが、愚かな若い娘であろうと、分別のある若いご婦人であろうと、そんなことは関係ない。たとえ相手が母親でも、姉や妹でも、親戚の叔母さんでも、同じことだ。どのような称賛の言葉も、単なるお世辞として受け止めるのが紳士たるものの務め。わかるか、ジョン、お世辞だ」デズモンド氏はひどく熱のこもった調子で続けた。「つまり、言葉の意味をどこまでも深く掘り下げれば、そういう取り方ができるということだ。わたしは、自分の息子が称賛を受けていることを知って、実に鼻が高いよ。女性が自然と心に抱くそういった感情を、わたしたちは決して無下にしてはいけない――」デズモンド氏はそこで思わず父親らしい含み笑いをもらし、話の接ぎ穂を失って、また一から言い直した。「ジョン、きみももっと大人になれば、きっとわかるだろう。女性の心模様というのはたいがい同じであって、それを無下にするようなことは、決して――」

ヘレン・ウィリアムズは妹の髪をつかんで、身体を激しく揺さぶった。「あんたが言ったの?」彼女は詰問した。「あんたが告げ口しに行ったんでしょ、この悪ガキ!」

ミルドレッドは驚きに目をむきながら、「おばあちゃん」と、か細い声を出した。

「呼んだって、聞こえるもんか」そう言って、ヘレンはまた妹を乱暴に揺さぶった。「あんたの声なんて、だれにも聞こえやしないんだからね。さあ、正直に言いな。あんたがあたしのことを告げ口したの?」

「おばあちゃん」かすれた声で、ミルドレッドがくり返した。「ママ」

むかつきが頂点に達し、ヘレンは妹を突き放した。そして、あいた両手をお尻にあてると、上から妹をねめつけながら、ふだんの声に戻って言った。「よく聞きなさい。またあたしのことを言いつけたら、余計なことをしゃべったりしたら、今度はすぐに包丁を持ってきて、あんたのその舌をちょん切って、指も全部すぱっと切って、お腹にでっかい穴をあけて、それからさらに、斧でもって、ぶっ叩いてやるからね」

「おい」パット・バーンが邪険な声で妹に言った。「もうやめろよ。わかったな?」

「やめるって、なにを?」メアリー・バーンがしれっと訊き返す。

パットは顔だけ動かして、父親がまだ居間で新聞を読んでいることを、そして、母親が皿洗いをしている音が台所でのんきに続いていることを確認した。パットとメアリーは廊下におり、パットがささやくような小声で話してきたので、メアリーも自分の声を抑えた。「とにかく、もうやめるんだ」パットがくり返した。「パット！」バーン氏の厳しい声が居間から飛んできた。「メアリー！　この家でこそこそと話をするのは許さんぞ！」

「なんのことを言ってるのか、あたし、わかんない」そう言うと、メアリーは下唇を突き出して、兄にくるりと背を向け、その場を去ろうとした。しかし、パットがすかさず肩を押したので、彼女はまた振り返り、ママを呼んでやる、という顔をした。

「こういう下品なことは、今後いっさいするな」そう言ったあと、パットは妹の顔に自分の顔をぐっと近づけ、ほかに言葉が見つからないように、また、同じことをくり返した。「とにかくやめろ。それだけだ」

「頭おかしいんじゃないの」メアリーが言った。「あたし、なにもしてないもん」

「あんな下品な手紙は、もう一通だってほしくない」パットがぴしゃりと言った。「どうなったって、知らないからな。二度とぼくにはいい手紙を書くんじゃないぞ」

ハリー・マーティンは、じきに生えてきそうな横っちょの歯の具合を慎重に確かめながら、つっかけた靴の底で路面に散ったピンクの花をこするような歩き方で、コルテス通りをだらだら進んだ。そして、ペッパー通りとの角まで来ると足を止め、道の向こうに見えるデズモンド家の庭先で、小さなキャロラインが花のなかを動きまわっている様子を、口をあけたまま、しばらく眺めた。小さくて、繊細で、清潔なキャロライン。ハリー自身はやせっぽちで、汚くて、顔もべたべたしている。一分ほどしたところで、ハリーはデズモンド家のほうへ道をわたることなく、ペッパー通りを進みはじめた。

キャロラインは別として、九歳のハリーと、十歳のジェイミー・ロバーツと、七歳のミルドレッド・ウィリアムズは、このあたりの子供のなかでは一番年下のグループで、すぐ上の、自分たちを支配している十三歳と十四歳の子供たちに恐れをなしながら、彼らのように年下に威張り散らし、あれこれ指図できる番が自分たちにまわってくる日をひたすら待っている狭間の年頃にあった。もし、ハリーが道をわたって、デズモンド家の庭のすぐ前に立っていたら、たぶんデズモンド夫人はテラスに出てきて椅子に静かに座り、ハリーがそこから消えるのをじっと待ち続けただろう。それでも、ハリーが立ち去らずにいたら、きっと最後は、キャロラインを家に引き入れたに違いない。

「キャロラインばあさん」年上の女の子たちが集まっているであろう、ヘレンの家へ向かいながら、ハリーは小声で口ずさんだ。「キャロラインばあさん、おもらしをした」

ヘレンの家を訪ねるときは、わざわざ呼び鈴を鳴らしたり、外からヘレンに声かけたりする必要はない。ただ、玄関をあけてなかに入り、屋内を歩きまわって、会いたい相手を見つければいいのだ。子供たちが〃オウムばあさん（オールド・レディ・パロット）〃と呼んでいるパナット夫人、つまりヘレンの祖母は、一日の大半を奥にある部屋のなかで、扉に鍵をかけてすごしている。そこから出てくるのは、トイレに行くときや、自分でコーヒーを淹れに台所に行くときくらいで、そのタイミングで皆が目にするのは、頭が小さく、肩幅もせまく、腰から下がひどく大きい老婆と、彼女の足もとにくっついて部屋を出入りしている、老いたペキニーズの姿だ。この犬の名前はロータスといって、少女たちが祖母の部屋のすぐ隣にあるヘレンの部屋に集まっていると、婆さんが犬に向かって嘆きの言葉を吐いたり、ときには、敷物の上で粗相をした犬のあとを追いかけて、金切り声をあげながら室内を足音荒く歩きまわっている物音が聞こえることがあった。

「あの犬、噛むんだよね」ヘレンはいつも得々として友人たちに話す。「そのうち、おばあちゃんは椅子かなにかで、あの犬に殴りかかるんじゃないかな。でもって、その手を犬に食いちぎられるの」

ハリエット・メリアムがこの家に来たときは――ほかの少女たちは、そのことを面白がって、笑いの種にするのだが――まず、玄関の扉を細くひらいて、暗くて長い廊下の奥にじっと目を凝らし、おばあさんの部屋のドアがあいているかどうかを確認する。もし、ドアがあいていたら、それはロータスが廊下に出ているということを意味するので、ハリエットは玄関の外でしばらく待たなければならない。「だって、わたしに嚙みついてきたらイヤだもの」と、彼女はもっともな理由をあげた。

「もし、あたしが嚙みつかれたら、あいつの頭を蹴飛ばして、殺しちゃうかもね」ハリーが小賢しく言った。「とにかく、犬って、それで死んじゃうんだよ。頭を蹴っ飛ばすの」

「じゃあ、うちのおばあちゃんの犬を蹴っ飛ばしてみなさいよ」ヘレンが笑って続けた。「そうしたら、おばあちゃんがあんたに嚙みつくから」

家の裏手にあるヘレンの部屋には、古いファッション雑誌や、映画俳優の写真や、女の子がおしゃれに使うレースやリボンのコレクションがあった。ヘレンの母親は街で働いており、娘のために若い女の子用のきちんとした服を買ってくるのだが、ヘレンはそこに蝶ネクタイや、レースの付け襟や、雑貨屋で買った安物のアクセサリーをあしらって、学校に着ていく。ヘレンの家に集まる少女たちは、夜になると彼女の母親がひとりでくつろぐのに使っている、表側にある暗い部屋に場所を移すこともあって、そこではレコードを蓄音機にかけ、みんなでダンスを楽しんだ。このダンスには一、二度、ジョージ・マーティンを引っ張りこんだこともあった。といっても、彼は踊りがうまいわけではなく、ほんのわずかな時間でも彼の重い腰をあげさせ、だれかの手を取って室内をぐるりと歩く役割をさせるには、計り売りのキャンディを賄賂につかませなければならなかったが。

「お父さんと暮らすようになったら」これも、ヘレンがよく口にする話題だ。「あたし、ダンスの踊り方とか、ドレスのかわいい着こなし方とか、もっと覚えなきゃ。だって、お父さんは、あたしをたくさんの場所に連れ出してくれるはずだもん。一緒に旅行をしたり、いろんなことをするんだから」

「お父さんは、どこにいるの？」だれかが、そう、たぶんハリエットあたりが、まずこの質問をして、さらに、たいていヴァージニア・ドナルドが、敬意のこもった声で続ける。「あなたって、すごく運がいいわね」

「うちのお父さんは、どこにでも行くから」と、ヘレンが答えた。「今はパリかもしれないし、ニューヨークかもしれないし。パリってね、男の人が女性の手にキスするのよ」彼女はクスクス笑い、それにつられて、ほかの少女たちもクスクス笑った。レースのショールを頭からかぶると、ヘレンは立ちあがり、膝を曲げておじぎをしながら、片手を前に差し出した。「まあ、ミスター・パリ」気取った高い声を出す。「あたくしの手にキスがしたくていらっしゃるの？」

　ハリーが彼女のうしろに立って、声を張りあげた。「まあ、ミスター・ジョニー・デズモンド、あたくしの手にキスがしたくていらっしゃるの？」

　そのあと、ヘレンは真面目に続けた。「ほんと、あたしがここにいるのだって、あと少しだけだからね。今度はお父さんのこと、きっとすぐに見つけるわ」

　ウィリアムズ一家は、じきに引っ越すことになっている。この話は、ウィリアムズ夫人がミス・フィールディングに直接言ったことだった。なぜ話した相手がミス・フィールディングだったかというと、それは、ウィリアムズ夫人が街に行くバスに乗るために家を出る早朝から、外に出ていた人間が彼女だけだったからなのだが、そんなふうに、毎日早くに家を出て、遠距離通勤を続けるのは本当につらいことだし、それにふたりの娘は街の学校に通わせたいから、というのが、ウィリアムズ夫人の言う引っ越しの理由だった。その後、ミス・フィールディングがこの話をデズモンド夫人に聞かせると、彼女は控えめな口調で、それはいい判断だと思うと答えた。デズモンド夫人は、小さなミルドレッド・ウィリアムズのような、あんなに愛らしくてやさしい子が、お母さんと四六時中離れて暮らすのはあまりにもかわいそうだと述べ、そのあと、声にいくらか力をこめて、あの家の（ここで彼女は、ミス・フィールディングの年齢に配慮し、のちに夫のデズモンド氏と話しているときに口にした〝ほとんど寝たきりの老婆〟という言葉を避けて、こう言った）おばあさんは、愛すべき小さなヘレンの行動に対応するには、たぶん――デズモンド夫人は穏やかに片手をあげて――まったく適していないでしょうから、と続けたのだった。

愛すべき小さなヘレン、というのは、デズモンド夫人流の表現で〝おばかちゃん〟という意味だ。これについて、ヘレンは「世界は自分のものだと思ってる女だからね」と言った。

ヘレンの妹のミルドレッドは、終業式の日に帰宅するなり、すぐさま裏庭に出た。そこにある遊び小屋は、彼女自身が一か月ほど前から苦労して造ったもので、シャベルで地面を掘った上に、空き地やよその裏庭から集めてきた廃材を組み合わせて出来ていた。小屋のなかは、ミルドレッドが腹ばいで入ったあと、寝転がれるほどの広さがあって、彼女の人形が置いてあり、そのほかにも、枕やお皿など、家から持ってこられるものが置いてあった。「これは、あたしとママのためのおうちなの」彼女はフェンス越しに、お隣のドナルド夫人に言った。「ヘレンとおばあちゃんが行っちゃったら、ママとふたりで、ここに住むんだ」

ハリエットの母親がラブレターのことを知った日の午後、ハリーは、蓄音機から流れる『ミズーリ・ワルツ』にあわせて、ヘレンが居間で大真面目に踊っているのを見つけた。彼女はすぐさまヘレンのうしろについて、動きを真似して踊りながら「お父さんを見つけたら、あなたはどこに行ったって、きっと、踊りが一番上手だね」と言った。

「一日じゅう踊るわ」ヘレンが言った。「踊って、踊って、踊り続けるの。お腹がへってしまうまで。そうしたら、今度はアイスクリームを食べて、チキンを食べて、チョコレート・クリームを食べるの」

「一緒に行きたいなぁ」と、ハリー。

ヘレンは踊るのをやめて、寝椅子に倒れこんだ。ハリーはレコード盤から針をあげ、アームを横に戻した。そして寝椅子のそばに来ると、ヘレンの横に座って言った。「ねえ、ウィリー、あたしも一緒に行っちゃだめ?」

「なにか話を聞きたい?」ヘレンが夢見心地に言った。

ハリーがうなずいて、身を乗り出す。

「だれにも言わないでよ」ヘレンの言葉に、ハリーはまたうなずいた。ヘレンはすばやく周囲を見まわし、ハリーが胸の上で指を交差させるのを見て、苛立った。「そんなのやめてよ、おチビちゃん。あなたの誇りにかけて誓いなさい」

「あたしの誇りにかけて誓います」ハリーは素直に言った。

「いいわ」と、ヘレン。「昨日の夜、あたしがどこにいたか、知ってる?」

ハリーは軽く口をあけたまま、首を横に振った。

ヘレンは興奮気味に笑った。「じゃあ、教えてあげるけど、昨日の夜は散歩に出て、お店のあるほうまで、ずーっと行ったの」

「なんで?」

「さあ、なんでかな」ヘレンはあいまいに言った。「ただ、あっちのほうへ行きたい気分だったの。でね、あんたも覚えてると思うけど、ガソリンスタンドのあの男、前にあんたと立ち寄って、からかってやった奴がいたじゃない?」そこで彼女は言葉を切り、ハリーがまたうなずくのを見てから、先を続けた。「あいつが、まだあの店にいたから、おしゃべりをしたんだけど、そうしたら、こんなこと言うのよ。今度の夜でも、きみを街に連れて行きたい。ふたりでどっか行って、ダンスしようぜ、って」

「どうしてかしら」ディナ・ランサム=ジョーンズが妹に言った。「本当に、どうしてあなたは、お花のことに、これほど素敵なセンスを持っているのかしら」

「でも、これはあなたたちのお庭よ」夫人の妹が穏やかに言った。「あなたたちのほうが、わたしよりもずっと長く、ここにいるはずなんだし」

「ブラッドがいつも言うの。あなたがしてくれたほうが、お花もずっと素敵に見えるって」

「だけど、いつもわたしが、というわけにはいかないもの。それに彼は、お姉さんが考えて形にしたものなら、なんでも気に入る人よ」

「お願い」ディナが言った。「これはあなたが決めてくれなきゃ。あなたの助けがなかったら、ここではなにひとつ、絶対にうまくいかないのだから。自分でもわかっているでしょう?」

「そうねぇ」夫人の妹はしばしためらった。「それなら、あっちの、あのあたりはどうかしら」そう言って、彼女が指差したのは、庭のずっと端っこの、通りに面した生垣の近くだった。

「あそこ?」ランサム=ジョーンズ夫人が訊き返す。「本当に、あんな場所でいいと思う?」

「ほかに、もっといい場所があるのなら、別だけど」と、妹。

「そんな、あるわけがないじゃないの」夫人はそう言うと、庭仕事の道具が入った籠と、球根の入った袋を手に取った。「あまり無理しないでね。あなたがへとへとになってしまったら、わたし、いやだから」

「たいしたことないわ、本当よ」

ランサム＝ジョーンズ夫人が自信にみちた足取りで移動をはじめると、彼女の妹があわてて制した。

「そっちじゃないわ、お姉さん。通りに面した生垣のそばよ」

「あら、いやだ」夫人は足を止めて、周囲を見まわした。「あなたが言ったのは、そこのことだと思っていたわ」

「だから、わたし、ちゃんと言ったじゃないの。通りに面した生垣のそばだ、って。でも、ほかにもっと好きな場所があるなら……」

「そんなの、あるわけがないじゃないの」ランサム＝ジョーンズ夫人はそう言うと、あらためて庭の端っこへと進みはじめた。「ブラッドがこれを見たら、きっと素晴らしいって思うでしょうね。あそこなら、控えめなお花には、まさにぴったりの場所だし」

「彼は、あなたのすることなら、なんだって気に入ってくれるわ」そう言いながら、夫人の妹もあとに続いた。


夕暮れ時、子供たちはそろって外に出ていた。その様子を、ハリエットは自分の部屋の窓から眺め、ミス・フィールディングはポーチの椅子に座って眺め、マリリン・パールマンは、机に向かって書類を読んでいる父親の頭越しに、居間の窓から眺めた。ペッパー通りでは、日が傾きはじめてからの黄昏の時間が、いつも、ほかのどんな場所より長い。それは、この界隈の家がみんな早い時間に夕食をすませるからで、子供たちはそれだけゆっくり遊ぶことができる。これについては、ミス・フィールディングも同じで、彼女は外で遊ぶわけではなかったが、メリアム家から漏れてくる夕食の後片付けの音を耳にしながら、自分だけひとりで遅い夕食をとるのは落ち着かない気がするため、やはり、いつも早くにすませていた。一方、パールマン夫人が早めに夕食を出しているのは、マリリンもみんなと一緒に遊びたがるかもしれない、と考えてのことだった。

子供たちは、有効な範囲はここからここまでだと示す線を道に引き、基本のルールと負けたときの罰を念入りに決めて、鬼ごっこや隠れん坊など、簡単には終わらないゲームを楽しんでいた。夜の空気を吸おうと、外に出てきたデズモンド氏は、通りを半分ほど歩いたところでロバーツ氏にばったり出会い、そこでふたりは歩道に立ったまま、遊んでいる子供たちを眺めた。

「この野生児たちが、遊びで発揮する創造力の半分でも、学校のことに使ってくれたらいいだろうに」デズモンド氏が皮肉をきかせた感想を言う。

「元気な子供たちじゃないか」と、ロバーツ氏が言った。「見ていて楽しくなるよ」

そのあと、ふたりは会話をするでもなく、あいまいな笑みを浮かべ、夕闇のなかに佇んだ。目の前では、自分の子供と近所の子供が昔ながらのやり方で追いかけっこをしたり、地面につけた印の上を踊るようなしぐさで順に踏んで進んだりと、めまぐるしく動きまわっている。やがて、小さなジェイミー・ロバーツが雄叫びをあげながら、父親が立っているそばの側溝でひとりを捕まえた。ロバーツ氏は口からパイプをはずして「頑張ったな、ジェイミー」と声をかけ、それから視線をあげて、道の向こうのドナルド家の芝生に、パット・バーンと並んで座っている長男のほうを見た。ふたりは年下の子供たちが遊んでいるのを眺めながら、なにやら語り合っている。デズモンド氏も、ロバーツ氏の視線を追ってそちらに目をやり、穏やかに言った。「実にいい少年だね、きみのところのアートは。とても頭が切れる子だ」

ロバーツ氏はため息をつき、道に戻って金切り声をあげているジェイミーを振り返った。

「どこにでも、ひとつくらいは働ける場所があると思うんだ」と、アート・ロバーツは話していた。「ここじゃない、どこかに」

「そんなの、すぐに追い返されるよ」パット・バーンがたしなめた。「働き口を見つけるなんて無理さ。だって、まだそういう年齢じゃないんだから、門前払いを食うだけだ」

「でも、あと一年くらいしたら、どうかな」と、アート。「そうしたら、十八歳だって言っても、通るかもしれない」

「海軍なら十六歳から入れるよ」と、パットが言った。「確か、そうだったと思う」

ハリーは街灯の明かりから離れた場所でヘレンをなんとか引きとめ、必死になって訊いていた。「だれか、一緒に連れてかないの？　友だちは？」

「あんた、なにを言ってるのか、わかんない」ヘレンはにべもなく言って、背を向けた。

「教えてよ」ハリーは食い下がった。「友だちも連れてくかもしれないって、彼に言ったんじゃない？」

ヘレンは頭の上からハリーを見おろした。「ええ、言ったわよ。でも、連れてくのは友だちで、汚いチビ助なんかじゃないわ」

ジェームズ・ドナルドは家を出ると、前庭に座っているアート・ロバーツとパット・バーンに軽く声をかけてから、歩道に出た。ロバーツ氏とデズモンド氏は、きちんと身なりを整えて現われた彼に気づくと、笑みを浮かべて顔を見合わせ、道の反対側から手を振ってみせた。ジェームズは迷ったようにしばし足を止め、それから道をわたって、大人たちが立っているところへ来た。「こんばんは、デズモンドさん、ロバーツさん」

「調子はどうだい？」デズモンド氏が訊いた。「ご家族のみなさんは？」

「父さんが、また、あまりよくなくて」ジェームズはそう答えると、ポケットに手を入れたまま振り返り、自分は子供の側ではなく、デズモンド氏やロバーツ氏がいる側に属しているのだという態度で、道路で続いている遊びを眺めた。

「これからデートか?」ロバーツ氏が楽しげに訊く。

ジェームズは落ち着かなげに身体を動かし、言葉を濁した。「ちょっと、出てこようかと」

「若いねぇ」と、ロバーツ氏が言い、デズモンド氏と声をそろえて笑った。

ジェームズはぐっと肩を張り、ふたりと一緒になって笑った。

「楽しんでこいよ、青年」ロバーツ氏はそう言うと、ふたたび歩きはじめながら「じゃ、おやすみ」と肩越しに声をかけた。ジェームズとデズモンド氏も「おやすみなさい」とあいさつを返した。

「今度、うちにわたしを訪ねてきなさい」デズモンド氏がジェームズに言った。彼は寛容な笑みを浮かべて、こう付け加えた。「きみがそんなに忙しくない夜にでもね」

「ありがとうございます」ジェームズはぎこちなく答えた。「いずれ、そのうち」

「やはり建築の道に進むのかい?」

「そのつもりです」

デズモンド氏はジェームズの肩にしばらく片手を置いたあと、踵を返した。そして最後に「きみはいい奴だ。わたしに会いに来るんだぞ」と言葉を残して、その場を後にした。

「そうします」ジェームズはそう言って、歩道を去っていくデズモンド氏の後ろ姿を見送った。それから、道で遊んでいる子供たちの目が自分に向いているのを気分よく意識しながら、これ見よがしに腕時計を見て、反対方向へ歩きはじめた。すると、パールマン家の前まで行かないうちに、背後に足音が聞こえ、ヘレン・ウィリアムズが追いかけてきた。

「ちょっと、ジェームズ・ドナルド」ヘレンがでかい声で呼びかける。

彼は慌てることなくゆっくり振り向き、デズモンド氏をほうふつとさせる態度で顎を上げ、腕組みをすると、相手を待ち受けた。「あたしから逃げる気?」ヘレンが訊いた。

「それはひどい勘違いだな」と、ジェームズ。

ヘレンは上目づかいに彼を見上げた。彼女は見事なブロンドの髪を長めのボブに整えており、うつむくと、その髪が頬をそっとかすめながら前にさらりと流れ落ちた。「あなたってば、そのうち、うちに来るって言ったくせに、ちっとも会いに来てくれないじゃない」

「子供と遊んでるヒマなんて、もうないからさ」

ヘレンは下唇を突き出した。ひとりのときに鏡の前で練習しているだけあって、彼女のとるジェスチャーは、どれもこれもが、とんでもなくわざとらしい。「あたしだって、子供と遊んだりなんかしないわ」彼女は意味あり気に言った。「ほかにすることがあればね」

ジェームズはまた腕時計に目をやって、「それじゃ」と言った。

「どこに行くの?」ヘレンが問いただす。

「ぼくがこれから行こうとしているのは」ジェームズはあえて丁寧に答えた。「オーケストラのリハーサルだよ、うちの高校のね。これで満足かい?」

「そこに、ガールフレンドがいるんでしょ」ヘレンは彼の背中に向かって言い、相手の肩がこわばったのを見て、さらに大きな声で言った。「学校にガールフレンドがいるんだ。ジェームズには付き合ってる女の子がいるんだ」

その声を無視してジェームズが行ってしまうと、ヘレンはまわれ右をして、まだ遊んでいる子供たちのほうへ引き返した。すると、トッド・ドナルドが駆け寄ってきて、彼女に大声で言った。「みんな待ってたんだよ、ウィリー、うちの兄ちゃんと話したって、つまんないだけだよ」

「ほっといて」ヘレンが言った。「あたし、うちに帰るんだから」


「わたしだって、こういうことには、とっくに慣れてなきゃいけないんでしょうけれど」メリアム夫人はきれいなハンカチを取り出し、ぐしょぐしょになったハンカチを横にあるテーブルに置いた。「だけどね、ハリー、わたしはあなたの妻になって十八年もたつんですもの、だから、多少の気遣いくらいは見せてくださってもいいんじゃないかと思うわ。こんな屈辱や侮辱……」彼女はうっと息を詰まらせ、新しいハンカチを顔にあてて、またおいおいと泣きはじめた。

「あぁ、お母さん」ハリエットがたまらずに声をあげ、彼女の父親も億劫そうに口をひらいた。「ジョージィ、ハニー」

「そんなふうに呼ばないで」メリアム夫人がヒステリー気味に叫ぶ。ハリエットは父親を見た。彼は顔をそらし、ため息をついた。

「わたしは自分の娘を、だれに見られても恥ずかしくない人間に育てようと努力しているの、そりゃあ――」メリアム夫人はしゃくりあげた。「――そりゃあ、いろいろ問題はあるけれど、それでも頑張っているわ。朝から晩まで家事をして、あれこれお金の心配をして、夫のために、だれに見られても恥ずかしくない家庭を作ろうと努力しているの。それなのに、たったひとりの娘ときたら、こんな――」

「ジョゼフィン」メリアム氏が強い口調で制した。「ハリエット、上に戻っていなさい」

母親の哀れを誘う声から逃れ、ハリエットは二階の自室に戻った。机の鍵はあいたままになっている。今日の夕食の時間、彼女と彼女の母親は食事をするかわりに儀式よろしく暖炉のそばに立って、ハリエットの日記や手紙やノートを、ひとつずつ火にくべて燃やし続け、その間、良識あるハリー・メリアムは二階の部屋でたったひとり、ラム・チョップと茹でたジャガイモをもくもくと食べ続けた。「なんでこういうことになるのか、さっぱりわからんよ」彼は、やがて二階に姿を見せた妻とハリエットに言った。「男というのは、外で一日働いたら、あとは無事に家に戻って、だれかが泣きわめく声など聞かずにすごしていいんじゃないのかね。男には静かな家庭に帰れる権利があるはずだ」

ふたたび自分の部屋でひとりきりになり、ハリエットは窓のそばに座った。濃厚な闇に満たされたばかりの窓の外には、ユーカリの木々がはてしなく繊細な姿で静かに佇んでおり、まばらについた葉がたがいを軽くかする程度に揺れている。これは夜空にかかるレースなのだと、そう思って眺めるのがハリエットの癖だった。風の強い夜は、大地と荒っぽい綱引きをしているように、狂ったように揺れ動くレースも、今夜はその模様を穏やかに保っている。ハリエットはそれがすぐそばにあるつもりで頭をもたせかけ、母親のことを心から追い払った。きれいな、きれいなレース飾り、そう心で唱えながら、彼女は想像の翼を広げ、ユーカリの葉群れのなかに身体ごとどんどん沈んで、だれの手も届かない深い場所まで落ちていった。

「ハリエット」階段の下から、母親の呼ぶ声がした。いつもの、しっかりした声だ。「ハリエット、いい子だから、こっちに降りてきて」

ハリエットは大きな靴をはいた足で、階段の一段一段を乱暴に踏みしめながら下に向かった。母親は階段の下で待っていた。化粧を直したその姿は、やけに背が高く、愛想よく見えた。「かわいい子」彼女は言った。「わたしに、謝らせてちょうだい」

居間では、彼女の父親が新聞を読んでいた。その顔はひどく疲れていて、口元もこわばっていたが、ハリエットが母親の片腕に抱かれた姿で入ってくると、顔を上げて「これで、家族三人また仲よしだ」と言い、新聞に目を戻した。

「お父さんに言われてね」メリアム夫人が従順に言った。「今日のわたしは、あなたに対して厳しい態度をとりすぎたと思ったの。もちろん、それは、わたしがひどく動揺していたからなのだけれど」

「そんな、お母さん」母親が落ち着きを取り戻した今、ハリエットは初めて泣きたい気持ちになった。母親を愛すのが当然である者として、やさしい気持ちで心から、また母親のことを愛した。彼女は母親の身体に腕をまわし、キスをした。「わたしこそ、ごめんなさい」

メリアム夫人は娘の肩をやさしく叩いた。「これからは、今まで以上に、一緒の時間をすごすようにしましょう。本を読んだり、お裁縫をしたり。お料理はどうかしら、本当のお料理をおぼえたくはない？」彼女は晴れやかな声で続けた。

ハリエットがうなずくと、彼女の母親はおもねるように笑った。「一緒に書き物をするのもいいわね。わたしも昔は詩を書いていたのよ、ハリエット。もちろん、たいして上手ではなかったけれど、あなたの書き物好きなところは、きっと、わたしに似たんだわ」

ハリエットは母親にあたたかく微笑みかけながら、思った。こういう騒ぎのあとは、いつもなんて楽しい気持ちになれるのだろう。これで、わたしたち三人は、ほんのわずかな時間でも、ひたすら穏やかな心地いい空気のなかで仲よく暮らせるはずだ。

「おまえが書いたものは、ひとつ残らず、お母さんに見せるんだよ。わかってるね」彼女の父親が言う。

「全部見せるわ」ハリエットは大真面目に答えた。居間はとても静かで、とても友好的な空気に満ちた。

「それと、わたしたち、あのヘレン・ウィリアムズには、もう会わないことにしましょう」彼女の母親が言った。「学校はお休みに入ったし、ああいった類の人間とお付き合いをする必要なんて、うちの娘にはないのだし」

「どのみち彼女は、この街に、そう長くいないわ」と、ハリエットが続けた。「お父さんと一緒に住むんですって」

メリアム夫人は微妙に眉を上げ、夫を盗み見ながら言った。「そして、たぶん来年には、どこかの本当に立派な私立の学校へ進むのよ」

長い沈黙が続いた。やがて、メリアム夫人がため息をつき、さらに言葉を続けた。「もう二度と、あなたを懲らしめたりしないわ、ハリエット。さっきも言ったけど、今回のことでは、わたしにも悪いところがあったと思っているし」

「本当にごめんなさい」そう言うと、ハリエットは母親の肩に頭を押しつけ、彼女の母親は娘の髪にそっと触れながら言った。

「あなたに今日の償いができるよう、努力するわね」


「本当に理解できないわ」ロバーツ夫人はおそろしく平坦な声で言った。「なんで、いい年をした大人の男が、身の周りのことをしっかり管理して、妻や娘が羽目をはずさないように手綱を締めておけないのかしら」

「おれに言ったって、そんな〝女性側〟の事情など、なにひとつわからんよ」ロバーツ氏が不機嫌に言う。

「だって、アーサー宛てに伝言があったのよ」ロバーツ夫人が続けた「アーサーに。ジーニーって、名乗る子から」彼女はうわべばかりのやさしい声音で、さも大切なものであるかのように〝ジーニー〟という名を口にした。

「アーサーには予想外のことだったんじゃないかね」ロバーツ氏が言った。「おまえも、そんなことはほっといて、自分の仕事をしたらどうなんだ？」

「これだって、あたしの仕事ですよ」そこで夫人は言葉を止め、声をひそめた。「黙って。子供たちが帰ってきたわ」

アーティとジェイミーが上着を脱ぎながら、慌ただしく入ってきた。ロバーツ夫人はジェイミーをそばに呼び寄せ、息子の目元にかかっている髪を撫で上げた。「ふたりとも、本当にあなたにそっくり」彼女は非難がましい声で夫に言った。

「なんでさっき、おまえはほかの子供たちと遊んでいなかったんだ？」ロバーツ氏がアーティにたずねた。

「パットと話してたんだよ」アーティは階段の一段目に足をかけ、片手を手すりに置いた状態で、次の言葉を待った。

「おまえもたまにはこっちに来て、父さんや母さんと話をしていったらいいだろう」と、父親が続ける。

「上に戻って、本を読みたかったんだけど」アーティは気の乗らない顔で居間に入ってくると、ピアノの前の椅子に形ばかりに腰をおろした。

「おれたちが映画に出かけて留守にしてたら、おまえもさっさとここに降りてくるんだろうがな」

「マイク」ロバーツ夫人が夫を制した。

アーティは真面目な顔で父親を見た。「おまえに電話があったぞ」彼は続けた。「どっかのオンナからな」

「もう寝る時間よ、ダーリン」ロバーツ夫人がジェイミーに声をかけた。「アーティ、あなたも上に行っていいわ。三十分以内に電気を消してね」

彼女はふたりについて階段の下まで行った。「あとで、おやすみのキスをしに行くわ」そう言うと、彼女は階段をのぼっていく息子たちを見送り、それから夫のそばに引き返した。

トッド・ドナルドのことをきちんと気にかけてくれる人は、これまでひとりもいなかった。彼はおとなしい少年で、これまで十三年近く、兄のジェームズがなんの苦もなく自然にやってのけることを、まあまあ普通にできるようになるために多大な努力を続ける日々を送ってきた。ジェームズは背が高く、だれもが好感をいだく容姿をしている。なので、弟のトッドもいつかは背が伸びるかもしれないが、十三歳の今の彼は、いつも神経質な笑みを顔に貼りつけていて、しかも時々、その笑い方の度がすぎて、はたから見てもわかるほど頰をひくつかせている少年で、さらに兄のジェームズからは「運動音痴」と呼ばれていた。自転車の乗り方も、フットボールのやり方も、ローラースケートの滑り方も、トッドは痛ましいほどの練習を積んで、身につけた。なぜなら、彼になにかを教えてくれる人が、ひとりもいなかったからだ。しかし、そんな努力をしているトッドが、自宅の玄関ポーチに座っていても、学校へ行くために歩き出しても、遊びの輪に入っていっても、自転車を引いて家を出てみても、そこに待っていてくれる人はいなかったし、待ってと声をかけてくる人もいなかった。遊びでチーム分けをする際はどちら側からも選ばれず、だから彼は、いつも望まれない一員として、それぞれのチームに交代で混ぜてもらうしかなく、野球の試合ではバットを握らせてもらったこともなかった。

もしもトッドの父親が自分の子供にもっと関心をもっていたら、彼は、ジェームズやヴァージニアから感じ取れるあらゆるものを差し置いても、トッドを一番に可愛がったかもしれない。しかし、スティーブン・ドナルドは（おそらく昔の彼はどこまでもトッドにそっくりの、ジェームズとは似ても似つかない少年だったはずだが）自分の末息子のような遠い存在に対して無駄に費やすことのできる哀れみの感情を、まったく持ち合わせていなかった。今のスティーブン・ドナルドは、まわりの世界のなにが目に入っていても、なにも見ていないのと同じ状態だった。それは、すでに彼があまりにも深い失望に飲みこまれているからで、だから、我が子のために、自分自身をいたずらに危険にさらすことなどできるはずがなかった。

ジェームズ・ドナルドは弟のことを自分の不完全な複製品だと心ひそかにみなしており、自分という人間を残酷かつ辛辣な形でパロディ化したら、こんなふうになるのかもしれないと思うぶん、トッドに苛立っていた。ジェームズはかなりの身体能力に恵まれていたが、トッドがその身に授かったのは〝罪深さ（イーヴル）〟だった。彼の要領の悪さや運動音痴ぶりは、まさに罪深いばかりであって、だから、ふつうより身体が小さく、良くも悪くも印象が薄いところは、むしろ美点といえた。そんなわけで、ジェームズは、自分という人間にも罪深き部分はなんらかの形で存在しているのだ、とは決して考えたりしなかった。なぜなら、そういったものはトッドの側にあるのが当然であり、トッドが自分の一部として漫然と受け入れるべきものだからだ。

一方、そんなトッドの存在意義を、なおさら薄める役割を果たしている人物がいて、それは、彼とは一歳違いの、兄のジェームズに比べれば同年代にあたる、姉のヴァージニアだった——彼女は近所の同じ子供たちと遊んでおり、自分から取り入る必要のない相手を片っ端から嫌っているように、トッドのことも嫌っていた。トッドにすれば、ほかの子供たちの前で姉に無視されるのはいつものことで、彼女がみんなにこう言うのも聞き慣れていた。「トディにやらせないでよ、なにひとつうまくできないんだから」

ほかの子供たちもヴァージニアの態度に倣った。なぜなら、トッドの姉である彼女が、みんなもそうしても構わないという気持ちを、暗に示していたからだ。ヴァージニアがトッドを罵ったり、あるいは、一緒に遊ぶことを拒否したりすれば、彼は、ヴァージニアとは仲が悪い家族の一員という名声を得られることになるが、彼女が、弟などどこにも存在していないのだと心から信じきった態度を見せれば、彼は消えてなくなる。たとえば、兄や姉に勝る点がなにかひとつでもあったなら、彼は近所における序列（ヒエラルキー）のどこかに、もしかしたら、学校内での序列（ヒエラルキー）においてさえ、ささやかな地位が得られたかもしれない。でも現実の彼は、家庭内の最弱の立場にひたすら辛抱強く必死にしがみつき続けることによって、やっと、ドナルド家には彼という子供がいるという世間の認識のなかに存在していられるのだった。

　とはいえ、夏がはじまって間もないある日、彼に確固たる立場を手にするチャンスがめぐってきた。その日、近所の同世代の子供たちが寝転んですごしていたのは、ほどよく温まったドナルド家の芝生で、ここはトッドにとって、自分もみんなの輪にまじり、どこでも自由に座っていいはずの、唯一の場所だった。ヘレン・ウィリアムズは父親の話を延々と続けていた。自分の妹を泣かせて家に追い返したばかりの彼女は、こう続けた。「それで、あたしがお父さんと暮らすようになったら、ミルドレッドは、きっと修道院送りになるわ」

「修道院のどこが悪いの?」メアリー・バーンが詰問した。彼女は周囲を見まわして、宗教関係の質問をするといつも的確に答えてくれる兄の姿を捜したが、彼は前の道路でジョージ・マーティンとキャッチボールをしている最中だった。「なんで修道院のことを、お仕置きの手段みたいに言うの?」

「修道院っていうのはね」ヘレンは根気よく説明した。「一度入れられてしまったら、絶対に生きては出てこられない場所だからよ。それに、ろくな食事が出なくって、飢え死にしかけたりするんだから」彼女は確信に満ちた声で言い切った。

「そんなの、みんな間違ってる」メアリーは自分の知っている情報に自信をもって言った。

　ヘレンは口をへの字に曲げ、聴衆をぐるりと見わたした。「だったら、修道院はどういうところか、あんたいの説明を聞こうじゃないの」

「さっきの話とは似ても似つかないところよ」メアリーが答えた。「修道院に入れられたら、あんたの妹なんて、むしろ気に入っちゃうんじゃないかな」

「飢え死にさせられるような場所を?」と、ヘレン。「ないない。ミルドレッドが気に入るなんて、絶対にない。あの子、ブタみたいに食べるんだから」

「あたしも、ブタみたいに食べるわ」ヴァージニア・ドナルドが夢見心地に言った。「前に、アップルパイを丸ごと一個、ひとりでぺろりといきかけたことがあるの。あたしがアップルパイを丸ごと食べているところ、みんなに見せたかったなぁ」

するとと、自分の芝生に座っていたトッドが、ククッと笑いながら言った。「ぼくは、ミンスパイを丸ごと食べたことがあるよ」

近所の常識にのっとれば、自分の陣地にいるトッドを先頭切って攻撃できる人物はひとりだけだ。彼の姉はゆっくり振り向いて弟を見ると、ほかの子供たちに視線を戻した。「こいつが本当になにかをやり遂げたことなんて、一回もないわ」

「食べたなんて嘘でしょ」ヘレンが言った。「あんたのお姉さんが、そう言ってるんだから」

「ちゃんと食べたさ」トッドが弱気な声で反論をはじめると、メアリー・バーンがぴしゃりと言った。「あたしは信じないね。あんたなんか、ミンスパイのひと切れだって、満足に食べられやしないわよ」

「そのひと切れが、蟻んこみたいな大きさでもね」と、ハリー・マーティンが続ける。

九歳のハリーにまで敵側で大きな顔をされるのは、この上ない屈辱だ。トッドは「ぼくもボール遊びに入ってこようかな」と立ちあがり、背後で姉が「もっと修道院のことを教えてよ、ウィリー」と言っているのを聞きながら、道路のほうへ歩いていった。

トッドは歩道際にしばらく立って、キャッチボールに誘われるのを待ってみたが、ジョージもパットも、一緒にやろうと声をかけてはこなかった。それで、誘ってくれれば参加する意思があることをほのめかすために、トッドは砂利が敷いてある自宅の私道からひと握りの石を拾うと、そばの茂みに一個ずつ投げはじめた。さらに一分後、今度はジョージの足に向かって石を投げ、弱々しい笑い声をもらした。すると、ジョージが言った。「やめろよ、トディ」

彼はふたたび石を投げ、それはジョージの足から少し離れた場所に落ちた。ジョージは不機嫌そうにトッドをにらみつけた。その表情は、このまま彼のそばに行って、自分たちの邪魔をしたらどういう目にあうかを教えてやろうかと迷っているようだ。でも、結局はそうしないことに決めたらしく、彼はじきにキャッチボールを再開した。そうなると、トッドも彼らのいるほうにさらに石を投げるのは気が引けて、今度は女の子たちに投げてやろうと、身体の向きを変えた。これまでにも、なにか悪いことをすることで、だれかに罰してもらえた彼は、また、あんなふうにだれかに罰してほしいという強い気持ちに支配されていた。ただし、今の彼が求めているのは、ジョージ・マーティンの足首に小石をぶつける程度では得られない、もっと大きな罰だ。彼は姉に向かって石を投げ、それが腕に当たった彼女は「ちょっと!」と声をあげると、周囲を見まわした。石を投げたのがほかの少年だったら、彼女は素晴らしく大げさな怒り方をして、たぶん、すぐさま立ちあがり、投げ返す石を探しただろう。しかし、彼女はこう言っただけだった。「なによ、トディ、あっちに行ったらいいでしょ?」

トッドは次の小石をハリー・マーティンめがけて投げた。年下のくせに、自分に偉そうな口をきいたからだ。しかし、狙いははずれ、彼女はこっちを見て笑った。

「トディ」ヴァージニアが鋭い声をあげた。「やめないんなら、さっさと家に入って、おとなしくしてなさい」

彼に命令する権利など、彼の姉にはなかった。それも、自分の言葉に従うのは当然だといわんばかりの口調で命じるなど、なおさらありえない。トッドはある種の狂気にかられ、芝生にかたまっている少女たちに、手のなかの小石をひとまとめにして力いっぱい投げつけた。すると、メアリー・バーンがうめき声をあげ、両手で顔を覆いながら仰向けにひっくり返った。

「トッド・ドナルド」ヴァージニアが叫んだ。「お母さんに言いつけるからね！」

お粗末な栄光をつかんだトッドはメアリーに駆け寄ると、芝生に倒れたまま泣いている彼女の横に立ち、「ごめんね、メアリー」と声をかけた。「本当に、すごくごめんなさい」

パット・バーンが彼を脇に押しのけ、いらいらした声で言った。「今度はなんの騒ぎだよ？」それに答えてヘレンが「トッドの投げた石が当たって、メアリーの目が潰れただけよ」と言うと、ハリーがめそめそ泣きはじめ、だれかがメアリーの母親を呼びに駆け出していった。「トディがやったのか？」そう確認するパットの横で、ジョージ・マーティンが「うわぁ」と何度もくり返している。

バーン夫人が道の向こうから走ってきた。周囲に立った子供たちが黙って見守るなか、彼女は芝生に横たわるメアリーのかたわらに膝をつき、娘の両手を取って、顔からはずした。石で他人の目を潰してしまった人間はどうなるのだろうと、トッドはぼんやり考えながら、もう一度「ごめんなさい」と言った。すると、バーン夫人はほっとした様子でメアリーの手を放して、言った。「ほっぺたに小さなかすり傷ができただけよ。アブに刺されたのと変わらないわ」

「だれかが石を投げてて、ちょうどその場所にメアリーが行っちゃったんだ」と、パット。

「あなたたち、石を投げて遊んだりしちゃだめじゃないの」そう言うと、バーン夫人は立ちあがった。メアリーも身体を起こし、涙でぬれた顔をぬぐった。「みんな、この子が死んじゃうかもって、思ったのね」

母親が向かいの自宅に引き返していくと、パットは「来いよ、ジョージ」と声をかけ、ふたりでまたキャッチボールをしに戻った。「たいした怪我じゃないって、すぐにわかったさ」彼はジョージに言った。「あいつが泣きわめいている声の調子を聞いたときにね」

「ひどい怪我じゃなくて、本当によかったわ」ヴァージニアがメアリーに言った。

「ごめんね、メアリー」トッドが謝った。

すると、彼女は驚いたように彼を見上げて、「もういいよ、トディ」と言った。「わざとやったんじゃないんだから」

「あんた、どこを狙ってたの?」ヴァージニアが意地悪く言った。「ひょっとして、窓ガラス?」

「今、願うことは、ただひとつ」ロバーツ夫人が浮かない調子で言った。「この夏が早く終わって、また学校がはじまってくれることよ。あたし、時々、思うんだけど――」そこで彼女は裁縫箱から別の糸を取るために身をかがめ、そのせいで声が途切れた。

「それって、どうかしら」デズモンド夫人が穏やかに言う。

「あら、キャロライン」メリアム夫人はそう言って、にこにこしながら幼子を見おろした。キャロラインは、メリアム夫人と自分の母親のあいだに置かれた小さな椅子に座り、色とりどりのリボンの切れ端を夢中になって切り刻んでいる。「キャロラインは、まさに天使ね」

「この子、ここにお邪魔するのが大好きなのよ」デズモンド夫人がメリアム夫人に言った。「いつもあなたが、一人前の大人のように扱ってくださるものだから」

「あなたのところは、まだしばらく、学校の心配をしなくていいわね」と、ロバーツ夫人。

デズモンド夫人は笑い声をもらし、刺しかけの刺繍を膝に置いた。「キャロラインが学校に上がってしまったら、わたしはなにをしたらいいのかしらね」ロバーツ夫人とメリアム夫人が穴のあいた靴下や破れたセーターを繕っている横で、デズモンド夫人がする針仕事は、いつも刺繍だ。もっとも、きれいな金髪をしたキャロラインの頭のそばをめったに離れることのない小さくて優美な手と、キャロラインそっくりの透き通る白い顔をしたデズモンド夫人が、山のような靴下を前にして座っていたり、繕い物に使う木綿糸の糸巻を何個も膝にのせていたりしたら、それはあまりに不似合いというものだろう。デズモンド夫人は漆塗りの箱に自分の裁縫道具を入れて持ってくるが、キャロラインも、それより小さな漆塗りの箱に色とりどりのリボンをいっぱいに詰めて持ってくる。ロバーツ夫人もメリアム夫人も、そこらの淑女に引けを取らない自分自身の上品な手が、大量の繕い物をてきぱきとこなしているのを見ることに、なんら不服はなかったが、デズモンド夫人がそんな作業をしているところを目にしたら、たぶん、ふたりそろって軽い驚きに見舞われることだろう。なぜなら、上流階級の人間は、理屈抜きに、そういうことをしないものだからだ。

「キャロラインは本当に天使だわ」メリアム夫人はくり返した。「そうなんでしょう、ダーリン?」キャロラインがにこりともせずに顔を上げる。それを見て、メリアム夫人は言った。「この子は天使よ」

「もう、いやになっちゃう――」ロバーツ夫人はそう言いながら、踵と爪先がおそろしく破れている、普通サイズの茶色いソックスを目の前に掲げた。

「どうしたものかしら」メリアム夫人が言った。「ハリエットが、もう限界で。あの子を見ていると、時々、心配になるの」彼女は打ち明け話の口調で続けた。「つまり、どんどん大きく、重たくなっていることがね。こういうのって、女の子には死活問題だもの」

「ハリエットは素敵な子よ、ジョゼフィン」デズモンド夫人が言った。「その問題だって、きっとそのうち、乗り越えられるわ」彼女はやわらかな声で、ハリエットを減量治療中の患者のように言った。

「あたしも、ハリエットの年の頃には、かなり重かったのよ」と、ロバーツ夫人が言った。彼女は背中を張ると、縫い物から片手をはずし、ともするとせり上がってひだが寄ってしまう服の前の部分を下に引いて整えた。「あたしの場合は、完全に乗り越えたとは言えないけれど——」彼女は豊かな笑い声をあげ「——まあ、うまいこと落ち着かせたってところかしらね」

　デズモンド夫人とメリアム夫人は笑みを浮かべ、それから、デズモンド夫人が言った。「わたしね、洋服を本当に着こなすことのできる女の子には、いつも感心してしまうの。キャロラインやわたしなんて、きっといつまでも、ひらひらした薄い色の服ばかりを着ていることになりそうだもの」彼女はちょっと顔をしかめ、それから、横にいる娘を愛しそうに見つめた。

「でも、ハリエットは、あの子にとって本当に大切な年齢にさしかかっているし」と、メリアム夫人が続ける。

「大丈夫よ、ジョゼフィン」ロバーツ夫人が力をこめて言った。「ハリエットだって、男の子のことが気になるようになったら、じきにキャンディやポテトを断って、自分の体形に注意を払うようになるわ。あたしにはわかるの」そして、また笑い声をあげた。

「ねえ?」メリアム夫人は針を動かす自分の手もとを見たまま、注意深く切り出した。「ふたりとも、なにか耳にしていない？　例の、くだらない流行(はやり)のこと」彼女はデズモンド夫人とロバーツ夫人に目を向けて、続けた。「つまり、このあたりの女の子たちが、何人かの男の子に手紙を書いてた、って話なんだけど」

「それ、アーティがもらってたわ」ロバーツ夫人が、いくらか自慢げに言った。「女の子のひとりが、アーティにベタ惚れして。想像できる、マーガリート?」彼女は処置なしだという顔でデズモンド夫人を見ながら、続けた。「アーティによ?」

「そのうち、あなたもアーティにびっくりさせられるんじゃないかしら」デズモンド夫人が言った。「彼はとても物静かな子だけれど、ああいうタイプの男の子は、えてして、素敵な男性に成長するものよ」

「そりゃあ、あなたたちは心配する必要がないけれど」メリアム夫人が憂鬱に言った。「わたしは、これほどショックだったことはないわ」

「そういったことは、起こるもんなのよ」ロバーツ夫人が悟りきったように言う。

「ハリエットが関わっていたことが、わたし、本当に信じられなくて」メリアム夫人が続けた。「その手紙というのが――ちょっと目にしたのだけど――汚らわしい内容で」

「アーティがもらったのも、馬鹿な内容だったわよ」と、ロバーツ夫人。「汚らわしい、って言い切るほどのものではなかったと思うけど」

「だれからだったの?」メリアム夫人が間髪入れずに訊き返す。

ロバーツ夫人は肩をすくめて「ドナルドさんちの娘さん」と、答えた。

「納得だわ」メリアム夫人は繕い物を脇に置いて、ぐっと前に身を乗り出した。「あなた方があの子のことをどう思っているかは知らないけれど、わたしは、このあたりではあの子が一番、こういうことをしそうだと思うの」

「ヴァージニアはそう悪い子じゃなくてよ」と、デズモンド夫人。

「でも、わたしはあの子を知っているから」メリアム夫人は憤懣やるかたない様子で、ぐっと顎をあげた。「ハリエットに非はなかったと主張するつもりはないの――娘のしたことは、どう見たって汚らわしいことだったと思うし――でもね、こう考えずにはいられないの。ご近所の若い女の子のなかに、その年齢にまったく似合わないほど成熟した子がいなかったら、こんなことは起こらなかったんじゃないかって」

「あぁ、ヘレン・ウィリアムズ――」と、ロバーツ夫人が口をひらく。

デズモンド夫人は青い刺繍糸を長く引き出して切り取ると、それをキャロラインに「いい子ね、さあ、どうぞ」と差し出して、それからメリアム夫人に言った。「もちろん、わたしはヘレンのことをよく知らないのだけれど、でも、そういう種類の人間は、自身が罪深いことをするよりも、罪深いことの犠牲者になる場合のほうが往々にして多いと思うわ」

「わたし、彼女が本当の意味で悪いことをしているなんて、そんなふうには思ってないのよ」メリアム夫人が動揺して言った。

「あの子はね、マーガリート、ほかの女の子よりも精神的な年齢がずっと高いだけなの」と、ロバーツ夫人が言った。「ただ、そういう子とみんなが仲良くなりすぎたのが問題だった、ってこと」

「うちのハリエットは、もう、あの子とお付き合いすることもないですけどね」と、メリアム夫人。

「そういうのは、決していい考えではないんじゃないかしら」デズモンド夫人がひとりごとのように言った。「親が友だち同士を引き離すなんて。子供だって、だれと付き合ったら自分が損をするかは、じきに見抜くものだし――」

「あたしはこのこと、アーティにさえ言ってないわ」と、ロバーツ夫人。

「いやだ、うっかりして……」メリアム夫人が立ちあがった。「みなさん、お茶でもいかが?」

「あら、どうぞお気遣いなく」と、デズモンド夫人。

「ええ、本当に」と、ロバーツ夫人も言い添える。

「そう言わずに」特別なことはなにもしていないという口調で、メリアム夫人が言った。「もう、用意はしてあるから」

彼女が台所のほうへ消えると、ロバーツ夫人が言った。「あの人って、時々だけど、ちょっとハリエットに厳しすぎる気がするわ」

「なにごとも深刻に受け止めすぎるきらいがあるようね」と、デズモンド夫人がうなずく。

「そういえば」そう言いながら、メリアム夫人が台所からせかせかと戻ってきた。その手に持っているのは、いつでも運べる状態で置いてあったとみえる、山盛りのトレイだ。「今週は、わたしたち三人しか集まっていないなんて、なんだか変な感じね」

「シルヴィア・ドナルドはヴァージニアを歯医者に連れて行くって言っていたけれど」と、ロバーツ夫人が答える。「ディナのほうは、なにがあったのか、知らないわ」

「きっと、お気の毒な妹さんが、また発作でも起こしたんでしょう」デズモンド夫人が言った。「ああいう病弱な人のお世話をしなければならないなんて、さぞかし骨の折れることでしょうね」

「子供の世話より、よっぽど大変よ」ロバーツ夫人は心から言うと、繕い物をぽんと脇に投げ、メリアム夫人が運んできたお茶のトレイに近づいて、用意されたものを厳しく吟味した。「このサンドイッチは素晴らしいわね、ジョゼフィン」

「来週は、みなさん、我が家にいらっしゃってね」デズモンド夫人はそう言ったあと、メリアム夫人が牛乳を満たした細いグラスをキャロラインに手わたしてくれるのを見て「あら、いいわねぇ」と、娘に声をかけた。

「本当にかわいい子だわ」メリアム夫人が言った。「こんなにおとなしく座っていて、少しも騒いだりしないんですもの」

「これだけは言わせて」ロバーツ夫人が熱をこめて言った。「あなたの作るサンドイッチは、いつも最高に素晴らしいわ」

「今日のは、クリームチーズにシェリー酒をほんのちょっぴり加えただけなの」メリアム夫人が言った。

「あとで、レシピを書いてあげるわね」

「ねえ、あなた、本当に大丈夫なの?」ランサム＝ジョーンズ夫人が心配そうにたずねた。「わたしなら、予定を変えることくらい、簡単に――」

「必要ないわ」彼女の妹が答えた。「そんなこと、してほしくない。わたしなら、すぐによくなるから」

「でも、なんだか気が咎めて仕方がないのよ。あなたの具合がこんなに悪いのに」

「じきに元通り、元気になるわ。だから、さあ、出かけてちょうだい」

ランサム＝ジョーンズ夫人は、黒いイブニングドレスの長いスカートのしわを手で撫ぜるように直した。今夜の彼女は、いつも首のうしろでまとめている黒髪を、頭のてっぺんに結い上げており、その姿は、とても高貴で自信にあふれたものに見える。彼女は妹の額に手を当ててみた。「この様子なら、よくなりそうね。わたしたちも、あんなに前から今夜の予定を立てたりしなければよかったんだけど」

「わたしの具合が悪くなるなんて、ふたりとも知りようがなかったんだもの」彼女の妹が反論した。「なにも気にかけることなどないわ」

「ブラッドも、ひどくがっかりすると思うの」ランサム＝ジョーンズ夫人が続けた。「街で落ち合う約束をほごにして、彼にまっすぐ帰ってきてもらうことにしてしまったら」

「今夜のお姉さん、とても素敵よ。彼もさぞかし鼻が高いでしょうね」

ランサム＝ジョーンズ夫人は耳元に手をやって、イヤリングに触れた。「ロバーツさんの息子さんは、とても頼りになる子よ。あの子のことは知っているわよね」

「ええ、もちろん」彼女の妹が答えた。「なにも心配しないで」

「お医者さまの名前と電話番号は、廊下のテーブルに置いておいたし」ランサム＝ジョーンズ夫人は指を折って確認した。「あなたの緊急用のお薬も、その横に並べてある。それに、もし、なにかあったとしても、あの子がいれば、いつでも父親や母親を呼んできてくれる」

「それに、すぐお隣には、ドナルドさんのご家族がいらっしゃるわ」と、妹。

「あとで、向こうから電話するわね」ランサム＝ジョーンズ夫人が続けた。「連絡があれば、いつでも三十分以内に戻ってくるから」

「時間に遅れるわよ、お姉さん。あの子が来るまで、待っている必要はないわ」

「そのほうが、少しは安心できる気がして」ランサム＝ジョーンズ夫人が迷いの残る声で言った。「でも、本当に大丈夫だと、あなたがそう言うのなら――」

　呼び鈴が鳴った。夫人は夜会用のバッグと手袋を手に取り、玄関に向かった。「こんにちは、アーサー」妹のもとに、彼女の声が聞こえてきた。「わざわざ来てくれて、本当にありがとう」

「いいんです、ランサム＝ジョーンズ夫人」アーティが言った。「どうせ今夜は、本でも読んですごそうと思っていたから」

「ちょうど二日前に、妹がまた発作を起こしてね」ランサム＝ジョーンズ夫人は声を落としたが、それでも、彼女の言葉は妹の耳にしっかり届いた。「絶対安静にしなければならないような状態だから、だれかに、そばについていてほしかったのよ。だって、なにか――」彼女はそこで少しためらい、言いかけた言葉を続けた。「なにか起こるかもしれないから」

「わかります」と、アーティが答える。

「これがお医者さまの名前と電話番号。これはリリアンのお薬で、万一、発作が起こった場合に飲ませるものなの。それから、この電話番号は、今夜、わたしたちが出かける場所のもので、あとは――」

「わたしが説明するから、いいわ」リリアンが声を張りあげて言った。「なにも心配しないで」

香水の香りと、黒いビロードの衣擦れの音をまとって、ランサム＝ジョーンズ夫人が部屋にあいさつに戻ってきた。「それじゃあ、ね」

「いってらっしゃい（グッドナイト）、お姉さん」リリアンが顔を上げて言った。「ふたりが帰ってくる頃には、寝てしまっていると思うけど」

「おやすみなさい」妹にそう言うと、ランサム＝ジョーンズ夫人は戸口のところで「あとはよろしく頼むわね」とアーティに声をかけた。

「どうぞ、楽しい夜を」アーティは礼儀正しくあいさつをした。「こんにちは、ミス・タイラー」

「いらっしゃい、アーサー」リリアンが答える。ランサム＝ジョーンズ夫人は戸口で手を振ると、扉をそっと静かにしめて、出かけていった。リリアンはゆったりと座った姿勢で、少年に微笑みかけた。「姉は心配しすぎなの」

アーティはゆっくり慎重に腰をおろした。ランサム＝ジョーンズ家には前にも来たことがあるが、こんなに重大な責任を負ってこの場所にいるのは初めてのことだった。壁際にきちんと配置されているゴブラン織りの椅子、床に敷かれた東洋風のラグ、ピアノの上にかかっている厚手の飾りカバー、どれを見ても、いかにもこの家らしい感じがする。ミス・タイラーのことは、もちろん知っていた。権威ある人物として。その立場から、自分たちと同じ子供の世界に属している大人として。自分の母親の知り合いとして。そして今、アーティは彼女の世話係に任じられている。彼は楽な形に姿勢を崩すと、寝椅子の上にいるミス・タイラーに笑顔を向けて「なにか、持ってきましょうか?」とたずねた。

「いいえ、なにもいらないわ」ミス・タイラーは、うっとりするような空想の世界から引き戻されたかのような、穏やかなやさしい笑みを彼に返した。「あの人たちは、とても素敵な時間を共にすごすの」

アーティはその意味を理解しかねて、今度はあいまいな笑みを浮かべた。

「ブラッドと、あの女」ミス・テイラーが言った。「わたしの姉のことよ」

「ここには、もう長く住んでいるんですか?」アーティは間の抜けた質問をした。彼は今夜のことについて、ミス・タイラーは病身で、どうせベッドに入っているだろうから、自分は、薬や医者や方々の電話番号が必要になる緊急事態にだけ注意しながら、ランサム=ジョーンズ夫妻が帰ってくるまで、静かに本を読んですごしていればいいのだと、そう理解していた。ところが、蓋をあけたら、ミス・タイラーはラベンダー色のネグリジェを着たはかなげな姿で、真向いの寝椅子に座っており、だからアーティは、ミス・タイラーが自分の義務を思い出して、おとなしくベッドに入るまで、お上品な会話に無理をして付き合わなければならないという、最悪な状況にあるのだった。

「彼は、結婚したときに、彼女をここに連れてきたのよ」そう言って、ミス・タイラーは天井を見上げ、周囲の壁を見まわした。「ふたりはずっとここに住んでいるの。それは、花を見れば、わかるでしょう」アーティが無言のままこちらを見つめているだけなので、彼女は寛大に説明した。「草花というのはね、同じ人の手で世話を続けていれば、そのあいだはとてもよく育ってくれるの。うちのお庭に咲いている草花は、すべて、わたしと姉が植えたものなのよ。荒れ野原だったから」彼女は大きく頭を動かして、うんうん、とうなずいた。「最初は、本当に荒れ野原だったわ」

「それを、ふたりで、こんな素晴らしいものに変えたんですね」アーティは心ひそかに自分をほめた。今のは的を射た言葉だったし、会話の流れに沿っていたし、いい具合のお世辞にもなっている。

「わたしがあなたくらいの年だった頃」ミス・タイラーは軽く笑った。「もう、二十年は前のことになるけれど、あの頃は、一エーカーの土地に咲いているバラを、たったひとりで世話していたものよ。レディ・ハミルトンを」彼女は遠い目をアーティに向けた。「そんな遠い昔のことを、あなたは思い出したりしないでしょうね」

「残念ながら」アーティは自分がどんな役目でここにいるのかを思いながら、心のなかで頭を抱えた。彼女はそろそろベッドに入らなければいけない。それは確かだ。となると、彼にはそれを実行させる重大な責任がある。(「ベッドへ行くのに手を貸しましょうか、ミス・タイラー?」「ぼくのせいで、いつまでも起きていたりしないでください、ミス・タイラー」「もう、休んだほうがいいですよ、ミス・タイラー」)「ミス・タイラー」彼は思い切って口をひらいたものの、その声は弱々しく、先の言葉が出てこなかった。

「とても素敵な結婚式でね」ミス・タイラーは話し続けている。「彼女は、腕いっぱいに、わたしのバラを抱えていたの。わたしのバラを」

「ここのお庭のバラも美しいですよね」アーティが言った。これもまた、さっきの言葉と同じ類の、彼にとっては誇れる内容の発言だ。

「わたしは一度も結婚したことがないのよ」ミス・タイラーが言った。「あなたのような若者――あなた、何歳だったかしら? 十八? 二十歳?」

アーティは咳払いして、口をひらいた。「ミス・タイラー」(「ベッドへ行くのに手を貸しましょうか、ミス・タイラー?」)

「あなたのような若者は、みんな、わたしの前を素通りで」ミス・タイラーが言った。「止まってくれたのは、ブラッドだけだった」

「それは酷すぎますね」これは、アーティにとって誇れないひと言だ。

「さて」ミス・タイラーが酔いから覚めたような声で言った。「わたしはもう休まないと。失礼しても構わない？」

「もちろんです」と、アーティ。「なにか、持ってきましょうか？」

「ありがとう。でも、必要ないわ。あなた、退屈しないかしら？」

「しません、しません。ぼく、本を持ってきましたから」

彼女が寝椅子から立つのを見て、アーティも席を立ち、相手の道をふさがぬように、丁寧にうしろにさがった。「手を貸してもらえる？」急に言ったかと思うと、ミス・タイラーの身体がふらっと傾いた。アーティは心臓が止まる思いで前に飛び出し、慌てて腕を取った。「あっちよ」彼女が言った。「今は、下の部屋を寝室に使っているの。バスルームもついているし、なんでもそろっているから」彼の支えを受けて廊下を進んだ彼女は、自分の部屋の前で足を止めた。「わたしの姉って、とても親切よね」そう言いながら、扉にしばし頭を持たせかけ、それから、自分の腕を少年の手からそっとはずした。「どうもありがとう、アーサー」

「ひとりで、大丈夫ですか？」アーティはたずねた。今の彼は心から彼女に同情していた。その感情が、自分は支えがなくても普通に歩けるし、走りたければ走れるし、やろうと思えば一日に五十回だって階段の上り下りができるのに、という思いから発していることには、まるで気づいていないまま。「なんでもしますから、言ってください」

「ここまで来れば、本当に、あとはひとりで大丈夫よ」

アーティは肌が粟立つような恥ずかしさとともに、自分がここから立ち去るまで、彼女は寝室の扉をあけたくないのだということに気がついた。彼が息をのんでうしろにさがり、「それじゃ、おやすみなさい」と言うと、ミス・タイラーはいたずらっぽく一本の指を振って見せた。「あなたたち若い男性ときたら、本当にうっかりさんなんだから」

居間に戻って、ゴブラン織りの椅子のひとつにお尻の端を遠慮がちに置いて座ったアーティは、今に倒れる音や悲鳴が聞こえてくるのではないかと、じっと耳をすませた。すると「若いとお馬鹿で軽率なことをしてしまうものよ、ねえ、あなた（マイ・ダーリン・ディア）」という、彼女のやさしい声がして、それきり、あとは静かになった。

そうして屋内に広がった静寂に慣れてくると、彼はようやく持参した本をひらいて、読みはじめた。途中で部屋を出たのは一度だけ。ミス・タイラーの呼吸が止まっていないか気になって、廊下を忍び足で歩き、部屋まで様子をうかがいに行った。そして、扉の前に立って、永遠にも思える一分間をすごしたあと、また居間の椅子に戻って、平穏無事に本を読みふけっていると、午前一時を少しすぎた頃、ランサム＝ジョーンズ夫妻が帰ってきた。

「なにもありませんでした」アーティが報告する。

「そうだろうと思ってたわ。だから、わざわざ電話はしなかったの」ランサム＝ジョーンズ夫人はそう言うと、彼に二十五セント硬貨を与えた。

「大人になったら」ジョージ・マーティンが祖父に言った。「トラックに乗ろうと思うんだ。十トンのトラックに」

「まずは大きくなることだ」祖父が言った。彼は賢者のようにうなずいて、「まずは大きくなることだ」とくり返したあと、ゆっくり続けた。「その昔、わしは自分が医者になるものと思っていた。だが、今のわしは庭師だ」これで話の要点は伝わったとでもいうように、老人はまたうなずいた。彼は今、雑草が伸び放題に伸びた自宅の裏庭で、老いた頭に朝の日差しを容赦なく浴びながら、壊れた箱に腰かけていた。日曜日の午前中、天気がよければここに座ってすごすのが彼の習慣で、ぼんやり眺めるその庭は、彼自身のものでありながら、手入れする時間がとれずに放置されており、たまに、ジョージがあれこれやって失敗したり、子供たちの祖母が思い出したように大掃除をする以外は、自然の力にまかせるままになっている。一方の隅の、メリアム家の塀に近い場所に立っているのは、もはや実をつけることのないプラムの老木で、その隣にある、ジョージが造ったウサギ小屋では、昨年の夏、身体の弱っていたウサギがあわれな最期を迎えた。ここには、ほかにも二本のプラムと、リンゴの木が一本あるが、こちらのプラムも二本そろって実がならないし、リンゴは期待を大いに裏切るまずい実しかつけてくれない。そのほかに、この裏庭にあるものといえば、野辺の草花と、名もなき雑草と、がらくたの類と、一本のつるバラの木で、このバラは家の裏の外壁に絡みつきながら伸びており、老人が壊れた箱に座ると、ちょうどその肩のあたりにも枝先をひっかけようとしてきた。

　ジョージはまた工作にいそしんでいた。作っているのは、乗って遊べる車輪付きの箱（スケート・コースター）か、小型の手押し車になるはずのもので、板にオレンジの木枠をのせて釘で留めつける作業はすでに終わり、今は、古いローラースケートを片方ずつ、底の部分に車輪として取りつけようと、苦心しているところだ。

「トラックを手に入れたら、なにをすると思う?」ジョージが続けた。その口調は、手を動かすリズムにあわせて、まるで歌っているようだ。やっているのが緻密な作業で、最大限の注意力が必要なときには、声が小さくなって、発音がゆっくりになって、しまいには言葉が途切れてしまうが、逆に、釘を打ったり、大きさを測ったり、たんたんと作業を続けているときは、声の調子があまり変わらず、言葉も途切れずに続いていく。そのあいだに、たまに顔を上げて祖父のほうを見るのは、それが重要な発言だということを示したいからで、そういうときに目元と口元に日差しがあたると、うつろな表情しかない彼の顔に、いつもは欠けている知性の色が加わって見えた。

「ねえ、なにをすると思う?」ジョージは祖父を振り返りながら、しつこく言った。「メリアムのばばあの家に突っこんでいって、あいつを轢いてやるんだ。メリアムのばばあを轢いて、メリアムのばばあを轢いて、でもって、メーリーアームーのーばーばーあーをー轢ーいーてーーー」ここの言葉がひどく伸びたのは、曲がっているローラースケートの車輪をまっすぐにしようとして、ジョージが力をこめたからだ。やがて、彼の言葉は元の速さに戻った。「それから、ませガキのハリエットを轢いて、メリアムのばばあを轢いてやるんだ。トラックを手に入れたら、そうするつもりなんだ」

暖かな日差しに眠気をもよおし、老人は半分目をつむっていた。彼は、孫たちの言っていることが、いつもほとんど理解不能であることに気づいていた。なぜなら、子供は早口で、変わった言葉を多く使うし、それに、言葉遣いそのものが、どれだけ聞いても老人の耳には外国語のように聞こえるからだ。ジョージが顔を見上げると、彼の祖父は、四十年前の移民局でまさにそうしてみせたように、微笑みを浮かべながら、孫に向かってうなずいた。そして、眠そうな声で「大きくなることだ」と言った。

「大人になったら」ジョージは続けた。「トラクターを手に入れるんだ」

「トラクターを?」と、祖父が訊く。

「それで、世界のあっちこっちに突っこんでいって、そこにいる奴らを殺すんだ。それから、メリアムのばばあを」彼は単調に歌いはじめた。「ケリーじいさん、おなか(ベリー)におできができて、舐めたら、ゼリーの味がした」

暖かな日差しのなかで、老人がかすかに身体を動かし、それにあわせて、つるバラの葉がカサカサと鳴った。

「ケリーじいさん……」ジョージは口調を変えた。「路面電車を運転するっていうのは、どうかな、おじいちゃん?」

彼の祖父は目をあけて、微笑んだ。

「うん、それがいい」ジョージは声をあげた。「チンチン、ブロロロロロ、チンチン、チンチン」彼は作業を放り出して、目には見えないレバーを引き、操作の難しい機械を懸命に操り、鐘を鳴らしながら、庭を動きまわった。「チンチン、チンチン」大きな声で叫んだ。「チンチン」

彼の祖父は、ほのかな驚きとともに、孫の様子を眺めた。バラの葉の一枚が頬に触れた。彼は手を伸ばし、その葉を顔の前まで持ってきて、丹念に観察した。そして、孫に声をかけた。「ジョージ、ちょっと、こっちにおいで」

プラムやリンゴの木のまわりを勢いよくまわっていたジョージは、すぐにそれをやめて、祖父のところに戻ってきた。「なあに、おじいちゃん?」邪魔なスケート・コースターを蹴飛ばして、彼は祖父の横に立った。

「ごらん」老人はバラの葉をジョージの顔に近づけた。「わかるか?」彼は、葉についている小さなシミを指して言った。「これは、よくない」

ハリエット・メリアムとヴァージニア・ドナルドは、たがいに腕を組んで、コルテス通りを歩いていた。ふたりは三ブロック先にある、一番近い店に行くところで、そこでアイスキャンディを買ったら、また家まで戻ってくるつもりでいた。しかし、コルテス通りと街道の角に建っている、大きなアパートメントの横にさしかかったとき、その建物に急いで入ろうとした男性がヴァージニアにぶつかり、はずみで、彼女の握っていた五セント白銅貨がどこかに落ちてしまった。「やだぁ！」ヴァージニアが大声を出すと、「失礼」と言って、そのまま建物に入ろうとしていた男性が、ふたりのところに引き返してきた。「どうかしましたか？」

「五セント玉をなくしちゃったの」と、ヴァージニアが答えた。彼女は落とした硬貨を捜して歩道を見まわしていたので、相手の男性が中国人であることに気づいていなかったが、ハリエットはそうではなく、ヴァージニアの腕をつかんで引っ張った。「わたしのお金を使えばいいよ。だから、行こう、ヴァージニア」

「これはわたしの過失です」男性が言った。「弁償させてください」彼がポケットからひと握りの小銭をつかみ出すと、ヴァージニアは「いいえ、そんな、いいですから」と答え、そのあと、やっと顔を上げて、初めて相手の顔を見た。それから「もらえるわけ、ないでしょ？」とひどく冷ややかに言って、ハリエットと腕を組み直した。

　男性は悲しげな笑みを浮かべた。「ぜひ、この五セントを受け取ってください」すでに彼は、握った小銭のなかから白銅貨を選り出していて、ヴァージニアが見ている前で残りのお金をポケットに戻すと、彼女に白銅貨を差し出した。「結局は、わたしの過失です」

　ヴァージニアはためらった。「わたしのお金を使っていいから」と、ハリエットがくり返す。

「こんなに魅力的な若いご婦人なのに」男性が続けた。「わたしが迷惑をかけてしまった」彼は白銅貨を持っている手を、いっそう熱心に突き出した。「断るなんて、とても不親切なことですよ」

「ありがとう」そう言って、ヴァージニアは白銅貨を受け取った。すると、男性がおじぎをして言った。

「こちらこそ、ありがとう。これで、自分をだめだと感じる気持ちが、少しは減りました」

　この人は、さっきまで自分がどれほど急いでいたのかを忘れちゃっているみたいだ、とハリエットは思った。男性は、ふたりと話がしたくてたまらないかのように、首を軽くかしげ、礼儀正しくも期待に満ちた笑顔で、その場に立ち続けている。彼の身なりは、デズモンド氏に引けを取らないくらいに立派なもので、ポケットから取り出した小銭は、かなりの額がありそうだった。ヴァージニアは、彼の顔に浮かんでいる期待の表情を意識しながら、「ここに住んでいるの?」と、アパートメントのほうに手を振り動かしてたずねた。

　彼は建物を振り返り、珍しいものでも見るように眺めて「はい、そうです」と答えた。

「あたし、ここには一度も入ったことがないの」と、ヴァージニアが続けた。「素敵な感じ?」

「趣味がとても悪いです」男性が答えた。「まるで品がない」

「あたしは、この建物ができたときのことを憶えてるけど、あなたはどう、ハリエット?」

　ハリエットは首を振りつつ、ヴァージニアの腕を目立たない形でしつこく引っ張り続けた。

「あれは、あたしたちが、まだ小っちゃかった頃よ」と、ヴァージニア。「建設工事をしているときに、よく、ここに来て遊んだわ」

　男性は熱心に耳を傾け、彼女が話し終わるとうなずいた。「わたしは、ここに住んで二年になります。そのうち、わたしを訪ねてくだされば、建物のなかを見ていただけますよ」

　ハリエットはヴァージニアの腕を引く手に思いきり力をこめたが、ヴァージニアはこう答えてしまった。

「ありがとう。そのうち、そうさせてもらうわ」

「そのうち、お茶でも飲みに来るというのはどうでしょうね」彼が言った。「もちろん、魅力的なお友だちも、ご一緒に」

　ヴァージニアは、ハリエットの力に対抗して荒っぽく身体を引き戻し、答えた。「ありがとう。たぶん、ふたりでおうかがいするとと思うわ」

ここで、男性がしばらく考えこみ、そのすきに、ハリエットがうながした。「ヴァージニア、わたしたち、もう行かなきゃ」

すると、彼が口をひらいた。「一週間後はどうでしょう?」そう言って、ふたりを見た彼の顔から笑みが消えた。「だめですか?」そして、礼儀正しく、こう付け加えた。「それでは、また別の機会に」

「いいえ、ぜひともお邪魔したいわ」ヴァージニアが慌てて言った。「その日は、ほかに用がなかったかどうか、思い出そうとしていただけなの」

彼の顔に笑みが戻った。「では、来週の火曜日の、午後四時に。わたしは、ちょうどここに立って、おふたりをお迎えすることにしましょう。そうすれば、あなた方もふたりだけで建物に入る不安を感じないですみますからね」

「ありがとう」ヴァージニアは、自分の腕を引き続けるハリエットのしつこさに負け、彼女のあとについて、歩道をじりじり移動しながらも、最後にこれだけは言った。「あなたって本当にいい人ね。来週は、きっと、ここに来るわ」

「こちらこそ、ありがとう」そう言って、男性はふたりにおじぎをし、それから、また急いだ様子でアパートメントに入っていった。

「ヴァージニア」ハリエットが言った。「あなた、頭がおかしいわ。あんなふうに話をするなんて、だめじゃない」

「あの人に、なにができたっていうの?」と、ヴァージニアが言い返す。「あたしに五セントをくれただけよ」

「人に見られていたらどうするのよ? うちの母親が通りかかっていたら、どうなっていたと思う?」

「それが、なんなの？　あたしたちは、落とした五セント玉を捜していただけでしょ」

「来週、行ったりしないわよね？」ハリエットは、ヴァージニアのなかにひそむ、自分には理解できないなにかに怯えながら言った。

「あたしは行くんじゃないかな」ヴァージニアは口角を思わせぶりに下げて、言った。「ヘレンも行くかもね」

「わたしは行かないから」と、ハリエット。

「それはともかく」ヴァージニアが続けた。「あたし、自分のを見つけちゃったんだ。ほら」彼女が差し出した手には、二枚の白銅貨があった。「これでガムも買えるわね」

「なのに、もらっちゃうなんて」ハリエットが弱々しく抗議する。

「それが、なんなの？」さっきと同じ言葉を、ヴァージニアがくり返した。「中国人からお金をとったって、なにも悪いことなんかないわ」


「この古い跡にはさ、昔は絶対に泳げるくらいの深さがあったと思うんだ」と、パットが言った。

「自分の家の隣みたいな場所に泳げるところがあるって、それ、すごくいいよな」と、アートが答えた。

「角を曲がったら、すぐそこ、なんて」

　ふたりは、水が涸れて草がぼうぼうに生えている、古い小川の川底に寝転んでいた。彼らの両側には、苔や草に覆いつくされた土手の急斜面がせり上がっていて、その縁の上のほうでは、ユーカリとモミの木が鬱蒼と枝を伸ばしており、そして、そのはるか上に、空が広がっていた。この古い川跡は、ペッパー通りのすぐそばに広大な土地を占めているゴルフ場との境界線を成している。このゴルフ場は、彼らより上のクラスの隣人たちが暮らす門の向こう側の世界に属していたが、ゴルフ場はとてつもなく広かったし、上のクラスの隣人たちも、ここではプレーするだけで、この場所に住もうとしているわけではなかったので、各ホールの配置は、門の存在が示している厳格な境界線を守ることなく、かなり民主的にはみ出しており、よって、反対側の地域に暮らす隣人たちがここを利用することが正式に認められていて、さらに言うなら、パットやアートのような少年たちが端のあたりでうろうろすることも許されていた。つまり、父親に反対されなければ、彼らはここでキャディのアルバイトをすることもできるわけだが、そのためには、コルテス通りにまわって門を通り、その先の、住人たちの家が絶対に見えないようになっている長い道路をはるばる進むという、とんでもない遠まわりをして、この川の縁からではどこにあるのかもよく見えない、クラブハウスまで行かなければならない。そのクラブハウスを出発点に、重いゴルフバッグを持って、プレーヤーのあとを忠順について歩けば、そのうちにこの川のそばへ、もっとまともな、というか、手入れの行き届いている側から近づくこともあるだろうし、今、彼らが横になっているこの場所に、打ち損じのゴルフボールを捜しにくることもあるかもしれない（以前、ジョージ・マーティンがこの川床からゴルフボールを持ち帰ったことがあり、近所の子供会議では、その行為について、結局は泥棒と同じであるという意見が大勢を占めたのだが、彼が今もそのボールを自分で使うために手放さずにいることは、周知の事実である）。このゴルフ場は、ペッパー通りの子供たちにとって、決して禁断の楽園ではなかった。なぜなら、ジェームズ・ドナルドは、きちんと服装を整えたうえで、これまで何度もクラブハウスへ食事に行っているからだ。また、デズモンド氏は日曜ごとに、ここでプレーを楽しんでいるし、このクラブの会員として、ときにはロバーツ氏を連れて行くことさえある。

実のところ、このゴルフ場は、ペッパー通りという限られた世界に、最大の達成感を感じている者と、最小限の達成感しか感じていない者が共存している事実を浮き彫りにしてみせる存在だった。たとえば、デズモンド氏はこのゴルフ場の会員であると同時に、都会にある別のスポーツクラブにも所属していて、そっちのクラブではスカッシュをプレーしているが、彼としては、遠からず、自分を門の向こう側の身分に昇格させたいと思っており、それが叶えば、ジョン・ジュニアとキャロラインは、通りから見えないように建っている家で育つことになるだろうし、そこにはテニスコートだってついているかもしれず、彼の一家は金持ちと呼ばれるようになるかもしれない。一方、バーン氏はどうかというと、彼はゴルフよりもボーリングが好きで、土曜日の夜はいつも厳選されたメンバーでゲームを楽しんでいる。ただし、デズモンド氏がゴルフをするために選び抜いている相手とは違い、バーン氏の友人たちは門とは関わりのない生活をしていたし、門の向こう側に住むことなど、まったく考えたこともなかった。バーン氏とその友人にとって、ペッパー通りは究極のゴールであり、自分がここに住めることに、大いに満足していた。しかし、それと同じだけの満足をデズモンド氏が得られるようになるのは、門の向こう側に住めるようになったとき、そして最終的には、都会のはずれに土地付きの家が持てるようになったときだ。現時点では、バーン氏とデズモンド氏は、対等な立場にある礼儀正しい知人として、たがいに顔を合わせている。しかし、もとは、おそらく同程度の金持ち同士だったとしても、彼らのこうした考えの違いは、いずれそのまま、両者を隔てることになるだろう。パット・バーンとジョニー・デズモンドが、学費の高いどこかの大学で再会する可能性はかなり高いが、そのとき、彼らが共有できるものは、ペッパー通りですごした子供時代と、森の小川にまつわる思い出であって、このゴルフ場ではない。

気合いの入りすぎたゴルフボールに頭をかち割られる可能性が若干ある点をのぞけば、この小川は近場の隠れ家として、ほぼ理想的な場所だった。ミルドレッド・ウィリアムズは一度も来たことがなく、キャロライン・デズモンドも、マリリン・パールマンもそれは同じだったが、そういう人間は、この三人だけだ。小川のなかには堤防を造るために運びこまれた大きな石がたくさんあり、芝生に負けないほど草がびっしり生えている。ここに水が流れていたのは大昔のことで、なのに、今もみんなが〝小川〟と呼んでいるのは、ただの慣例にすぎない。ずいぶん前のことになるが、空き地の裏手にあたる場所からゴルフ場側に向かって、もっとも幅のある峡谷をまたぐように一本の木が倒れ、危険な橋を形成した。これまでに、その倒木を自転車でわたりきってみせたのは、ジェームズ・ドナルドただひとりで——このことが、ペッパー通りにおける彼の評判を確かなものにする大きな要因となった——パットとアート、それと、男子にできることはなんでも真似してやろうとするヘレン・ウィリアムズの三人は、まっすぐ立ったまま歩いてわたることができた。ジョニー・デズモンドは、一度、走ってわたろうとして、下に生えている草のなかに転落し、腕を骨折した。トッド・ドナルドと、ジェイミー・ロバーツのような年下の子供たちは、腹ばいの姿勢になれば、少しずつ進んでわたれた。メリアム夫人は、この橋の存在そのものを知らなかったが、ロバーツ氏はこれを大歓迎し、そしてデズモンド氏は、この事実は子供たちにまったく知られていないのだが、とある真夜中、したたかに酔った状態で、ゴルフ場側から歩いてわたったことがあった。

パットは草の上に仰向けになったまま、両目を覆うように片腕を顔にのせ、上体を起こしたアートは、膝を抱えた姿勢で座っていた。さっきからふたりは、たまに思い出したようにしか口をひらいていなかった。なぜなら、わざわざ会話などしなくてもいいと感じるほどの、心地いい安堵感に包まれていたからで、それは、だれよりも仲がいいふたりの関係性によるところもあったが、なにより、自分たちの下には大地と草しかなく、頭上には樹木と空があるだけで、家屋の影などどこにも見えないという状況がかもしだす雰囲気による部分が大きかった。パットは指にはさんだ草の葉を軽くねじりながら、その存在というものを、食べ物を食べるときより、本を読むときより、ずっと確かに感じ取り、また、自分の上だけに広がっている天蓋のような高い空を見て、すぐそばにある幸福について考えた。一方のアートは、草の香りを楽しみ、両脇からぐっと押し寄せて自分を上手に隠してくれる川の斜面の形を飽きずに眺めた。

「うちの父親」やがてアートが言った。「ちょうど今、上でゴルフをしてるかも」

「してないよ」顔にのせた腕の隙間から、パットがくぐもった声で言った。「今頃は街で働いてるさ。今日は火曜日だからね」

「本人にその気があれば、今日だってゴルフはするよ」と、アート。

「うちの父親には無理だな」パットは寝返りを打って腹ばいになると、草をつかんでむしり取っては、それをばらまきはじめた。「くだらないことができない人間だから。仕事と、他人を批判することだけは別だけど」

「ぼくは、自分の父親に比べたら、きみの父親のほうが、まだマシだと思うよ」そう言うと、アートは膝に顎をのせ、川岸にはえている木々を斜に見上げた。そして「あそこらへんの木、五十フィートくらいありそうだな」と、続けた。

「ぼくは、こっちのより、そっちのほうがいい」パットが言った。「とりあえず、そっちの父親は、他人に余計な注意を払ったりしないからね」

「きみはそう思ってるわけか」と、アート。「でも実際は、なにかを見つけちゃ、いつも言いたい放題だよ」

「うちの父親は」パットは言葉を選んで言った。「とにかく、人を放っておくということができない人間でさ。いつだって、ほかの人のことを、こっそり見張って、詮索して、批判して、しつこく悩ませている」

アートがクスクス笑った。「うちの父さん、おしゃべり袋」

パットがクスクス笑った。「うちの父さん、うるさ型」

「うちの父さん、威張りんぼ」

「うちの父さん、くそ野郎」

それからしばらくのあいだ、パットは草に顔をうずめ、アートは木を眺めたまま、どちらも黙っていた。あたりが暗くなってきた。ゴルフ場ではフェアウェイから人が消えて、クラブハウスに戻った男たちが更衣室で着替えたり、酒を飲んだり、陽気におしゃべりをしていた。小川の上を覆っている空は明るい青から薄い緑に変化し、木立もその影を深めた。吹きはじめた風は、いつもだいたいそうであるように、今日も川底まで降りてくることはなく、両岸にそって草の頭を軽く撫ぜていったあと、木立のほうへ抜けていった。ようやく、パットが顔を上げた。「そろそろ、夕食の時間じゃないか？」

「もう帰ろうよ」アートがそう言ったのをきっかけに、ふたりは立ち上がって、服についた草や枯葉を払い落とした。それから、アートを先に、パットを下にして、小川の斜面を器用によじ登ると、ふたりは家を目指して、空き地を横切っていった。


「うちの父さん、がさつなちょいデブ」と、パット。ふたりは声をそろえて笑った。

「うちの父さん、がさつな大デブ」と、アート。

「うちの父さん、ぐうたら男」

「うちの父さん、ぐうたら男」

「うちの父さん、威張りりんぼ」

「うちの父さん、老いぼれブタ」

「うちの父さん、悪臭ぷんぷん」

「うちの父さん……」パットはためらい、そして言った。「うちの父さん、くそ野郎」

ここで少し間があいて、そのあとアートが「うちの父さん、くそ野郎」と続けた。

「ウィリアムズさんちの子、引っ越すらしいわね」夕食の席で、メリアム夫人がハリエットに言った。

ハリエットは驚いて顔を上げた。「知らなかった。そりゃあ、ヘレンはいつも、そんな話をしていたけれど」

メリアム夫人がうなずいた。「今日、ミス・フィールディングから聞いたのよ。今週か、来週には引っ越すんですって」

「どこに行くのかしら?」と、ハリエット。

「ここを離れてくれるなら、どこでもいいわ」メリアム夫人はそう言うと、夫に声をかけた。「ハリー、ジャガイモのおかわりは?」

メリアム氏が間の抜けた表情で自分の皿から顔を上げた。「なんのおかわりだって?」

「ジャガイモですよ」メリアム夫人は辛抱強くくり返した。このところの彼女は、ハリエットと一緒にいる時間を増やしたせいで、メリアム氏の行動に野暮でがさつな一面がのぞくたびに、意味ありげな表情でハリエットのほうを見る。最近は、母と娘で長いおしゃべりをする機会もかなり多いのだが、そのなかで、彼女は頻繁にこんなことを口にしていた。「あかぬけない男となんて、絶対に結婚してはだめよ、ハリエット。そういう結婚で得られるのは、はっきり言って、後悔だけなんだから」そこでハリエットが、その話をもっと詳しく聞こうとすると、彼女はたいがい首を振って、悲しそうな笑みを浮かべるのだが、たまに、よほど腹を立てていて、気持ちのたがいがはずれたときだけは、夫の育ちがよくないことを悪しざまに非難することがあった。そして今、彼女は「ジャガイモのおかわりは?」と言いながら、ハリエットを見て意味あり気に微笑み、ハリエットはまごつきながら微笑み返した。

ハリエットは、例の中国人のことや彼からお茶に誘われていることを母親に話せないまま、ひとり不安のなかにあった。約束の日までは、あと二日しかなく、ヴァージニアが行く気でいることはわかっている。この問題にさいなまれて、彼女は毎日、地に足がつかない思いでいた。そのせいで、これまで何度か母親が、彼女の手にそっと手を重ねて「ねぇ、ハリエット、なにか心配事があるんでしょう。言ってくれない？」と訊いてきたのだが、そのたびにハリエットは身体をもぞもぞ動かしながら「なにもないわ」と答えてきた。しかし、ハリエットのひそかな悩みに向けられる母親の関心は、いつもあっさり、彼女自身の悩みへと移行した。というのも、メリアム夫人はちょうど詩を、それも『死と穏やかなる音楽』と題した詩を書いているところで（ハリエットが一緒になって書いている詩は、その名も『わが母に捧げる』である）、ハリエットの心を乱しているのがどんな時ならぬ嵐であろうと、彼女はそれを、自分もよく知っている、芸術的創作活動につきものの苦悩に違いないと、たやすく勘違いしたからだ。

「いや、イモはもういいよ、ありがとう」メリアム氏が言った。「デザートはなにかな？」

「パイよ」メリアム夫人は腰をあげ、食事の終わった皿を持って、台所に向かった。ハリエットもそのあとに続いて、やがてふたりでパイの大皿を運んできた。メリアム夫人は椅子に座ってパイにナイフを入れ、ひと切れだけ大きく切り取ると、それをメリアム氏の前に置いた。

「アップルパイか」そう言ったあと、メリアム氏は妻と娘を見た。「食べるのは、わたしだけかい？」

「わたしもハリエットも、節度を守る（ノット・パイ・イーター）ことにしたので」と、メリアム夫人が上品に答え、それを受けてハリエットも「この上、パイが喉を通るなんて、信じられない」と、高潔なる口調で続けた。本当は、パイのひと切れくらい、ぺろりとたいらげてしまうところなのだが、〝芸術的創作活動〟と〝お育ちのよさ〟が、それをハリエットに許さなかった。

「ウィリアムズさんちの子がいなくなってくれたら、本当に幸せだわ」メリアム夫人が言った。「あの子は近所の子供たちに悪影響をおよぼしているって、わたしはずっと感じていたの。なにしろ、あんなことが……」彼女は軽く咳払いし、ハリエットを見た。娘はいたたまれない表情で目をぱちぱちさせている。「でもね、ハリエット、ほかの女の子たちが受けたほどの悪い影響が、あなたにあったなんて、わたしは信じていませんよ」彼女は指先でコーヒーカップの縁に軽く触れた。「この意味、わかってくれると思うけれど」

突然、ハリエットはあることを思いつき、よく考えてみる前に、つい口走ってしまった。「先日、ヘレン・ウィリアムズのことで、おそろしい話を聞いたの」

メリアム夫人がコーヒーからぱっと顔を上げた。メリアム氏はもくもくとパイを食べている。

「ヴァージニア・ドナルドから聞いたんだけど」と、ハリエットは続けた。

「ヴァージニアはとても素敵なお嬢さんよ」メリアム夫人が言った。「わたしがさっき言ったこと、誤解しないでね」

「ヘレンのことなの。ある日、彼女とヴァージニアが道を歩いていたら、あそこの角のアパートメントに住んでいる中国人に出会ったんですって」ハリエットはためらった。ヴァージニアを悪者にしすぎるのは、賢い方法ではないかもしれない。「それで、ヘレンがその中国人と話しはじめて」

「いかにも、あの子のやりそうなことだわ」メリアム夫人がため息をつく。

「それで、話の最後に、そのうち、また会いませんかって、その人に誘われたそうなの」

メリアム夫人は目を丸くし、口をひらいた。

「その人はあのアパートメントに住んでいて」ハリエットは、心の重荷が取れたせいで自分が饒舌になっているのを感じながら続けた。「よかったら、近いうちに、自分が住むアパートメントに遊びにいらっしゃいって、言ったんですって」

「あの子たち、行ったの？」メリアム夫人が訊いた。「その男はふたりに、なにをしたの？」

ハリエットは大急ぎで考えた。「ヘレンが行ったかどうかは知らないわ。ヴァージニアはなにも言ってなかったし」

「ヴァージニアは、本当に、気の毒なこと」と、メリアム夫人が言った。「でも、ヘレン・ウィリアムズは、まさにそういうことをやりそうな子だって、思っていたのよ。中国人にちょっかいを出すなんて」彼女は大げさに身体を震わせた。「その場にいたのが、うちの娘でなくて、本当によかった」

「わたしだったら、そんなことはしないわ」ハリエットが躍起になって否定にかかるのをよそに、メリアム夫人は言葉を続けた。「ハリー、お聞きになった？　ヘレン・ウィリアムズが中国人と遊んでいるんですって」

「そうなのかい？」ハリー・メリアムは顔を上げて妻に目を向け、それから自分のカップに手を伸ばした。「コーヒーのおかわりを頼むよ」

　夫のカップにコーヒーを注ぎながら、メリアム夫人はハリエットに言った。「なにが起こったのか、知りたいわ。だって」――彼女はいくらか声を落とし、夫を横目で確認しながら――「あの連中は、とにかく白人の女の子が大好きだっていうから」彼女は無意識ににんまりと笑い、ハリエットが身を乗り出さなければ聞き取れないほど、さらに声を低くした。「あの連中の家は壁が厚くできているのよ、それも、特別に厚く。だから、入ったら逃げられないし、悲鳴をあげても、だれにも聞こえないの。悲鳴をあげても」彼女は微妙なニュアンスを加えて最後の言葉をくり返し、ハリエットは気恥ずかしさに顔がほてってくるのを感じた。

「そういう事件を、これまでいくつか聞いたことがあるの」そこでまた、メリアム夫人はため息をつき、椅子の背に身体を戻した。そして「あわれなヘレン」と言った。

「でも、アパートメントのなかのことだし、だから……」ハリエットは異論を唱えておかなければいけないと感じた。母親が言っていることはみんな本当に違いないと思っていても、その様子が、こうまで楽しそうに見えるというのは……「そんなこと、起こるはずがないと思うわ」

メリアム夫人は短く笑った。そして「今にわかるわよ」と言ったあと、ぱっと目を見ひらいて、こう続けた。「というか、それ以外に、ウィリアムズ夫人がこんなに慌てて引っ越す理由なんて、ないじゃないの！」

「違うわ、お母さん」そう、声をあげるハリエットを尻目に、彼女の母親はさっと腰をあげ、電話のほうへ歩きはじめた。

「今すぐ、ドナルド夫人に電話をしなくちゃ」


デズモンド氏は本を置くと、居間の向こう側にいる息子を、父たる者のおおらかな喜びをもって眺めながら、声をかけた。「ここしばらく、話をする機会がなかったね」

ジョニーは顔を上げて微笑み返し、「おたがいに、とても忙しかったからじゃないかな」と、答えた。ふたりは法的に父親と息子だったが、ジョン・ジュニアの場合、養子になった子供の多くに見られる例とは異なり、ほんのわずかな部分さえ父親に似ることなく育った。彼の父親特有の型にはまったしぐさや言葉の癖も、服のたくみな着こなし方も、まったく受け継がなかったし、父親からかけられた言葉の多くを、まともに聞いてさえいなかった。だから、ある意味、彼という存在はデズモンド氏にとって後悔の種だったが、養子縁組とは相互的な手続きによって成り立つものだとデズモンド氏は信じていたし、そのことを、よく口にしていた。「子供の側が養い親を選ぶのは当然のことなんだよ」そう語る彼の口調は、いつも真面目だ。「親の側が養子にする子を選ぶのが当然であるようにね」そういうわけで、室内の端と端に向き合って座っているふたりは、すでに立派な男同士で——もうじき十六歳になるジョニーは、背丈も肩幅も父親とかわらないほど大きい——彼らはふたりの男として、居間に座り、夕食後の会話をしているのだった。そんなふたりを、デズモンド夫人は部屋の戸口に足を止めて眺めていた。彼女はふたりを誇らしく思い、今しがた寝かしつけたばかりの幼いキャロラインのことも誇らしく思った。食事や洗濯物や食卓用のリネンといった日常物を介することなく、自分の家族というものを思い浮かべるとき、彼女が自然と心に描くのは、実の娘と、その子と同じくらい永久不変に愛すべき存在である養子の息子と、愛情あふれる心やさしい父親と母親の四人からなる、完璧な家族の姿だ。

彼女はほとんど音もなく室内に入ってくると、椅子に腰をおろして、刺しかけの刺繡を手に取った。彼女が座ると、夫も息子も顔を上げて彼女のほうに微笑みかけ、彼女もふたりに微笑み返すと、その笑みを顔に浮かべたまま、針先に視線を戻した。それで父と息子はまた会話に戻った。

「ぼくも、冬がきたら十六歳になるから、運転免許がとれるようになるんだ」と、ジョニーが続けた。

この時点でも、デズモンド氏はまだユーモアに満ちた寛大な表情を保っていた。子供がこういう主張をしだすのは昔からあることで、彼は、なにがあろうとも最終的には折れてやるつもりでいたが、でも、まずはその前に、何か月もの時間をかけて、熱が入った議論を何度もくり返しながらジョニーを試し、この息子が真に雄々しく、誇らしく、意志の強い男になっていることを見極めなければならなかった。デズモンド氏は力強さというものを、それがどういう形で示されるものでも高く評価しており、養子の息子のなかにそれが見出せることは、ある種のボーナスだと思っていた。もともと養子にする子供には、健康かつ完璧な肉体であることを絶対条件にしていたが、それに加えて、想定外の優れた資質が見いだせるのは、自分がその子に気前よく接してやったことに対する報酬なのだと、彼はそんな気がしているのだろう。とにかく、ジョニーの見せる力強さ、ひそやかなユーモア、いわく言い難い落ち着きぶりには、時としてデズモンド氏も畏怖を感じることがあった。いつの日かジョニーは、フットボールの全米代表選手に選ばれるかもしれないし、偉大なゴルフプレーヤーになるかもしれないし、国際的なテニス大会で優勝を争う選手になるかもしれない。そして、デズモンド氏は幸せな気持ちで、息子が女性の心を虜にしていくさまを（おそらく、これはすでに実現しているのかもしれない。最近ちょっとした騒ぎになった、例の手紙が彼にも来ていたのだから、否定はできまい？）、そして同性から称賛を浴びるさまを間近に見つめ、息子の手に肩をしっかり抱かれながら、息子の友人たちが、大きな背中をした一流の若者たちが、ジョニーの父親に、ジョニーが自分で選んだ養い親に声をそろえて捧げる乾杯の杯を受けるのだ。

「わたしは」デズモンド氏は、今の夢想の余韻に浸りながら言った。「一人前であることをろくに証明もできないうちから、若者が車を持つというのは、いかがなものかと思うがね」

「ぼくだって、もう運転はできるよ」ジョニーは勘違いをして言った。

デズモンド氏は膝の上に本を置き（それはミステリー小説で、デズモンド氏はこういう本を好んで読んでいる。でも、いずれは、ジョニーが彼のために、ホメロスやチョーサーの作品を読んでくれるようになるだろう。なぜなら、デズモンド氏は「それを楽しみに、わたしたち夫婦は子供を持ったのだ」と、しょっちゅう話しているからだ）いくらか意地悪い目で息子を見た。「おまえに手紙を書き送ってきた女の子とはどうなっているんだ？」彼は詰問した。「車を持ったら、四六時中、彼女をドライブに連れ出すんだろう？」

ジョニーは顔をしかめた。「彼女は違うよ」

デズモンド氏は妻に微笑みかけ、微笑み返した彼女に言った。「今の、聞いたかい」

「もちろんですわ」デズモンド夫人は愛情たっぷりに答えた。「そして、男の子たちはみんな、キャロラインに夢中になるでしょうね」

「なにも言わずに、車を持たせてくれたら嬉しいのに」ジョニーがそう言って、遠くを見る目になった。

「アレンが最高にかっこいい小型の車を持っているんだ」

デズモンド氏が眉をひそめた。「これまで、そんな話はひとつも耳にしなかったと思うがな」それから、彼は息子に言った。「いいか、おまえはまだ金持ちの息子じゃない。アレンの父親には、かっこいい小型の車を買うだけの金があるだろう。しかし、わたしがおまえに運転を許すとしても、乗りまわしていいのは家族の車で、おまえが自分自身の車を持てるようになるのは、それから何年もあとのことだ」

「中古車を買うお金くらい、自分で稼ぐよ」ジョニーが言った。「ほかのことなんて、どうでもいい。ただ、ぼくは車に乗りたいんだ」

デズモンド氏はいささか不愉快になった。「わたしだって、いずれは、それなりにちゃんとした車を買ってやれるはずだ。おまえが車欲しさに、どこかであくせく働く真似をしなくてもな。とにかく、十五歳のおまえが、四十歳の父親に買えない車を手に入れるための算段をする必要など、どこにもない」

ジョニーは車をせがむのをやめた。「だったら、せめて免許をとらせてよ」

「その話はまたにしよう」デズモンド氏は膝の本を手に取った。「おまえは、なにを読んでいるんだ?」

ジョニーは突然かんしゃくを起して「本だよ」と、すぐ横の寝椅子に漫画本を放り出した。そして立ち上がると、落ち着きなく室内をまわりはじめた。「アレンのところに行ってこようかな」

「こんなに遅くに?」デズモンド夫人が気遣わしげに顔を上げる。しかし、彼女の夫はこう言った。「さすが男の子だな。両親がどれほど心配しているのか少しも考えずに、ひと晩中、外をほっつき歩くわけだ」

「早いうちに戻るよ」と、ジョニー。

「遅くなるようなら、連絡しなさい」彼の父親はそう言うと、愉快そうに含み笑いした。「アレンの車でドライブしながら、女の子たちに口笛を吹いてやれ」

マリリン・パールマンはズボン姿で自宅の玄関ポーチに座り、コーラを飲みながら『ペンデニス』を読んでいた。家の奥からは、母親のハミングが聞こえていた。今夜はパールマン氏の誕生日を祝うので、そのためのケーキを台所で作っているのだ。マリリンはさっきからポーチの椅子の向きを変えて座り、ツタの隙間から、道の向こうのほうを——ヘレン・ウィリアムズが引っ越していく様子を眺めていた。今日の朝、ウィリアムズ一家がここを離れるという前情報などなにも知らずに外に出たマリリンは、道に引っ越しトラックが停まっているのを発見した。まさかという思いで、トラックが停まっている場所に目を凝らす——それは確かに、ウィリアムズの家の前で、引っ越し業者の作業員たちが、家具を外へ運んでいた。最初にそれを見たときは、ウィリアムズ一家が新しい家具を買っただけだという可能性もなくはないと思ったものの、その後も古い家具はどんどん運び出されていって、二時間後には、ヘレン・ウィリアムズがペッパー通りから去るという判断に間違いはなさそうだという、心が洗われるような確信を得た。マリリンがこのニュースを母親に伝えると、パールマン夫人は両手を小麦粉まみれにしたまま玄関先に出てきて、しばらく外の様子を見たあと、うなずきながら言った。「いいことだわ」

ウィリアムズ家のそばには近所の子供がみんな集まっていて、ヘレンが前の芝生に出された居間の椅子に座って最後の独演会をひらいているなか、彼女の祖母は自分の部屋にこもったままロータスを抱きしめて泣いており、その一方で、彼女の母親は落ち着きなく家を出入りしながら、作業員たちに指示を出しつつ、まだ屋内に残っている特に大事な荷物が運び出される段になると、丁寧に扱ってくれと泣きそうな声で頼んでいた。ウィリアムズ一家の家具はあきれるほどに貧乏くさく、ウィリアムズ夫人は、近隣の住人や子供たちの目を明らかに気にしている様子だった。この通りに住む人々は、彼女とろくに顔を会わせる機会もなくすごしてきた。それが最後の最後になって、明るい太陽のもと、こんなにもはっきりと見ることになったのだ。これまでの暮らしのなかで、食事をし、身なりを整え、眠り、座り、保管し、子供を育てるのに使ってきた、あわれなほど安っぽい品々に囲まれている、彼女の姿を。

ミルドレッド・ウィリアムズは、生まれて初めて権限というものを手に入れ、外に出された家具から離れるように周囲の人に命令したり、引っ越しトラックのそばに行く特別な許可を子供たちに与えたりしていた。そこに、キャロラインを連れたデズモンド夫人が通りかかって、ウィリアムズ夫人にきちんと別れの挨拶をしようと、運転していた車を止めた。すると、ミルドレッドがすぐさま駆け寄り、薄汚れたぬいぐるみをキャロラインの腕に押しつけ「これは、あたしとママからよ」と、泣きながら言った。デズモンド夫人はやっとの思いで少女にも別れの言葉と、ついでに感謝の言葉を告げると、鳥肌を立てながらスピードをあげて自宅に戻り、キャロラインから取り上げたぬいぐるみを外のごみ箱に捨て、玄関をあけるなり、娘をバスルームに連れて行った。

マリリンは引っ越し作業を眺めながら、ヘレン・ウィリアムズがいない人生について考えていた――たぶん、あの一家が移り住むのは、ヘレンが二度と学校に現われないくらい、遠く離れた場所だろう――が、そのうち、統一感などまるでない使い古された家具を見て、自分はヘレンをあんなに怖がることなどなかったのだと気がついた。ヘレンが毎朝、登校前に、あんな手垢だらけの鏡台の前で身づくろいをし、あんなに汚れのこびりついたテーブルで朝食をとっていたのなら、マリリンは彼女から逃げる必要などどこにもなかった。あんなものしか持てない人生を送っている人間に、弱みがないわけはないのだから。

お昼までには荷物の積みこみ作業が終わって、トラックの出発準備が整った。ロータスを抱いたままのヘレンの祖母を家から連れ出し、ミルドレッドにコートを着せると、だれに頼ることもできない疲れた顔のウィリアムズ夫人は、家族を率いてバス停へと歩きはじめた。バスに揺られた先に待っているのは、ウィリアムズ一家の新しい住まいで、おそらくそれは、ここよりずっと薄暗く、貧乏くさい家だろうが、それでも、ミルドレッドはその場所で、あと一、二年は成長することになるだろうし、年のいった祖母はまた自分の部屋に引きこもるか、あるいは死を迎えることになるだろうし、ヘレンはヘレンで、これまで同様、新しい友人たちに囲まれながら、新たなるマリリンを震え上がらせるだろうし、そしてウィリアム夫人は、毎晩、これまでよりも短い距離を帰ってくればすむようになって、そのあと毎晩、新しい居間にひとりで座って、最終的にまた別の家に、そこよりさらに暗い家に引っ越さなくてもいい方法を考えながらすごすのだろう。玄関前にいたミス・フィールディングは腰をあげ、ポーチの手すりから身を乗り出して、ウィリアムズ夫人にさよならの声をかけ、老婦人にお辞儀をした。ミルドレッドは踊るように通りを歩きながら、見送る子供たちに「いつかまた、会いに来るからね」と叫んでいる。ハリー・マーティンはヘレンに抱きつき、泣きじゃくりながら「手紙を書いてね、ウィリー、あたしに手紙を書いてね。絶対よ」と懇願した。メリアム夫人が台所の窓から別れの手を振ったあと、近所の子供たちは、安全で安心なペッパー通りの端で足を止め、そこでひとかたまりになって、ウィリアムズ一家がコルテス通りと街道の角を曲がってしまうまで見送った。そのあと、昼食ができたから帰って来いと子供たちを呼ぶ母親の声が、それぞれの家から聞こえてきた。

「すぐ戻るわ」マリリンは奥にいる母親に玄関口から声をかけると、返事を待たずにポーチを駆けおり、歩道に出た。ペッパー通りはがらんとしていた。すでに引っ越しトラックは走り去り、子供たちもそれぞれの家に消えたあとで、ただ、お昼の太陽が、歩道や車道や芝生や家々を——ピンクの花は、もうどこにもない

──そして、ウィリアムズ家の敷地に残っている、どう見てもゴミでしかないものを明るく照らしているだけだ。マリリンは素早く通りを走った。ヘレンの家を内側から見てみたいという、抑えきれない欲求と、だれかに見られないうちに入って出てこなければいけないという、焦りに突き動かされながら。

彼女はなんらためらうことなく、半分ほどひらいていた玄関に足を踏み入れた。ウィリアムズ一家は、引っ越しのやり方さえ、その家具同様にみっともなかった──ウィリアムズ夫人は、早く新居へ行こうと焦るあまり、玄関の鍵もかけずに出ていってしまったし、窓のひとつなど、まだカーテンがついたままになっていた（「これまでで、一番だらしのない借り手だったよ」その日の午後、ウィリアムズ夫人が電球を盗んでいかなかったかどうかを確認しにきた家主が、ミス・フィールディングに、そう打ち明けたという）。屋内に入ったマリリンは、住んでいた者の不満がいまだ鳴りやまぬ木霊となって残っているような、薄暗い空気に包まれた。居間のなかをのぞいてみた。日の光がまるで入らない部屋だ。続いて、長い廊下を進んでみる。ここに絨毯が敷いてあったことなど皆無であることが、よくわかる。さらに彼女は、汚れたままのバスルームを見つけ、おばあさんの使っていた部屋をのぞき（ただし彼女は、床の汚さ加減から、きっとここがヘレンの使っていた部屋だろうと思った）、台所では、引っ越しの日に丸印のついているカレンダーが、まだ壁にかかっているのを見つけた。冷蔵庫はからっぽで、生温かくなっていた。玄関に引き返す途中、彼女は廊下の片隅に小さな手帳が落ちているのに気がついた。それを拾って、日のあたる戸口に移動し、ページをひらいてみると、そこには「ボイラーの修理で電話」とか「木曜、洗濯屋で黒のドレス」といったメモが記してあった。うしろのほうのページにはいくつもの金額が書きつけてあり、なんの値段か判別がつくもののなかに「ヘレンの春コート、十七ドル九十五セント」というのがあった。これは、ヘレンがいつも着ていた赤いコートに違いない、とマリリンは思い、あまりの安さに驚いた。彼女はそのコートをはっきりと見たことがなかった。なぜなら、その赤い色は、ヘレンがこちらに近づいてくることを知らせる警報だったからだ。でも、今、彼女ははっきり思い出した。そうだ、あのコートは確かに安っぽく見えた。手帳に書いてあった金額は、合計すると五十一ドルで、ヘレンのコートが一番高い品物だった。マリリンは手帳をそのまま戸口に落とし、それから、ミルドレッドはいい子だったな、と思った。あの子はいつでも、いい子だった。

外に出て、歩道のところまで行くと、通りの向こうから自転車に乗ってきたトッドが、ブレーキ音とともに止まって、声をあげた。「おまえ、人の家で、なにしてんだよ?」

「ふん、黙れ、ぼんくら」マリリンはそう言うと、さっさと家へ歩きはじめた。

マック夫人が意を決して外に出てくるのは、本当によく晴れて、とても暖かい日に決まっていた。近所の子供たちは、彼女は日がな一日、自分の小屋のなかにいて、窓に打ち付けた板の隙間から外の様子をじっとうかがい、彼女の敷地に入ったり、くたびれたリンゴの木に触ったりする者を見つけては呪いをかけているのだと、そう信じていた。マック夫人がこのペッパー通りに住み続けることを許されているのは（デズモンド氏でも、ロバーツ氏でも、さらに言えば、パールマン氏でも、彼女を追い払うことくらいは、なんの苦もなくできるだろうが）、まず、彼女の住んでいるわずかな土地が、どこからどう見ても、彼女自身の所有地であるとしか思えないからであり、次に、彼女の住んでいる小屋が正面の通りからかなり奥まった位置に建っていて、その前にはリンゴの木が鬱蒼とはえており、さらにその前には生垣まであるからであり、そして最後に、彼女が思い切って外に出てくるのはとても暖かい日に限られていて、しかも、これまでに噂されている範囲においても、彼女の呪いによって被害を受けた人間はどこにも、少なくとも、ペッパー通りにはひとりもいないからであった。

子供たちは彼女のことを魔女と呼び、親たちは彼女のことを不幸な老婆と呼んでいるが、もつれた紐のような髪をして、背中の曲がってしまった彼女が、もの悲しい低い声で、つねになにかをつぶやいている姿は、そのどちらにも当てはまって見えた。彼女が家の外に出ているときに、その前を通りかかった者があいさつの言葉を怠れば、低いつぶやきの声は、それと聞き取れる音量の非難の言葉に変わりもするが、隣に住んでいるデズモンド夫人の長きにわたる観察によれば、本当のところ、マック夫人はペッパー通りの子供たちが大好きで、彼女自身はなんの害もない、とても不幸な老女でしかなく、ペッパー通りの親たちは、その見立てを信じて受け止めていた。ヘレン・ウィリアムズが引っ越していった翌日、マック夫人が外に出てきた。夫人の家と隣接しているほうの自宅脇でバラの花を摘んでいたメアリー・バーンは、台所に駆けこんで、マック夫人が玄関先に出てきてお日さまにあたっていることを母親に告げた。バーン夫人はおざなりに「失礼なことをしちゃだめよ」と答えた。

メアリーは、敷地の境界線をなしているバラの茂みの隙間からお隣をのぞきつつ、おそるおそる「いいお天気ですね、マックさん」と声をかけた。すると老婆は「あたしに声をかけたのはだれだい?」と言いながら、周囲をぎろりと見まわして、バラの茂みの隙間から、こちらに手を振っているメアリーに気がついた。それで彼女も手を振り返して、こう言った。「サリー、あんたも日向ぼっこかい?」

ヘレン・ウィリアムズが子供社会に授けていった偉大なる知恵のひとつに、魔女は名前を知らない相手に呪いをかけることができない、というのがあって、メアリーは、〝サリー〟という耳慣れない名前で呼ばれても自分には呪いがかからないことに安心しながら、続けて言った。「身体の具合はどうですか?」

「だいぶいいよ」マック夫人が答えた。「だいぶいい」彼女がこれまでどんな人生を送ってきたのか、それを知る人はだれもいない。ただ、みんなが知っているのは、彼女の飼っている犬が友人からのもらいものであることと、彼女はいつもどこかしら調子が悪い、ということだけだ。「今日は、わんちゃんはどこにいるんですか?」メアリーが、できるだけ丁寧で抜かりのない質問すると、マック夫人は日差しを浴びながら、賢人のようにうなずいた。「本当に、そのとおりだ。まったく、いい連中じゃなかった」

「もちろんです、マックさん」と、メアリーが調子を合わせる。

「気持ちのいいご近所には、全然そぐわなくってね。あいつらの最後の姿が見られて、嬉しいよ」

「それ、ウィリアムズさんのこと?」メアリーはバラを摘む手を止めて、耳をすましました。

「ここは、昔からずっと、気持ちのいいご近所さんばかりでね」マック夫人は玄関前の段差の横の地面に置いてあった杖を取り、土の上になにやら文字を書きはじめた。「あたしは昔からずっと、ここに住むのが気に入っていて」

メアリーは大慌てで十字を切ると、やっとの思いで「バラは、これだけ摘んだら、足りるんじゃないかな」と言い残し、飛ぶような勢いで家に戻った。「地面で、呪いをかけてたんだよ」彼女は息も絶え絶えに、母親に訴えた。「名前を書いてるのが見えたもん」それからすぐ、マック夫人はだれの名前も知らないという安心材料を思い出したものの、メアリーは恐怖におびえながら言った。「だって、あたしのほうを、まっすぐ見てたんだもん」


トッド・ドナルドがなにか行動を起こすとき、それが自発的なものであるとか、計画的なものであるということはほとんどなく、しかも、自分はどんな意図をもって動いているのかということを、彼自身が認識していることすら、滅多になかった。気がついたら自分はあることをしていて、次に気がついたら別のことをしていた、というのが、彼のいつもの感覚で、だから、決断するとか、我慢するとか、そういうことを一切しなくても、人は生きていけるものなのだと本人は理解していた。その日の午後、気がつくと彼はペッパー通りを歩いていて、ちょうどデズモンド家の私道のそばに来ており、デズモンド夫人が運転席の隣にキャロラインを乗せて、車をバックさせながら通りに出てくるのを目にしても、デズモンド家の敷地に忍びこんでやろうという考えは、まるで頭に浮かばなかった。そして、自分では気づかぬうちにデズモンド家の敷地に入って、テラスのガラス戸がわずかにひらいているのを発見したときにも、家のなかに入ってみようと企む気持は微塵もなかったし、いつしか入ってしまったあとも、ここにいてはいけないのだと指摘する理性の声が聞こえることはなかった。

ガラス戸を一歩入ると、そこはダイニングルームだった。これまでトッドは、デズモンド家に一度も入ったことがなかったので、まずは壁を見まわし、天井を見上げ、視線を落として床を眺め、それからもっと直接的な調査に乗り出した。ガラス戸に背を向けたまま、彼は視界に入るものをしげしげと観察し、その質を評価し、手で重さを確認した。たとえば、ここの壁はちゃんと塗装されていて、ドナルド家のような壁紙は貼られていない。ダイニングテーブルも、細長い形の大きなものが置いてある。トッドは壁に近づくと、指を伸ばして、明るい色の表面に跡がつくかつかないかの軽さで触れて、感触を確かめた。それから、テーブルを間近に見おろし、つややかな天板に自分の顔がほの暗く映っているのを見た。彼は椅子に目をやった。座面は薄地の革張りで、背もたれが優美な線を描きながら伸びている。その下に敷かれた薄い色のラグは表面がなめらかで、椅子やテーブルの脚がのっている部分もあまり窪んではいない。トッドは椅子のひとつに手をかけた。するとそれは、意外なほど重かったので、彼は両手を使ってうしろに傾け、浮いた脚の下のところがどんな状態になっているのかを見た。それが終わって、椅子を元に戻したとき、サイドテーブルの銀のコーヒーポットに自分の顔が映っているのが目に留まった。近づいてみると、彼の顔は、縦長のポットの上でさらにゆがんで長くなった。彼はまたテーブルをのぞきに行って、そこに自分の顔が映っているのを見ると、コーヒーポットのそばに戻って、そこに映る顔をもう一度見た。それから、コーヒーポットの表面を片手でいとおしげに撫ぜおろし、その指先がポットから離れないうちに、隣の居間に続いている戸口のほうを振り返った。

居間に入った彼を待ち受けていたのは、ブラインドのおりた背の高い窓が並んでいる壁だった。午後の日差しがしっかりと遮られた立派な室内は、薄暗くて、涼しかった。部屋の長辺の向こう端にはグランドピアノがあって、弾く人がいない今は、しんと静かに佇んでいる。トッドは、どっしりとした安楽椅子や、刺繍生地が張られている木製の椅子や、脚がゆるやかな曲線を描いている小さな丸いテーブルや、ランプが置いてある飾り気のない大きなテーブルには目もくれず、室内をどんどん歩いて、ピアノのそばにたどり着き、つややかな漆黒の楽器に映る自分の顔を見た。それから、ピアノに片方の肘をかけ、演奏用の椅子を見おろし、声にならない大きさの声で「これを、彼女が演奏している。これは彼らのピアノだ」と言った。

彼は、背が高くて色が抜けるように白いデズモンド夫人が、ロングドレスに身を包み、ここに座ってピアノを弾いているところを思い浮かべると、椅子の反対側にまわって、その上に片膝だけついた姿勢をとり、音を鳴らすことなく、両手の指をそっと鍵盤に押しあてた。そうして、その指をしばらく置いたまま、白鍵の並びのなかに黒鍵が規則正しく収まり、どの鍵も個別に動くようになっていながら、全体がぴたりとくっついていて、手をスライドさせれば、波のようになめらかなうねりを見せる鍵盤をしみじみと見つめた。それが終わると、まわれ右をして室内を引き返したが、その途中でも一分ほど立ち止まって、えんじ色の大きくて座り心地の良さそうな椅子を見物し、その横の灰皿に置いてあったデズモンド氏のパイプを手に取ってみた。

ダイニングルームに戻ったトッドは、メロディもなにもない口笛を小さく吹き鳴らしながら、さっきとは逆に室内を進んで、その先にある、清潔で息をのむほど白い台所に入っていった。彼はトースターに自分の顔を映してみたが、日差しを受けて輝いている真っ白なキッチンテーブルでは、それをやめておいた。デズモンド家の台所の一方の壁には棚があって、その上には、きれいな皿かずらりと立てかけてあり、収納庫の横には、黄色い縁取りのふきんがきちんと掛けてあった。トッドはなおも口笛を吹きながら、皿の一枚を手に取って、裏を見るためにひっくり返した。底に印されている文字は、長年使用するうちに、ほとんど洗い消されてしまっていたが、かろうじて残っている部分には〝高級磁器(ファイン・チャイナ)〟と書いてあるようだった。

床はリノリウム張りで、黄色い四角の外に緑の四角があり、緑の四角の外に白い四角があり、白い四角の外に茶色い四角があるというデザインの模様が並んでいた。キャロラインが使っている幼児用の高い椅子も、ここの壁際に置いてあった。これもまた、ほかの物と同じように真っ白だが、黄色い防水布が汚れ防止につけられている。キャロラインもここで食事をするのだとトッドは思った。そして、キッチンテーブルを見まわして、トースターの横にある椅子がデズモンド夫人の席、その向かい側がデズモンド氏の席で、残る三個目の椅子がジョニー・デズモンドの席だと判断した。だって、デズセンド夫人はパンを焼かなければならないんだから。きっと、デズモンド氏はトーストが好きなんだ。

彼はふたたびダイニングルームに戻ると、そこから、屋内全体に通じている長い廊下に出た。デズモンド家が、すべてをひとつの階にそろえている平屋建てだということは、以前からなんとなく理解していたのだが、それでも、ダイニングルームを出て、最初のドアをあけたとき、そこがジョニー・デズモンドの部屋だと知って、トッドは奇妙なショックをおぼえた。なぜ、それがわかったのかというと、椅子の上やクローゼットにジョニーの衣類があり、本棚には教科書と冒険小説のたぐいがあって、そのどれにも〝ジョニー・

デズモンド・ジュニア〃と名前が記されていたからだ。部屋を出て後ろ手にドアをしめながら、彼はダイニングルームに通じる戸口を眺めて言った。「きみはあそこで食べて、すぐ隣の部屋で寝られるんだな」

続いて、向かい側のドアをあけると、そこは立派な書斎で、真紅の革張りの椅子と、きれいに片づいている横長の机があった。「デズモンドおじさん」トッドはそうつぶやいて、足を踏み入れずにドアをしめた。廊下を進んでいく途中、彼はバスルームをふたつ見つけた。ドナルド家にもバスルームはふたつあるが、一階と二階にひとつずつだ。

最後のドアが並んでいる廊下の端に近づくにつれて、彼はまた口笛を吹きはじめていた。その音は、やはり小さいままだったが、今度はちゃんとメロディがあって、トッドはそこに乗る歌詞も知っていた。「ほら、彼女が行くよ、彼女が行くよ、晴れ着ですっかりおめかしをして」

廊下のつきあたりには、まだ三つのドアが残っていた。そのうちのひとつをあけた瞬間、トッドは目を大きくし、その場に足を止めたまま、しばらくは口笛さえ忘れてしまった。ドアの奥にあったのはデズモンド夫人の寝室で、ここに彼女という存在を置いたら装飾過多になりそうなほど、とても美しい空間だった。窓辺では薄緑色のカーテンがやさしく揺れていて、その動きを、部屋中に配された鏡が何重にも映している様は、ほのかな緑に色づいた水が渦を巻いているようで、だから、薄緑色のベッドカバーがしんと静まっているのは、かえって驚きでもあり、そのなかで、まっすぐに立っている染みひとつない壁だけが、この部屋の形を保つよすがというか、その堅牢な力がなければ、室内を満たしている薄緑の揺らぎは、ゆるい流れに姿を変えて、帰るべき場所である海へと消えてしまいそうに思えた。ここの床には黄色いラグが敷かれていて、そこに差している影が、窓辺の揺らぎにあわせて動いている。薄い色合いの化粧台の上には、いくつもの香水瓶が色とりどりに並んでおり、それもまた、たくさんの鏡の奥で、微妙に位置を変えたり、姿を消したりしていた。そうした光景を目にしたトッドは、ふたたび口笛を吹きはしめたあとも、まだ戸口に立ちつくしていたが、やがて足を踏みだす力を得ると、室内に入っていって、香水瓶の向こう側にある鏡をのぞいてみた。鏡の世界にいる自分もまた、緑の渦に巻きこまれている。その様子を、彼は長いこと眺め続けた。鏡に映る彼の背後には、デズモンド夫人の薄緑色のベッドがあり、その横には、キャロラインの小さなベッドも見えた。そばには、横幅が広くて座面がやわらかい黄色の椅子があり、化粧台の上の、彼のすぐ横には、金色の写真立てに収められたキャロラインの顔があった。その写真を間近で見ると、そこにもまた自分の顔が、キャロラインの顔に重なりながら、くっきりと映っていた。

彼は香水瓶のひとつを取って、蓋をあけた。そして、むっとするほど甘い香りがしている液体を手のひらに少しこぼしてから、瓶を元の場所に戻した。こうして、彼の手は香水と同じ、むっとするほど甘い香りになり、その手を顔に近づけたまま、今度は室内を移動して、デズモンド夫人のベッドの片側にある扉をあけた。そこには、デズモンド夫人の衣類がずらりとかかっていて、ピンクや薄紫や黄色や緑や水色やグレーといった色が並んでいた。それと呼応するように、クローゼットの反対端にはキャロラインの、ピンクや青や黄色のドレスが並んでおり、床の上には、底がアーチの形をしているデズモンド夫人の細い靴と、キャロラインの小さな白い靴が置いてあった。香水の匂いは、彼の手のひらだけでなく、ここの衣類のなかにも強く残っていて、トッドは思わず目を瞬(しばた)いた。彼はクローゼットのなかに入って、扉を半分ほどしめると、デズモンド夫人のドレスやネグリジェをかき分けながら、もっとも人に見つからない場所までもぐりこみ、その床に座りこんで、香水まみれの手で顔を覆った。そして、デズモンド夫人の部屋のクローゼットのなかの一番奥まったその場所で、彼は自分が知っているこの世で一番汚らしい言葉、兄のジェームズが使っているのを聞いたことがある言葉、ジョージ・マーティンが知ったかぶりで近所の子供にこっそり教えた言葉のすべてを、はっきり声に出して言った。そのなかで、本当に口にしてはいけないほど悪い言葉は、三つか四つしかなくて、だから彼は、それを何度も何度もくり返した。

その後、上にかかっている衣類をぐちゃぐちゃにしないように気をつけながら、ようやく奥から出てきたトッドは、うんざりと疲れた様子で、乱れたドレスを撫でるように直してからクローゼットをしめた。彼は、自分の手に残っている匂いに具合が悪くなってきて、キャロラインの黒っぽいコートでごしごしと拭ってみたが、それでも匂いはまだ残った。その手を背中にまわしたまま、急いで残りふたつのドアを調べた。すると、一方のドアの先には三個目のバスルームがあり、最後のドアの先には、キャロラインの遊戯室があって、小さくてきれいなおもちゃが、四方の壁際にきちんと並んでいた。その前には、小さなテーブルと椅子、ほかには、人形用のベッドとタンスが置いてあり、人形本人は、専用の乳母車のなかで黄色い布団をかぶり、すやすやと眠っていた。また、この部屋には揺り椅子もあって、その横のテーブルにはデズモンド夫人の裁縫箱が絵のような美しさで鎮座しており、その隣には、キャロラインのもっと小さな裁縫箱が並んで、さらにその向こう側に、小ぶりな揺り椅子が置いてあった。トッドはまた口笛を吹きはじめ、大きいほうの揺り椅子に少しだけ座ってみた。

彼はダイニングルームに戻ると、先ほど入ってきたのと同じガラス戸から、そこに触れないように注意しながら、身体を横にしてするりと外に出た。そして、周囲を高い生垣に囲われたデズモンド家の庭のなかで、車庫に通じる私道を横切ると、その先に広がる芝生が、花が色ごとに列をなして咲くように植えこまれた低木の茂みにぶつかって終わる、庭のはずれまで行った。彼はそこの芝生に腰をおろし、デズモンド家の家屋を振り返った。ここからでも、テラスのガラス戸は見えていて、その奥のダイニングルームも見えたが、あの長い廊下は見えなかったし、寝室のなかも見えなかった。

そのまま、長く座っていたあと、彼はごろりと横になった。よく伸びた草が、すぐ目の前に、気を引くように生えている。その鮮やかな緑色をもっとよく見ようとして、彼は葉の一枚を顔に引き寄せ、根元から色の薄い葉先へ、それからまた根元へと視線を往復させながら、きつく丸まっている下の部分の奥まで目を凝らした。空を背景にしてながめるその葉は、長くて、とてもまっすぐで、でも、微妙に揺れているのは、彼の手が震えているからで、ちゃんと観察するために動かさないように持っているのは、難しいことだった。彼は指に葉を巻きつけてみた。葉はするりと動いて、元の姿勢に立ちあがった。今度はゆるく結んでみる。それでも、葉はあっさりほどけて、また元の姿勢に戻った。しかし、結んだせいで傷がつき、緑色の葉身に黒ずんだ部分ができてしまったので、トッドはぱっと手を放し、芝生の上にそれを返したが、生き生きしている兄弟のなかで、色を変えて元気をなくしたその一枚は目立って見えた。トッドは頭の上に手を伸ばし、茂みに咲いている黄色い花をちぎり取った。これもまた、彼には興味深く、さっきの葉と同じように、間近でしげしげ観察した。花弁は見事に形がそろって、整然と並んでおり、指先で触れてみても、これという感触がないほど、やわらかい。その、あまりのしなやかさに苛立ちをおぼえた彼は、つまんでいた花をクシャッと潰し、残酷な指先でくるくる丸めて、じめついた小さな玉にしてから、ぽいっと捨てた。

そのあとは、すっかり眠りこんでしまったらしい。あの部屋のたくさんの鏡に映っている、銀のコーヒーポットの上で明るくゆがんでいる、キャロラインの写真に重なり合っている自分の顔に恐怖を覚えた瞬間、顔の下に置いていた手の香水が息苦しいほど香り立って、トッドははっと目を覚ました。それで身体を起こすと、ちょうどデズモンド夫人の車が私道に入ってくるところだった。彼は大急ぎでその場を離れ、車庫の裏に身を隠して、様子をうかがった。戻ってきた車は車庫に無事におさまって、くたびれたエンジン音が、一分ほどしてから止まった。それから、デズモンド夫人とキャロラインが車を降りてくる気配があって、デズモンド夫人の声がした。「大事なクマちゃんは、ちゃんと持った？」

トッドの耳に、ふたりが家のほうへ歩いていく足音が聞こえた。彼は、車庫の裏から横のほうへとじりじり移動し、それでも、わざわざ頭を突き出して、ふたりが家に入っていくところを見るような危険はおかさなかった。やがて、玄関のしまる音がした。彼はためらいがちに車庫の角から向こうをのぞき、だれもいないのを確認すると、飛ぶような勢いでデズモンド家の私道を駆け抜け、外の通りに出た。そして、自分の家に向かって、ゆっくりと歩きはじめた。

三章

ロバーツ夫人は夫を見ることなく、その前にドンとトーストの皿を置いた。一夜明けても、彼への怒りは、まだおさまっていなかった。というのも、昨夜の彼女はベッドに入ってもすぐには横にならず、隣の夫に、彼が同性の目にどう映っているか、よそのご婦人をどれだけ辟易させているかを言ってやったのだが、髪がほつれて目にかかるほどの熱弁をくり広げ、いいかげん声もしゃがれたところで、今日はもう許してやろうと彼を見たら、当の本人はとっくに寝ていたのだ。それで、彼女はそれから一晩かけて（結局は一睡もせず、ずっと寝室の椅子に座って煙草をふかし、窓の外で空が明るくなっていくのを眺めながら、子供を連れて家を出ることをつらつらと考え続けた。カバンに自分と息子たちの衣類を詰めて、行先はニューヨークがいい。あんな大都会なら、自分にだってなにか仕事が見つかるだろうし、マイクが自分たちを見つけだすこともないだろうし……と、詳細に計画を練りつつも）わが身の怒りを冷静かつ慎重な判断の前に抑えこんでいき、やがて朝がきて、太陽の光が寝室の窓に差した頃には、これで何百回目になるだろう、現実を受け止めていた。子供を連れて家を出ることなど、自分には決してできない。それができたとしても、ニューヨークはもとより、ほかのどんな場所でも、仕事が見つかるはずはない。いや、たとえ仕事が見つかっても、結局は、マイクのもとに戻らざるをえなくなるのだ。自分がいなくなったところで、マイクは痛くも痒くもない。でも、そんな彼が、なにか極端な状況に追いこまれて、じたばたと見苦しくあがく日がやってくる可能性はある。ロバーツ夫人は、その日を楽しみにしていた。

頭上で、ドスン、バタンと音が響き、子供たちが起きる早々、喧嘩しているのがわかった。ロバーツ夫人は階段の下まで行って、上にやさしく声をかけた（夫に対してこれ以上はない愛情を感じているときは、ふだんより短気に子供たちを叱りつけるが、今日のような日は、見かねた夫が口を出してきて面倒に巻きこまれるのを期待しながら、いつもより子供たちにやさしく対応することにしている）「ちょっと、そこのお馬鹿さんたち、喧嘩をやめて、早く着替えなさい。そうしないと、朝食は抜きですよ」

二階の騒ぎがやんで、アートの声がした。「だって、こいつがぼくのことを蹴ってきたから」

「そんなこと、やってないもん」ジェイミーが大いに憤慨した口調で、偽りの無実を訴えた。「兄ちゃんのそばになんか、ぜんぜん行ってないからね」

「やったじゃないか」アートが反論する。「こっちは、なにもしないで、おとなしく寝てただけ……」

「もういいわ」ロバーツ夫人が言った。「ふたりとも、早く着替えて」

彼女は夫のいるテーブルに戻り、向かいの席に座った。「それにしても」彼女は何気ない調子で口をひらいた――これは、昨夜からのこととは関係のない話題だ――「今日、新しい女の子が来てくれたら、本当に助かるわ」

「新しい女の子?」ロバーツ氏は朝食をとりながら新聞を読むことができない。それは、朝の彼はコーヒーを飲むまで、どうにも気分のすぐれない、一種の朦朧状態に陥っているからで、コーヒーの助けがあるからこそ、なんとか毎日、髭を剃って着替えることができている。こういう厄介な性質をもった人間がたいがいそうであるように、彼も自分のそういうところに異常な誇りを感じており、今朝の自分がどれだけ辛くて大変なめにあったかということも、あるいは、朝の支度が遅れて食事をとらずに家を出てしまったときに、デズモンド氏の車で出勤する道すがら、座席の隅に身を寄せてぼうっとしているしかなかったことも、時間がたてばその日のうちに、彼を満足させる逸話に変わった。だから、ロバーツ夫人は、朝の夫を見ていて、彼はランチの席で面白おかしく話をしたいがために、わざと大げさな態度をとっているのではないかと、そう思えてならないときがある。そして、今朝がまさに、そういう日だった。ロバーツ氏はどんよりした目で彼女を見つめ、コーヒーカップを持ち上げるときに手を震わせ、さらに彼女が話しかけると、ゆっくり首を動かして、あさってのほうを見た。ロバーツ夫人は、今朝は自身も疲れているとあって、声をさらに鋭くし、言葉にいっそうの力をこめた。

「うちはね」彼女は嚙みつくように言った。「今朝から、新しいお手伝いさんを雇うんです。お手伝いさんを！」そして、短く笑った。「高校生の女の子でね、家事と子供たちの世話を手伝いに来るんですよ。ヘスター・ルーカス、っていう名前の子で。あたしの話、聞こえてます？」

ロバーツ氏は顔を上げ、しかし、すぐにくたっと頭を下げた。

「たいして美人じゃありませんけどね」ロバーツ夫人は意地の悪い声で続けた。「でも、なにかしら魅力的なところは、探せば見つかるんじゃないかしら」

ロバーツ氏の目が、ほんのわずかに、またとじる。

「だけど、これは」ロバーツ夫人は自分のカップに三杯目のコーヒーを注いだ。「もうこれ以上、あなたと話し合う必要のない問題で」

彼女はまだ言いたいことを言い切っていなかったが、アーティとジェイミーがそろって甲高い声をあげながら騒々しくやってきたので、そちらに気が行ってしまった。息子たちが入ってきたのと同時に、ロバーツ氏は腰をあげ、ナプキンをテーブルに置いて、身支度を完全にすませるために二階へ行った。ロバーツ夫人は、子供たちに対するやさしい感情を努力して思い出し、砂糖の取り合いをしているふたりをにっこりと見おろして言った。

「うちに、新しいお手伝いさんが来るのよ」

「ジョーンみたいな?」ジェイミーが訊く。

「ジョーンとは違うわ」ロバーツ夫人は短く答えた。彼女の視線は階段のあたりをさまよっていた。もうそろそろ、ロバーツ氏が降りてくるはずだ。「ジョーンとはまるで違う人よ」ロバーツ夫人はくり返した。「ヘスターっていう女の子でね。この家で、あたしの手伝いをするの」

「どんなこと?」アーティは早くも本を読みはじめていた。片手でシリアルを正確に口に運びながら、もう片方の手で、テーブルにひらいた本を押さえている。ジェイミーは幼児のようにまるで食事に集中せず、手にしたスプーンで遊びながら、手つかずのシリアルから母親の視線をそらそうと、質問を続けた。「その人は、どんなことをするの?」

ロバーツ夫人は漠然と手を振った。「あたしがしたくないことを全部するの。お皿を洗ったり、あなたたちを見張ったり」

「ぼくを見張るのは無理だよ」ジェイミーが言った。「だって、すごく速く走って、逃げるもん」

「彼女は、アーティより少し年上なだけよ。よく働く子だといいんだけど」

「ハリエット・メリアムみたいな?」と、ジェイミーが訊く。

ロバーツ夫人は驚いて、訊き返した。「なぜ、ハリエットみたいだと思うの? ハリエットは働く必要なんてないのに」

「ハリエットも、アーティより少し年上なだけでしょ」と、ジェイミー。

「ハリエットはアーティより年下ですよ」ロバーツ夫人が訂正した。「あの子は、身体が大きいだけ」

「すごーく大きい、だよ」と、ジェイミーが訂正する。

「ハリエットとはまるで違う人よ」ロバーツ夫人がくり返した。「どこの、だれとも違う人。だって、このご近所で、住みこみのお手伝いさんを雇っている家は、ほかに一軒もないものね」

マーガリート・デズモンドはめったに笑顔を見せないが、人にきつい言葉を投げつけたり、だれかのことを悪しざまに語ったりしたことは、生まれてこの方一度もなかった。デズモンド氏と生活を共にしてきたこの十九年間でも、彼に対して声を荒らげたことはもちろん、品が悪いとみなされる行為は、いついかなるときにもしたことがなく、養子に迎えた息子には、つねに文句のつけようがない慇懃な態度で接してきたし、ご近所付き合いの場では、その優雅な立ち居振る舞いゆえに、この人は格が違うと、だれもが一目置くような存在になっており、また、彼女自身の認識において、友人と呼べる相手がいたことは一度もなかった。これまでの人生で、危機と呼ぶほどの出来事はごくわずかにしか起こらなかったが、そんなときでも、デズモンド夫人はつねに冷静さを保って思慮深く対処し、それ以外の、平穏無事にすぎてきた長い歳月においては、そのまま穏やかに暮らしてきた。一方、彼女には物惜しみなところがあるが、それは実家が貧乏で、デズモンド氏と結婚するまで貧しい暮らしをしていたからで、同情心に欠けているのは、そういう気遣いや思いやりの心を彼女に求める人がこれまでひとりもいなかったからで、それでも目下の相手にやさしさを示すのは、彼女の母親が彼女の前でそういう姿勢を見せていたからであり、今度は自分の姿を通して、娘のキャロラインが女性らしさや貴婦人としてのふるまいを身につけなければならないからだった。デズモンド夫人は知性の面ですぐれているわけでも、すぐれていないわけでもなかった。それは、思索にふけるとか、そういった類の知的作業が、彼女の人生に必要とされるもののなかには、少しも入っていなかったからだ。彼女にとって知力とは価値の対象外であり、彼女がみずから欲する最たるものはお金だった。しかし、以上のような面があるからといって、デズモンド夫人が同じ通りに住むほかの母親たちとは違い、眠りもしなければ食べもせず、料理もしなければ掃除もせず、髪をとかしもしなければ車の運転もしない人間である、という結論に飛びついてはいけない。彼女がほかと違っている点はただひとつ、訳知り顔でひどいことを言ったり、やったり、考えたりしないところだけだ。だから、デズモンド夫人は、メリアム夫人と同じように夫と寝室を別にしていて、夜は幼いキャロラインとだけ、ベッドを並べて眠っている。また、ロバーツ夫人と同じようにロブスターが好きだし、バーン夫人と同じように潔癖気味なところがあって、家族には質のいい食事を出すように心を砕いており、さらに、重労働の床磨きなどは手伝いの女の子に毎朝任せているものの、埃を払う程度の掃除やベッドメイキングは、パールマン夫人と同じように、自分の手で行っていた。それから、デズモンド夫人は、ランサム＝ジョーンズ夫人やメリアム夫人と同じように、長い髪をうなじのところでお団子にまとめている。ただし、メリアム夫人の髪は白髪まじりで、ランサム＝ジョーンズ夫人の髪は黒いが、デズモンド夫人の髪は白と見紛うほどの薄い黄色だ。その髪色は娘のキャロラインも同じで、これという色味に欠け、肉体的にも特徴のないこの母娘が並んだところは、ほのかな陰影によってその存在がやっと認識されるような、周囲の世界に自在にとけこんでしまう二匹の生き物を見るようでもあった。

結婚して、子供に恵まれないまま四年の月日がたったとき、デズモンド氏は気遣いあふれる慎重な言葉遣いで養子を迎える考えを切り出した。それは、まったく思いがけない話ではなかったものの、デズモンド夫人は心が潰れるような苦しみを味わった。

「だから」デズモンド氏は妻にやさしく語った。「この方法で、わたしたちは自分で子供を選ぶわけだ――絶対に丈夫で元気な男の子を、とかね。間違っても――」デズモンド氏は言葉を止め、あらためて言い直した。「つまり、恵まれないかわいそうな浮浪児などを引きとって、彼にあたたかい家庭を与えてやるわけさ」

夫が夢中になっていることに、自分なんかが水を差してはいけないのだと感じながらも、デズモンド夫人はあえて正直に、わびしい口調でこう言った。「わたしね、なんていうか、これは全部わたしが悪いんだって、そう思えてならないの」

デズモンド氏は彼女の手を取り、とてつもなく穏やかに言った。「マーガリート、きみがそんなふうに感じているのなら、この件は二度と話題に出さないことにしよう」それから、彼は妻の手を放し、哀愁に満ちた笑みを浮かべて、続けた。「その子のことは、ジョン・デズモンド・ジュニアと名づけるつもりでいたんだ」

デズモンド家には、メリアム家やドナルド家と同じ頻度で、近所のご婦人方が縫い物をしに集まるものの、それをのぞけば、客を招いてもてなす機会というのは、さほど多くない。それでも、デズモンド氏の強い希望で、街の人を食事やブリッジに招待することになれば、デズモンド夫人は女主人(ホステス)としてテーブルの端の席に着き、いつもと同じ冷静かつ控えめな態度を保ちながら、物やわらかな口調で客とそつのない会話をしてみせたが、そんな翌朝は、決まって頭痛に悩まされてベッドから出ることができなくなり、キャロライン以外のだれも寝室にいる彼女と会うことができなかった。

しかし、近所の子供たちに対しては、デズモンド夫人もなんら気負うところがなく、それで、デズモンド氏が子供たちのために計画を立てはじめると、彼女もかなり乗り気になった。「ずっと考えていたんだが」ある晩、彼は読んでいた本を急に横に置いて、言った。「ここらの子供はやんちゃが多くて、なにかとふざけて騒いだり、馬鹿なことをしているけれど、でも、彼らには、それ以上に、もっとすべきことがあると思うんだ」縫い物に目をやっていた妻の眉が軽く上がって、自分の話をちゃんと聞いていることがわかると、デズモンド氏は先を続けた。「それで、近所の子供を全員集めて、たとえば、シェイクスピアの戯曲をみんなで読み合わせるのはどうだろう？　もちろん、すべての作品をやるわけにはいかないが」彼は、デズモンド夫人が意見を言う前に、さらに続けた。「有名なのをいくつか選んでね。たとえば『ロミオとジュリエット』とか『ジュリアス・シーザー』とか。そうしたら、夏の終わりには、上演会ができるかもしれないぞ。親御さんを、みんな招待して」彼はにこやかに妻を見て、その反応を待った。

「あの子たちにも、きっと、たくさんの才能があるはずですわ」デズモンド夫人は少し考えてから言った。「たとえば、ジェームズ・ドナルドは、才気あふれる少年ですし」

「ジェームズ・ドナルドか」デズモンド氏がうなずいた。「それに、ロバーツ家の上の男の子なんかも、こういったことに興味を持たせてやったら、きっとうまくやれるんじゃないかな。グループで作業することの真髄を、あの子に教えてやるんだ」彼は腰をあげて、暖炉の横にある背の低い本棚に歩み寄ると、並んでいる背表紙に指先を走らせ、『シェイクスピア全集』のところで手を止めた。「あった。これで、もっと具体的に話ができるぞ」彼は椅子に戻ると、分厚い本のページを手早くめくった。『真夏の夜の夢』か」と、つぶやいて、物語の内容を思い返して微笑み、「素晴らしい作品だ」と、いつくしむように本に語りかけた。「あぁ、『ヴェニスの商人』もいいな。人の心の慈悲深さはどんな力にも屈しないとか、そういった教えの話だ。この役、ヴァージニア・ドナルドにちょうどいいんじゃないかな」デズモンド氏は妻に話しかけながら、役の名前を本で確認した。「ポーシャ。ヴァージニアなら、この役にまさにぴったりだ」

「でも、やるからには、子供たち全員に役を与えないといけませんでしょう」と、デズモンド夫人。

「子供たち、全員」デズモンド氏はページに指をはさんだまま本をとじ、妻をまっすぐ見て言った。「そう考えると、これはなかなか大ごとだな。彼らを導いてやることは、わたしたちのような人間にしかできない役目だが、今回のような計画を立てれば、そこにはおのずと面倒な――」彼はそこで言葉を切り、そして、こう言った。「まあ、結局のところ、シェイクスピアはみんなのものだしね」

「そうねぇ」デズモンド夫人はすっかり乗り気になった様子で、針仕事の手を完全に止めた。「週に一回、子供たちをこの家に集めて、ひとつの戯曲を読み終わったら、すぐに次の戯曲にとりかかるようにする、というのはどうかしら。そして、読み合わせが終わったあとには、毎回、クッキーとレモネードを出してあげるの」

「十八、十九人、か」デズモンド氏が登場人物を数えた。「しかも、従者や使者といった脇役が、ほかに何人も出てくる。このぶんだと、だれかが二役か三役をすることになるだろう。近所の子供は全部で何人いるかな?」

「そうねぇ」と、デズモンド夫人がくり返す。「まず、ハリエット・メリアムでしょう、それから、うちのジョニー」

「大人びたジョニーが読むロミオのセリフは、ぜひ聞いてみたいものだね」そう言って、デズモンド氏は含み笑いをした。「うちの息子の役は決まりだな」彼はチョッキのポケットから鉛筆を取り出して、全集の巻末についている見返しの遊び紙に〝ハリエット・メリアム。ジョン・デズモンド・ジュニア―ロミオ〟と書き記した。「それから、バーンさんの子供たち。ロバーツ家にはアートとジェイミーがいるが、どうだろう、ジェイミーはまだ幼すぎる気もするが」彼は書き足した名前を見ながら、思案した。「下手をすると、悪ふざけがはじまるかもしれない」

「あの子はとてもお行儀のいい子よ」そう言ったあと、デズモンド夫人はためらいがちに続けた。「それより、気になったことがあるのだけれど」

「気になるって、なにが?」妻の言葉を訊き返しながら、デズモンド氏は見返しに〝ヴァージニア・ドナルド―ジュリエット〟と書き加えた。

「パールマン家の娘さん。マリリンのこと」

「あの子がどうした？　これは、近所の子供を全員集めてやるつもりでいることなんだぞ」

「わたし、あの子が孤立してしまう姿は見たくないわ。だって、とても素敵なお嬢さんのようにお見受けするから。でも、もし『ヴェニスの商人』のような作品を読むことになったら、それって……あの子に気まずい思いをさせることになるんじゃないかしら？」

デズモンド氏はしばし目をみはり、それから、幾分不愉快そうな声で「うん、そういうことか」と言った。そして、全集のページをすばやくめくって何行か読み、そこから次のページをめくって、さらにまた何行か読んだ。「確かに、きみの言うとおりだ。早く気がついてくれて、本当によかったよ。それでいうと、『ロミオとジュリエット』にも、そういう人物は出てきたんじゃないかな」

「ほかの作家の作品を読むことにしたらいかがです？」デズモンド夫人がたずねた。「マリリンはとてもいい子ですもの」

「シェイクスピアでなければ、読む意味などないさ。だが、そうなると、親はみんな、わたしたちが侮辱する目的でマリリンを参加させたと思うかもしれない。みんな、こういう問題には敏感だからね」そこで彼は、見返しのリストに目をやった。「彼女の名前は、まだ書いてなかったな」

「こうしたら、どうかしら」デズモンド夫人が提案した。「この計画がうまく運んで、子供たちが楽しんでくれたあとに、マリリンを招待するの。これ以上はもう、なにも――いやな思いをさせるような作品を読むことはないって、そうわかった日の夕方にでも」

「それじゃ、彼女の名前は特別リストに入れておこう」デズモンド氏はそう言うと、見返しに横線を一本引いて、その上に〝特別な理由〟と書き、下にマリリンの名前を記した。「あのスティーブ・ドナルドも、この計画には乗り気になるかな?」彼は陽気な声で妻に訊いた。

「彼は、とても感じのいい人ですもの」と、デズモンド夫人。「自分の子供が楽しんでいるのを知ったら、きっと喜ぶはずですわ」

「デズモンド、メリアム、ドナルドがふたり、バーンがふたり、ロバーツがふたり――これで八人か。ほかに、だれがいる?」

「あとは」デズモンド夫人は考えて「マーティン家のお子さんが残っているわ」と言った。

「となると、次の問題は――マーティン家の下の女の子か」

「ハリーよ」と、デズモンド夫人が言い添える。

「あの子がシェイクスピアを読んでいる姿というのは、まるで想像がつかないな」デズモンド氏は言葉を選びながら続けた。「たいていの子は、たとえそれなりの年齢でなくても、シェイクスピアの作品を読めば、なにかしら得るものだ。彼らにとって、意味のあることをね。でも、ハリーの場合は、そうは思えない」

「だって、まだ、とても小さいんですもの」と、デズモンド夫人。

「実際、幼なすぎると思うよ」デズモンド氏は、また横線を引いて、その上に〝幼なすぎる〟と書き、下に〝ハリー・マーティン〟と書いた。「それと、あの子の兄だが」と、デズモンド氏が続けた。「片方を招いて、片方を招かないというのは、ありえないんじゃないだろうか?」

「ご家族にしてみれば、兄妹(きょうだい)一緒に、と思うでしょうしね」とデズモンド夫人がうなずく。「ジョージを招いて、ハリーを招かないのは、失礼なことになると思うわ」

「特別な理由、だな」デズモンド氏はそう言うと、〝特別な理由〟の下にジョージの名前を書き足し、椅子の背に寄りかかった。「これで全員かい?」

「今日、ロバーツさんのお宅に新しく来た女の子を、入れなくてもよろしいのなら」と、デズモンド夫人がおどけて言う。

「彼女は近所の住人ではないからね。これは、この通りに住んでいる子供たちのための計画なんだ。彼女を入れるつもりはない」そう言って、デズモンド氏は人数を数えはじめた。

「ほかには、思い出せないわ」と、デズモンド夫人。「キャロラインは、わたしとここに座って、見物すればいいのだし」

「まだ八人だ」デズモンド氏の表情が曇った。「登場人物が八人しかいない戯曲なんて、あっただろうか」

彼はふたたび『シェイクスピア全集』をめくりはじめた。

「ひとり二役で読めばいいいんじゃありません?」

「どれもこれも、やたらと人数が多いな。重要な登場人物が八人で足りる戯曲にしぼっても、そんなのがあったかどうか」

「あなたご自身も、いくつかの役をおやりになればいいわ。それに、そうしてあげたほうが、きっと子供たちも気持ちが楽になるでしょうし」

「それはどうかな」デズモンド氏の熱意は、ここにいたってみるみる薄れ、彼は大きな本を持て余したように膝の上に置いて言った。「本当に、このどれかを上演したいと思うなら――」

「いっそ、親御さんたちにも参加していただいたら?」デズモンド夫人が提案する。

「でも、これは子供たちのための計画なんだぞ」デズモンド氏は駄々っ子のように言い返し、それから、すっかりやる気を失った顔で、脇のテーブルに全集を置いた。「あとで、ジョニーの意見を聞いてみることにするよ」

「もう、いいかげんにして」ヴァージニアが言った。「この道を歩くことくらい、なんでもないでしょ?」

「だけど、あの人に会ったりするかもしれないし」ハリエットが言い返した。「お願い、ジニー。あっちの道からまわって行きましょうよ」

「そんな遠まわりは、いや。ねえ、あんたは怖いのかもしれないけど――」

「べつに、怖がってなんかいないわ」

「あいつに会ったって、なにもされやしないわよ。お馬鹿さんね、ハリエット」

そう言うと、ヴァージニアはわざとコルテス通りを街道に向かって歩きはじめた。ハリエットは少し遅れて彼女のあとを追い、「とにかく、こんなことは、うちの母親がいい顔をしないに決まっているもの」と言った。

ヴァージニアが足を止めた。「よく聞きなさい、ハリエット・メリアム。これからも、そうやって怖がり続けて、いつまでも遠まわりをしたがって、お母さんの目やいろんなことを気にしてびくびくするつもりなら、今後あたしはお店屋さんにひとりで行くことにするし、あんたとは二度と口をきかないからね」彼女は腕を振りほどくと、答えに迷っているハリエットのそばに立ったまま、むくれた顔で、横を向いた。

「わかった、わかったわよ」やがて、ハリエットが言った。「だけど、もし、なにかあったら、それはあなたの責任ですからね」

「馬鹿ねぇ」ヴァージニアは、またハリエットと腕を組み直した。「なにも起こりゃしないって」

いったん覚悟を決めると、ハリエットはヴァージニアの行動を肯定するための理由を探した。そして「いざとなったら、いつでも助けを呼ぶことはできるわけだし」と、納得のいく言い訳を口にした。

「だいたい、うちの母親だって、あんたのお母さんと同じくらいに怒り狂ってたんだから」と、ヴァージニアが続けた。やがて、アパートメントの建物の前に差しかかると、彼女は歩くスピードをわざと落とし、早く通りすぎてしまおうと焦るハリエットの足にブレーキをかけた。

「ほら、早く」なかばパニック気味に、ハリエットはせかした。「ジニー、早く行こうよ」

「あたし、ちょっとここに入って、彼に会ってこようかな」ヴァージニアがからかうように言った。「べつに、なにも怖くないし。あの人のことも、わりと気に入ってるし」

「わたしはいやよ」そう言って、ハリエットがヴァージニアの腕を放したとき、ちょうど建物の扉がひらいた。「彼だわ。逃げよう」ハリエットが小声でせかす。しかし、ヴァージニアはがんとして動こうとせず、それでハリエットも、たぶん友人としての忠誠心から、そして、たぶん恐ろしさから、やはりその場にとどまった。

「こんにちは、お嬢さんたち」あの中国人男性が声をかけてきた。とてもにこやかな表情だ。いざというときは助けを呼べばいいのだと、ハリエットは心でくり返した。

「こんにちは」ヴァージニアがあいさつを返す。

「火曜日は、お茶に来ていただけず、残念でした」今日の彼は、なにも急いでいなかった。それに、とても陽気な様子で、帽子を手に持ったまま、ヴァージニアのほうに軽く頭を傾けて立っている礼儀正しい姿は、見た目にも感じがよかった。

「その日は、ふたりとも忙しかったから」ヴァージニアはよどみなく答えた。「あたしたちも、残念だったわ」

「ぜひ、アパートメントを案内したいと、楽しみにしていたのですが」

「次の機会があれば、今度は大丈夫だと思うけど」ちゃんとした態度で、たくみに受け答えているヴァージニアに、初めのうちは感心していたハリエットも、ここで突然、気がついた。彼女は行く気だ。ヴァージニアは、この中国人についていきたいのだ。だって、火曜に来られなかったとき、彼女はすごく怒ったもの。彼女は本気で、行きたいんだ。

「じゃあ、またあとでね、ジニー」ハリエットはそう言うと、ひとりで立ち去ろうとした。しかし「馬鹿はやめて、ハリエット」という友人の声に、やむなく足を止め、ふり返った。中国人男性が彼女を見ながら言った。「どうやらわたしは、あなた方を引きとめてしまったようですね。急いでいらっしゃるのに」

「いいえ、全然そんなことはないわ」ハリエットの返答は間抜けだった。「わたしたち、散歩に出てきただけだし」

「それでしたら」彼はヴァージニアに視線を戻した。「今から少しだけでも、うちにおいでになりませんか？」

　追い詰められたハリエットの耳に「ありがとう。ぜひ、そうさせていただくわ」と答えるヴァージニアの声が響いた。見れば、すでに中国人は建物の入り口に引き返していて、ヴァージニアもそのあとをついていきながら「行くわよ、ハリエット」と、うながしている。「一緒にお邪魔しましょ」

　ハリエットの頭のなかで、ふたつの考えがせめぎ合った。ヴァージニアをひとりで行かせるわけにはいかない。この先も友だちでいたいなら、自分も一緒に行かなくては。でも、アパートメントに入ったら最後、助けを呼ぶことはできなくなる。堂々めぐりに陥った彼女は、扉の前で自分たちを黙って待っている男性をよそに、ヴァージニアに駆け寄って「行くなんてだめよ、ジニー。うちのお母さんが」と、ささやいた。

「あんたって、本当に馬鹿ね」ヴァージニアが言った。「それに、ここで内緒話をするなんて、失礼じゃない。いやなら、あんたは来なくていいわ」大きな声ではっきり言われたハリエットは、男性が黙ったままこちらを見ていることに気づき、自分の無作法ぶりを自覚した。それで、みじめな気持ちのまま、ヴァージニアについて建物のなかに入り、エレベーターのほうへ向かった。アパートメントの一階ロビーは、鮮やかな壁画に彩られていた。入り口の周囲では熱帯魚が気ままな追いかけっこを繰り広げており、天井と床は豪勢なまでの――どこも剝げ落ちていない――金一色。エレベーターの扉には、これまた二匹のオレンジの魚がいて、なんの用心もせず昇降機に乗る人々を、由々しき表情を浮かべた大きな目玉で眺めている。ハリエットは黙ったまま、エレベーターに乗りこむふたりのあとに従った。ヴァージニアはしゃべり続けていた。

「なんで、そこいらじゅうに魚の絵なんて描いたのかしら」

「きっと、暗い建物には、陽気な装飾が必要だと感じたからでしょう」そう言って、中国人男性がボタンを押し、エレベーターがなめらかに上昇をはじめた。ハリエットは箱の隅に身を寄せたまま、扉についている小さな窓に現われては消える各階の境界線を見つめながら、止まるまでここから出られない、と、そればかり考えていた。

「何階に住んでいるの?」ヴァージニアが訊いた。

「五階です」と男性が答えた。「最上階です」

エレベーターの扉がひらくと、彼はふたりに降りるようにうながし、暗い色のカーペットが敷かれた長い廊下を先に立って案内した。とうとう、こんな遠くまで来てしまった、とハリエットは思った。きっと、この建物のなかには、ほかにだれもいないのだ。一番奥の部屋の前まで来ると、三人は足を止めた。そこで男性が「ところで、わたしの名前はリーです」と自己紹介したので、ヴァージニアも「あたしは、ヴァージニア・ドナルド。こっちは、ハリエット・メリアムよ」と答え、それから彼が玄関をあけて、三人は室内に入った。そのときも、ハリエットは戸口で少しだけ躊躇した。これが助けを呼ぶ最後のチャンスかもしれないと思いながら。ひょっとしたら、この中国人男性とヴァージニアは手を組んでいて、自分を騙そうとしているんじゃないかと、そんな恐ろしい想像をしながら。

玄関を入った先には居間があり、そこは、ハリエットやヴァージニアの家にあるのと、なんら変わらない一室だった。よくある家具が並んでいて、似たような絵が似たような場所に飾ってあり、奥に見えている小さな台所は、ドナルド家の花柄の絵皿やデズモンド家の圧力鍋がしまってあってもおかしくない感じだった。ハリエットがほっとするほど見慣れたタイプの張りぐるみの椅子に座る横で、ヴァージニアは窓辺に直行し、外を見て声をあげた。「わぁ、すっごく高い。ハリエット、あんたも見てみなさいよ」

男性が台所に姿を消すと、ハリエットは小声で「ジニー、こっちに来て」と呼んだ。ヴァージニアがそばに来ると、ハリエットは声をひそめたまま言った。「ね、どうやってここから逃げる?」

「なに言ってるの」ヴァージニアはハリエットの前に立ったまま腰に手をあて、迷いのない口調で言った。「こんなに面白いこと、ないじゃない。あんたも悪いことばかり考えてないで、少しは楽しんだらどう?」

そこで、男性が台所から出てきたのを察し、彼女は振り返った。彼は「一応、お訊きしますが」と言いながら、持ってきたトレイを長椅子の前のコーヒーテーブルに置いて、せっせとグラスを並べた。「おふたりは、ワインを飲むことを許されているのでしょうか?」男性に問いかける表情で見上げられ、ヴァージニアが「お酒なんて、全然飲んだことないわ」と答えた。

彼はトレイで運んできた小瓶と細い小さなグラスを身振りで示しながら「これは、とても軽いワインで、女性にぴったりのお酒です」と説明し、楽しげに笑って、こう続けた。「おふたりのような年若い女性にワインを飲む習慣がないことは承知していますが、味見するくらいなら、いいでしょう」彼はグラスのひとつにワインをごくわずかに注いで、それをヴァージニアに差し出した。グラスを受け取った彼女は、そのまま上目づかいに彼をしばらく見つめ、それから、かすかな笑みを浮かべて目線を落とした。「火曜日には、ちゃんとお茶の用意をしておいたのですが、今日は、当然ながら時間がなくて、なにも特別な用意ができませんでした」そう言葉を続けながら、彼はもうひとつのグラスをハリエットにわたし、彼女はひどく小さな声で「ありがとう」と言った。そのあとも、さらに男性は話しながら、すぐさま砂糖菓子を盛りつけた皿を彼女のほうに差し出し、ハリエットは皿からつまみ取ったお菓子を、横にあるスタンド灰皿の上に、ワインのグラスと並べて置いた。彼女の頭は思考停止に陥っていたが、しつけの行き届いた口は、だれかになにかをもらうたびに「ありがとう」と自動的に動いた。

ヴァージニアはワインを口にし、顔をしかめた。リー氏が笑って言った。「これは、お米で作ったワインです。中国のワインなんですよ」

「悪くないわ」そう答えたあと、ヴァージニアはハリエットのほうを見ながら、意地悪く言った。「あたしの友だちったら、ここに来るのを怖がってたのよ」

リー氏がいぶかしげな顔になった。「どうしてでしょうね。わたしが人をお茶にお招きするのは、とてもよくあることなのですが」彼はハリエットのほうに向きなおり、とても丁寧に言った。「これからは、怖がらずに来ていただけると嬉しいです。おふたりには、また来ていただきたいですから」

ハリエットはまた「ありがとう」と答えたが、その声は、ほとんど聞こえないほど小さかった。それに続く言葉をしばらく待ったあと、リー氏はヴァージニアに視線を戻した。「学校には行っているのですか?」

ヴァージニアは、うんざりだという身振りをしながら「学校のことなんて、夏のあいだは考えもしないけど」と答えた。

「わたしも、この国に初めて来たときには、言葉を習うために、学校に行かなければなりませんでした」

リー氏が思い出話でもはじめるような調子で言った。

「あなた、とんでもなく上手にしゃべってるわよ」ヴァージニアはそう言うと、またワインをすすって、最初に注いでもらった分を飲み干してしまった。そして「もっと、もらえる?」と頼んだ。「これ、おいしいわ」

リー氏はためらい、彼女のグラスにすぐには手を出さなかった。「ですが、あまり――」と言いかけて、口をつぐむ。それでも、ヴァージニアが明るい笑みを浮かべて、自分にグラスを突き出しているので、とうとう彼はグラスを取って、二杯目をなみなみと注いだ。

ヴァージニアは、重くなったグラスを片手に、ゆったりと椅子に座って、夢見心地に言った。「こういうところで暮らせるって、本当に素敵よねぇ。下の道があんなふうに見える高い場所で、のんびりとくつろぎながら、ワインを飲んだり、お菓子を食べたり」

リー氏が笑った。「そんなことばかりしていられたら、わたしも本当に嬉しいのですが」

ヴァージニアが壁にかかっている何枚かの絵に目をやって「あなた、芸術家?」と訊くと、リー氏はまた笑って「いいえ」と答えた。「もし自分で道を選べたなら、物書きになっていたかもしれませんが、現実には、やるべきことをやって、できるだけ心地のよい状態を作ることに終始する日々です」

「つまり、なにをしているわけ?」とヴァージニア。

リー氏はまたいぶかしげな顔になった。「ここで、働いているのですよ」

「どんな仕事?」

「ですから」リー氏は首だけ動かして台所を見た。「食器を洗ったり、カクテルを作ったり、玄関へ応対に出たり」

「でも、それって――」ヴァージニアがさらに言いかけたとき、ハリエットの声が出し抜けに響いた。「つまり、あなたは、ここでお手伝いをしてるってこと?」彼女は、自分にきつい視線を向けてきたヴァージニアに言った。「この人はただのお手伝いさん、使用人なのよ。ここは、彼の家なんかじゃないんだわ」

「そう思っていたのですか?」リー氏はヴァージニアを見て、ハリエットを見た。「わたしでは、このアパートメントを借りることなどできません。この界隈で、そんなことは無理です。わたしに部屋を貸してくれる大家さんなど、いないでしょうから」

ヴァージニアがさっと立ち上がった。「いろいろと、ありがとう。でも、あたしたち、もう行かなくちゃ」彼女はワインが入ったままのグラスを、細心の注意を払ってトレイに戻した。

危機が去ったことに気づいたとたん、ハリエットは礼儀を意識し忘れていたことを思い出して、丁寧に言った。「わたしたちを誘ってくださって、ご親切にありがとう。でも、こんなふうに人を招き入れたりして、あとあと、あなたが困ったことにならなければいいんですけれど」

こんなふたりに、リー氏は腹を立てたに違いなかったが、それでも礼を失することなく玄関まで見送りに立った。「わたしは自分の友人をここに招く許可をもらっています」彼はハリエットに素っ気なく答え、ヴァージニアに「お帰りになるとは、残念です」と声をかけた。

「どうもありがとう」とヴァージニアがあいさつし、ハリエットも声をそろえた。「どうもありがとう」

ふたりの背中を見送ってから、リー氏が部屋の扉をしめた。エレベーターへ向かう途中で、ハリエットが言った。「だから、言ったじゃないの」

「あいつがここで働いてるなんて、知らなかったんだもん」と、ヴァージニアが言い返す。「知らなくて、当然でしょ? あいつが言わなかったんだから」

「きっと、うちの母親、怒り狂うわ」ハリエットが言った。「あなたのお母さんだって」そこで彼女はちょっと考え、こう付け加えた。「このことが、ばれたりしたらね」
「こっちばかり責めないでよ」ヴァージニアが言った。「あたしの責任じゃないんだから」

昼食をすませたあと、今日の午後はアート・ロバーツを映画に誘ってみようと考えたトッド・ドナルドが、家を出て前の道をわたっていくと、ロバーツ家の玄関ポーチに見知らぬ少女が座っていた。それで、私道の入り口に立ったまま様子をうかがっていると、やがて少女が顔を上げ、彼に気づいて「ハイ」と声をかけた。トッドが慎重な足取りで私道を進んでいくあいだ、その姿をじっと見ていた彼女は、距離がじゅうぶんに縮まったところで「だれかに会いにきたの?」とたずねた。

彼女の顔は大きかった。まるで、映画のクローズアップ画面を見ているみたいに大きかった。それは、彼女の顔のパーツが、口も、目も、鼻もみんな大きかったからで、その顔を包むようにすとんと落ちている癖のない髪は、ほとんどオレンジ色だった。しかし、身体つきそのものは、むしろ小柄で痩せている感じで、だからトッドは、彼女に近づいても、それほどひどく緊張しないですんだし、大きな口で話しかけられても、その声が心地よく聞こえた。「アートに会いにきたんだ」と、彼は答えた。「アーティ・ロバーツに」

彼女は顎をしゃくるように頭を動かし、背後の家を示した。「それって、この家の人間のこと? みんな、出かけてるわよ」
「どこに行ったの?」トッドは、お小遣いが少したまると、パット・バーンかアート・ロバーツを、一緒に映画に行かないか、ソーダを飲みに行かないか、と誘ってみることにしている。その費用はすべて彼の負担で、ふたりがお礼をしてくれることは決してないのだが、それでも誘いに乗ってもらえれば、トッドはほんの一時でも彼らの仲間気分を味わえるし、たまには彼らのほうから友だち同然の態度をとってくれることもあるからだ。しかし、アートとパットが一緒にいたら、片方だけ誘うわけにいかないし、ふたりまとめて誘うのでは、トッドにとって意味がない。今日のトッドは、ふたりを映画に連れて行くだけのお金を持ってはいたが、チケット代を払う自分が三人のなかであぶれ者になり、ふたりの笑いの的にされるのは耐えがたいことだった。

「彼は留守よ」と、少女が言った。それがロバーツ氏のことだということを、トッドは続きの言葉で理解した。「息子ふたりはどこかに遊びに行ってるし、彼女は買い物に出てったわ。でなきゃ、あたしがこんなところに座ってられると思う?」彼女はいきなり、だれもいない隣の空間に向かって、きつく言い放った。「あの女がそばにいるときに? まさか、できるもんですか。そういうときは、彼女の愚痴を聞かされながら、家のなかで独楽鼠みたいに、ひたすら働くしかないんだから」彼女はにらみつけるような眼差しをトッドに向けて、さらに言った。「今朝、あの女の小さな太った手に、なにが起こったと思う? コンロで火傷したのよ、や・け・ど。この先の人生が、あやうく台無しになるところだったって。その結果、今や彼女は、あたしが火傷しながら馬鹿みたいに両腕を動かしてるのを、そばにくっついて監視しながら、延々としゃべってくるわけ。自分にはやらなきゃならないことが山のようにありすぎて、とてもひとりじゃ手がまわらないとか、今の旦那と一緒になって、自分は本当に不幸だとか、それからあたしに、彼の機嫌を損ねないように、じゅうぶんに気をつけろ、とか。まるであたしが彼の不機嫌のもとみたいに!」

この感情あふれる最後の言葉に、トッドはなぜかしら少女への賞賛をおぼえ、励ますような笑みを浮かべて「もちろん、そんなことはないよ」と、消えそうな声で言った。

「あたし、夜の学校で、彼を見たことがあるんだ」少女が言った。「ある晩、ろくでもない息子がろくでもないことをしでかしたときに、彼、来たのよ。あたし、見たんだから」彼女はそこで意味あり気に言葉を切った。

彼女は髪を染めている——それに気づいて、トッドは愕然とした。これは絶対に、染めている。頭皮に近い部分の髪は、どう見ても黒いのに、それが突然、強烈なオレンジ色に変わっている。染めているんだ。彼は触ってみたくなった。

「あんた、だれ?」とうとつに、少女がたずねた。

答えなければと思うのに、少女の髪のことで頭がいっぱいのトッドは、なかなか言葉が出てこない。

「あんた、ジム・ドナルドの弟でしょ」彼女は勝手に判断を下した。「あたし、ジムのこと知ってるんだ」

「なんで髪を染めてるの?」そんなつもりはなかったのに、気がつくとトッドは訊いていた。彼女がジムの名前を出して素性を言い当てたりしなければ、トッドもこんな質問をすることはなかっただろう。

彼を見つめる少女の顔が曇った。大きな目の上にある大きな眉毛がひとつながりになり、大きな口が蔑みの表情にねじ曲がった。「染めてなんかないわ。失礼なこと言わないで。もともとこういう色なんだから」そう言いながら、彼女は大切そうに自分の髪に触れ、そのあと、ぱっと立ち上がった。

トッドは自分の肩にだれかの腕がまわるのを感じた。つかんだら放さないという強さに満ちた、でも家族とは違う馴染みのない感触に、思わず首をめぐらせると、自分の頭のすぐ上にロバーツ夫人の顔があった。彼女の腕はトッドをがっちり引き寄せた。

「皿洗いは終わったの、ヘスター?」ロバーツ夫人は冷ややかに問いただした。「居間の掃除は? もしあたしが、じゅうぶんな仕事を与えてやるべき雇い主の務めを怠って、あなたを手持ち無沙汰にしているのなら——」そこで夫人は、怒りとともに息を飲みこみ、口をつぐんだ。

ヘスターがしおらしく答えた。「いいえ、まだなにも終わっていません。ただ、ちょっと外に出てきただけで」

「この子は、あたしのお友だちの息子さんでね」ロバーツ夫人が続けた。「あなたが世話をする子じゃないの。うちの息子たちのことは、今朝、紹介したでしょう」

「はい、ロバーツ夫人」ヘスターはそう言うと、まわれ右をして家のなかに戻っていき、それを見たロバーツ夫人も、トッドの肩から腕をほどくと、彼にひと言も声をかけず、玄関の奥に消えていった。

トッドはひどくわびしい気持ちで、自宅へと道を戻った。彼の肩には、ロバーツ夫人の堅くて強い腕の感触がまだ残っていた。ロバーツ夫人が彼を抱き寄せるような真似をしたのは、これが初めてのことだった。

「やっと戻ったのかい?」マック夫人が言った。彼女が玄関の扉を大きくひらいて支えてやると、飼い犬のレディが決まり悪そうに彼女を横目に見上げながら、小走りに入ってきた。レディは大きな雄犬で動きがにぶく、その茶色い毛並みは、ふだんはきれいに保たれているのだが、今夜は泥にまみれて縞模様に汚れ、喉元の白い毛もほとんど見えないありさまだった。「遅くなったね」マック夫人が言った。「まあ、とにかく、お座り。おまえの晩ごはんはとっておいたから」

犬はなおも決まり悪そうな様子で、テーブルのそばの椅子にできるだけそっと跳びのった。マック夫人は話し続けながら、食事の皿を置いてやった。「どれも冷めていないよ。おまえのために、ずっと温めておいたからね。でも、干からびてたら、それは自分が悪いと思うことだ」彼女は厳しい目つきで、しばらく飼い犬を見おろした。するとレディも、並んだ皿には見向きもせず、ひたすら彼女を見上げているので、マック夫人はつい笑顔になった。「ああ、そうだ、怒ってないよ。だから、さっさとお食べ」そう言って、頭を軽く叩いてやると、レディはすっかり安心した証拠に、尾を振りながら、彼女の手をペロリと舐め、それから、がつがつと食べはじめた。しかし、片方の前足をテーブルにのせたとたん、マック夫人にピシャリと叩かれ、

「何度言ったら、わかるんだい?」と叱られたので、慌てて前足を引っこめた。

夫を亡くして以来、マック夫人は家族もなく、訪れてくる人もいないままに過ごしてきたが、それでも、彼女が犬と暮らしているふたつの部屋は、つねに掃除がされて、きれいに片づいていた。彼女の小さな灰色の家は、外壁がひどく傷んで、あばら屋同然の佇まいだったが、その内側には、色褪せた張りぐるみの椅子とソファのセットがあり、よく磨かれた薪ストーブがあり、マック夫人がレディと一緒に休んでいる寝室には、マホガニー製の古めかしい寝室家具がそろっていて、ドレッサーの上に置かれたマック氏の写真の前には、摘みたてのタンポポの花がガラスのコップに挿してあった。レディは今、台所にあるテーブルのシンプルな椅子に座って、もくもくと夕食を食べており、マック夫人はそのかたわらで、細く裂いた古布をかぎ針で編む作業を再開した。彼女が作っているのは、寝室の床に敷くつもりの、けたはずれに大きいラグマットだ。

「ごらん」マック夫人はレディに声をかけた。「あと、もう少しだ」彼女が膝の上から床のほうへと広げてみせた編みかけのマットを、レディが興味深げに眺める。

「ああ、きれいだろう」マック夫人は、犬の感想が聞こえたかのようにうなずいた。「これが仕上がって、床がぬくぬくになったら嬉しいねぇ」

それから彼女は、身を乗り出してレディの皿をのぞき、「もう、いいの?」と、たずねた。「そのトマト、食べないのかい? 今日の午後、もいだばかりの、新鮮なやつなのに」しかし、レディに動く気配はなく、それでマック夫人は「わかったよ。食べる気がないんじゃ、しょうがないね」と腰をあげ、彼の皿を低い棚のほうへ運んで行った。その棚には洗い桶が置いてあり、すぐ横の小さなキャビネットには、彼女とレディがいつも使っている花柄の食器がしまってある。彼女はストーブのやかんを取って、桶にお湯を入れると、犬のお皿を洗って乾かしながら、なおも会話を続けた。「そうやって、好き嫌いを直す気がないんじゃ、トマトを育てることになんの意味があるんだろうって、本当にわからなくなるよ。あたしだって、ひとりで全部食べたいくらいに好きだってわけじゃないし、だいたいトマトは一株あれば、ひと夏で食べきれないくらいの実がなるんだから」レディはテーブルの椅子からするりと降りて、布張りの椅子のひとつに移動し、その上で気持ちよさげに身を丸め、洗い物をするマック夫人を眺めた。「どこに行っていたのかなんて、どうせ、訊くだけ無駄なんだろう?」そう言いつつ、マック夫人はなんとか返事が聞けないものかと期待する目で、レディを見た。しかし彼は、ふいっと横を向いて視線をはずした。「じゃあ、答える気になったら、教えておくれ。怒らないって、約束するから」

お皿を洗い終わって、片づけると――老婦人の動作は終始ゆっくりなうえに慎重で、お皿を元の場所に戻すのに一分近くもかかったが、おかげで、ほかの食器にぶつけて揺らしたり、いやな音をたてるようなことはなかった――マック夫人は食卓から灯油ランプを取ってソファへ移動し、横にある小さなテーブルに置いた。ランプが放つ弱い光は、両隣に位置するデズモンド家やバーン家からは、薄暗い明かりにしか見えない。それは、この家の窓が、内側にきちんとカーテンがかかっているにもかかわらず、外側から新聞紙で覆われているからだ。マック夫人は灯心を調節してランプの明かりを少し強くすると、ほうっと息をもらしながらソファの片隅に落ち着いた。「静かな、いい夜だね。風もなくて」また、ほうっと息を吐く。「さてと」

ランプを置いたテーブルから、彼女は一冊の書物を取った。「今夜は、もう少ししたら休みたいから、いつもより早いけど、今から授業をはじめるよ」そう言うと、彼女は栞をはさんでおいたページをひらき、指先で文字を追いながら読みはじめた。「〃それゆえに、公平なる裁きはわれらを遠く離れ、正義はわれらに追いつかず。われらは光を待ち望めども黒闇(こくあん)を目にし、まぶしき明るさを望めども暗闇の道をゆく。われらは盲者のごとく壁を手探りし、目を持たぬように手探りする。昼にあっても夜のように躓(つまず)き、死者同然に荒涼のなかに身を置く。われらはみな熊のように吼え、鳩のように痛ましき声で嘆く。裁きを求めても、それがなされることはなく、求めし救済は、われらからはるかに遠い。〟この文章はなにを言っているのかということ」彼女は膝の上に本を広げたまま、レディをじっと見つめて言った。「ここの意味は、そうだねぇ。〝黒闇〟というのは、真っ暗になった状態のことだ。〝荒涼〟は、なにもないという意味で、つまり」彼女は犬に対して、熱心に説明を続けた。「あたしら人間は、みんな、なにも見えていない、邪悪な存在だってことだね。〝救済〟は、なんらかの逃げ道をもらうということ。つまり」と、彼女はくり返し、「神さまはいつも、あたしらのことを見ていて、あたしらが悪い行いをするのを見張っているということさ。なぜなら、神様というのは、どんな悪さもお赦しにならないからね」そう言うと、マック夫人は膝の上にひらいた聖書をそのままに、指先で表紙の縁をゆっくりとなぞりながら、黙って考えにふけりはじめた。レディは彼女のほうを見たまま、しばらく続きを待っていたが、やがて前足に頭をのせて、目をとじた。

マーガリート・デズモンドは、なにもない普通の日でも一日の終わりには疲れきってしまうし、客人があるときは、どんなに調子がいい場合でも、うちとけた態度で積極的にもてなすということができない。そして今夜の彼女は、自分が夫になにかと無理を強いられていることや、妻が苦心惨憺し、ときには陰で涙していることも知らずに、彼自身はやわらかな色にあふれた別世界で楽しく生きているのだということを、いつになくひしひしと感じていた。今夜のデズモンド夫人は、モンテス夫人に歓迎の意を示す笑みを顔に貼りつけながら、夫に対する悪感情を募らせていた。その彼は今、ピアノのそばに立っていて、モンテス氏の演奏にあわせ、情感あふれる表情で両手をやわらかに動かしている。モンテス氏は、一応、英語を話すことができた。ピアノを弾きながらでも話せるくらいの英語力は持っていたが、ただし目が見えなかった。一方、モンテス夫人は目が見えるものの、話せるのはスペイン語だけで、あいにくそれは、デズモンド氏にとってもデズモンド夫人にとっても、さっぱりわからない言葉だった。

夫が催促顔でこちらを振り返ったので、デズモンド夫人はなんとか薄い笑みを浮かべ、大きな椅子に所在ない様子で座りつつ、こちらには笑顔を見せるばかりのモンテス夫人と、交流を持とうとした。

この夫妻は、デズモンド氏がサンフランシスコから連れてきた客人で、ただし、妻にはふたりのことを前もって話していなかった。ピアノが弾ける盲目の人、それも名刺をきちんと持っている、人品卑しからざる人物ならば、いつでもどこでも歓迎されるのが当然だと、きっとそう思っているのだ。今夜の接待係を押しつけられたジョニーは、膝の上に両手を重ね、ピアノの向こう側に座っている。デズモンド夫人がいるのは、ピアノがあるのとは反対の居間の端で、折に触れては、そばにいるモンテス夫人にぱっと明るい笑顔を見せたり、大きく合槌を打ったりしていた。そんな彼女に、モンテス夫人も微笑み返したり、うなずいたりしていたが、夫を見つめているときの頼りなげな表情は、今に彼がこちらを向いて、バスで長旅をしてまで今夜ここに来た意味や、自分と一緒に座っている、礼儀正しいけれども中身のなさそうなこの女が何者かということを、ちゃんと理解できる言葉で説明してくれるのではないかと、待っているようだった。

突然、ジョニーがため息をもらして動き、デズモンド夫人とモンテス夫人は、また、たがいに笑顔を向けあった。すると、モンテス夫人が笑みを浮かべたまま、ジョニーのほうを身振りで示し、問いかける顔をした。

「ええ、そうですわ」と、デズモンド夫人は答え、さらに力をこめてうなずいた。

モンテス夫人は満足げにうなずき返し、それから、急に思いついたように自分自身を、ちょうど豊満な胸のあたりを指さして、指を三本、立ててみせた。

デズモンド夫人は軽く首をかしげ、ひどく驚いた表情をしてみせた。そして「三人?」と言いながら、同じように三本の指を立ててみせると、モンテス夫人がうなずいた。

デズモンド夫人が自分を指さして、指を二本立てると、モンテス夫人はうなずきながら片手をすっと前に出し、手のひらを下にしたまま、とん、とん、とん、と三段階に上げてみせた。

デズモンド夫人はまずジョニーを指し示し、それから手を前に出して、とても低い位置に下ろした。すると、モンテス夫人が声に出して笑ったので、デズモンド夫人も同じように笑い、そのあと、家の奥に向かってふわりと手を動かし、はっきりとした声で「キャロライン」と言った。

「キャロライン」モンテス夫人は異質な発音でくり返すと、また前に手を出して、三段の一番低い位置を示し、それから、デズモンド夫人が自分の意図をちゃんと理解しているか様子を見ながら、お腹に手をあてて顔を大きくゆがめ、ひどい痛みを表現した。

「わたしもそうでしたのよ」デズモンド夫人が思わず言った。「本当に、三十時間もかかってしまって、そのとき、お医者さまに――」そこで彼女は言葉を止め、キャロラインを示すしぐさをしたあと、モンテス夫人と同じように苦痛にゆがむ顔を見せながら「とても大変でした」と言った。モンテス夫人はうなずきながら、今度は三段の一番上を示し、またお腹に手をあてながら明るく楽しい笑みを浮かべ、両手を左右に広げて、驚きを表現した。

デズモンド夫人が、まさか、という顔をして見せると、モンテス夫人は肩をすくめ、二番目の高さに手をやってから、これまた明るい笑顔を見せて、驚きのしぐさをした。それから、一番下の位置に手を戻し、またお腹に手をあてて、苦悶の表情を作った。

デズモンド夫人が「そういうこともあるんですね」と言うと、モンテス夫人がいぶかしげな顔をしたので、彼女は肩をすくめ、両手を左右にひらいてみせた。そして「わたしが子供を産むことは、もう二度とありませんわ」と言ってから、自分のお腹に手をあてて、首を激しく振り、最後に押しのける動作をした。モンテス夫人はまた声に出して笑い、大きくうなずきながら、デズモンド夫人の動作を力強くくり返した。

モンテス氏のピアノ演奏はあいかわらず続いている。鍵盤の端から端まで、大きな動きで手を動かしながら、ひどくやわらかな音を奏でている彼の顔は、デズモンド夫人の目には、恍惚としているように映った。そして、それと同じ表情が、夫のデズモンド氏の顔にも浮かんでいる。モンテス氏は華奢な身体で、優美な空気をまとっているが、その演奏がひどく凡庸であることに、デズモンド夫人は突然、気がついた。そんな彼女の視線を受けて、ジョニーが部屋の向こう端からウインクを送ってよこすと、モンテス氏のそばに立っているデズモンド氏が、曲にあわせて恍惚と唇を動かし続けながらも、目に強い不快感を浮かべるという、相反する感情を同居させた顔で妻のほうを振り返った。

デズモンド夫人は、モンテス夫人に視線を戻した。彼女はまだ、楽しげに笑っている。「実を言うと」デズモンド夫人はなにも考えずに言った。「わたしね、こういうことに、少しイラっとさせられることがあるんです」

モンテス夫人がスペイン語ですぐさまなにかを言ってきた。その言葉は、自分の意見に同意しているように聞こえたので、デズモンド夫人もすぐに返した。「もちろん、夫の世界のことですわ」すると、モンテス夫人がうなずいて、またスペイン語でなにかを言った。デズモンド夫人はしぶしぶ微笑んで、続けた。「あちらにもあちらの落ち度があると思いますけれど、でも、時々、本当に……」

ハリエットは居間の戸口まできて、あまりの驚きに口をあけ、大きな足をぴたりと止めた。「どうしたの、パパ?」彼女は質問した。「ここで、なにをしているの?」

安楽椅子に座っていたメリアム氏は顔を上げて、娘に微笑んだ。「いつもと違って、早く帰ってきたら、いけないのかい?」

「だけど、こんなに早いなんて。夕食の時間だって、まだまだ先なのに」

「たまには家に長くいて、家族の顔をゆっくり見るのもいいかと思ってね」

「お母さんなら、いないわよ」そう言いながら、ハリエットは戸口から少しあとずさりした。「ずいぶん前に出かけちゃったわ。こうやって帰ってくるなら、そのことを先に知らせておくとか、すればよかったのに」

メリアム氏は読んでいた新聞を自分と椅子の肘掛けの隙間に置いた。「おまえもそこに座って、パパとおしゃべりしないか、ハリエット? こんな明るい時間に一緒にいるのは、ずいぶんと久しぶりだ」

ハリエットは困ったように、肩越しにうしろを見た。「わたしも今は外に出ていて、ここには紙人形を取りに戻っただけなの」彼女はそう説明すると、また肩越しに玄関を見やり、それから「また、すぐに出かけるつもりで」と、言葉を重ねた。

メリアム氏の顔からすっと笑みが消えて、彼は新聞を手に取った。「だったら、さっさと行きなさい」

ハリエットは気まずさにかられ、慌てて言った。「でも、どうしても、ってわけじゃないし、少しくらいなら、ここにいられるわ」

「いいから、行って、遊んできなさい」と、父。

「もう少し、ここにいるわ」ハリエットはそう言うと、もじもじと足を動かし、気をまわして声をかけた。

「お茶でも入れてきましょうか?」

「いいや、結構だ」彼女の父親は執拗にくり返した。「ほら、遊びに行きなさい」

「まだ、行きたくないもの」ハリエットはおそるおそる父親に近づき、彼のそばにあるスツールに腰をおろした。気まずい思いはいっこうに消えず、なにを言えばいいのかもわからず、彼女は迷った末に明るい声で訊いた。「今日はお仕事、大変だった？」

「いいや」メリアム氏がもったいぶった調子で答えた。「実のところ、今日はさしせまった仕事もなくて、これはまたとない日だと思ったから、それで、家に帰ってきたんだ」

「どこか身体の具合が悪いんじゃない？」その可能性に急に気づいて、ハリエットはとっさにたずねた。

「いいや」メリアム氏は首を振った。「悪いどころか、ぴんぴんしてるよ」

「お母さん、じきに帰ってくると思うわ」ハリエットは話をつないだ。「ドナルドさんのお宅に、お裁縫をしに行ってるの。お母さんたち、毎週だれかの家に集まって、お裁縫をしてるんだけど、今週はドナルドさん家の番だから」

「集まって、なにを縫ってるんだ？」と、メリアム氏。

「自分の家の縫い物を持っていくの」ハリエットが説明した。「それで、一緒に針仕事をするのよ。来週はランサム＝ジョーンズさんの家に行くんじゃなかったかしら」

「それを毎週やっているのかい？」

「病気になったり、忙しかったり、事情があれば休むこともあるけど、でも、集まる家を毎週変えて、ずっと続けているわ。うちに集まることだってあるし」

「おまえ、お裁縫ができるのかい？」メリアム氏が興味を示して訊いた。

「そんなに得意じゃないわ」と、ハリエット。「わたしは、書くことが一番向いてるみたい」

「なるほど。それじゃあ、おまえ自身は、いつもなにをしているんだね、ハリエット？」

「なにか書いたり、近所の子たちと遊んだり、あとは、お母さんに料理を教えてもらったり」

「わたしには、いつ、ケーキを作ってくれるのかな?」メリアム氏が楽しげに質問した。

「まだ、ケーキは作れないわ。うちでお裁縫の会があるときに、お茶と一緒にお出しするサンドイッチを作るとか、そういったことは、お母さんによくお手伝いさせてもらうけど。あとは、毎日、お昼にサラダを作るとか」

「わたしも職場でお昼にサラダを食べることがあるよ」と、メリアム氏。「でも、作るのは面倒じゃないか?」

「今、ダイエットしてるから」ハリエットは顔を赤くした。「もう、一キロくらい落ちたの」

「そのようだな」そのあと、メリアム氏は娘の反応を待ったが、彼女がなにも言いそうにないので、言葉を続けた。「また学校がはじまったら、嬉しいかい?」

「いいえ」そう答えると、ハリエットはじっと耳をすまし、急に立ちあがった。「お母さんが帰ってきたみたい。だから、わたし、もう行っていいわね」


何事もなく平穏に前の道をわたったら、ロバーツ家の玄関先に座るヘスター・ルーカスを見つけてしまったあの日の昼から、トッド・ドナルドはなにかとロバーツ家に足を向けるようになった。それでアートが留守だったり、忙しかったりしたときは、かわりにジェイミーと親睦を深めた。彼の心をなにより強く支配していたのは、ヘスターがいる家のなかにいたい、ふいに彼女の声が聞こえたり姿が見えたりするかもしれない場所にいたい、彼女をいつも見ている人たちと彼女のことを話したい、という欲求だった。しかし、ロバーツ家の兄弟はどちらも彼女のことを嫌っており、それからほどなく——これまでロバーツ夫人の雇ったメイドたちが持ちこたえた期間ほど長くはない、ほんの二週間ほどで——彼女がこの家を出ていくことが近所に知れわたったので、トッドはやむなく調査を急がなければならなくなった。彼は、自分がなにを求めているのか、まるでわかっていなかったし、なぜそれが、ヘスターを通せば見つけられる気がするのかも、やはりわかっていなかったが、彼女との出会いにはひとつの吉兆が、ロバーツ夫人に肩を抱かれるという思わぬ出来事があったので、自分がこの世に生まれたときに失ってしまったものも、ここに来れば取り戻せるかもしれないというある種の確信とともに、トッドは、彼女の並はずれて大きな目と口に、何度も何度も引き寄せられているのだった。

ある晩、前庭の芝生を突っ切って、ロバーツ家へ向かったトッドは――アートに本を借りるとか、ジェイミーが在宅かたずねてみるとか、ヘスターの近くにいられるなら、どんな馬鹿げた理由でも使うつもりだったが――初めて会ったときと同じように、玄関ポーチに座っているヘスターの姿を見つけ、さらに、宵闇ではっきり見えないものの、彼女のそばに座っているのが自分の兄であることに気づいた。そのあやしい雰囲気に、彼はとっさに忍び足になり、わざわざバーン家の脇にまわって、ロバーツ家を囲う茂みに分け入り、ふたりが座っているポーチのそばまで、気づかれることなく近づいた。そこからだと玄関先が見通せて、ふたりの会話も聞くことができて、門灯のにぶい明かりに浮かんだヘスターの大きな頭など、ことのほかよく見えた。

ヘスターの声が続いている。「でね、あんたには出てってもらわなきゃならない、って言われたわけ。まるであたしが、ずっとここに残りたがってるみたいな口調で。ホント、陰険なババアよ」

トッドは茂みに身を隠したまま、さらにポーチに近づいた。荒く打ちならされたコンクリートの端に肩があたって、ひんやりとした。「でも、あたしはなにひとつ言い返さなかった。言おうと思えば、いくらでも言えたのに」

「わざわざ面倒を起こすことはないさ」ジェームズが言った。仕方なしにそう言ってみたというような、とまどいを感じさせる声だ。夜の空気と、コンクリの冷たさと、兄の声音に、トッドは身震いした。

「面倒を起こす気なんて、あたしにはないわ。ゴタゴタは、もうじゅうぶんに味わってるもの。ありがたいことにね」ヘスターがフンと鼻で笑った。「いろいろじゅうぶん知ったから、そこらのおばさんを相手にするくらい、なんでもないわ。ありがたいことにね」

「また高校に戻ってくるのかい？」そう訊いたあと、ジェームズはごく私的な方向に連想を広げていたらしく、それをごまかすように、慌てて言葉を継いだ。「つまり、ここでの仕事を失ったら――」

「もう、どうでもいいって感じ」

「きみは不当な目に遭いすぎてると思うな。なにもしていないのに」

ヘスターが笑った。「あら、あたし、やらかしたじゃない。かなりのことを。あの人たちは、それを全然知らないけどね」

「でも――」ジェームズはかなり慎重に言葉を選んでいる様子で、その声音には、詳しい話は知りたいけれど、さすがに直接には訊きにくい、といった気持ちがにじんでいた。「でも、きみのことはすぐに連れ戻すつもりだって、そんなふうに聞いたから」

「うちの父親に言われたわ。無効宣告を受けなかったら、ただじゃおかない、って。ほら、無効宣告というのは、それを、全然なかったことにするわけでしょ？　でも、これが離婚となると――意味が、ね」ヘスターがまた笑った。「つまり、無効宣告を受けたら、あたしは、なにもしなかったことになる」と、彼女は説明し、それから、なんの誤魔化しもない言葉で、こう続けた。「だけど、あたしたちは、うちの父親に捕まるまで、たった二週間でも、確かに結婚していたんだから」

ジェームズも彼女に合わせ、作り笑いをして言った。「それは、なかなかな経験だったね」

「戻ろうと思えば、いつだって、高校には戻れるわ」ヘスターが言った。「そうさせるって、うちの父親が言えば、学校側も、ずっとあたしを締め出すことはできないんだから」

長い沈黙が続いた。トッドは思わず首を伸ばし、茂みがカサッと音を立ててしまったところで、動きを止めた。そこまでしても、彼に見えるのは、ヘスターと自分の兄が玄関ポーチの階段に離れて座っている姿だけだ。やがて、ヘスターが静かな声で沈黙を破った。「あなただって、絶対に悪い気はしないと思う」

「なにが?」ジェームズがぎょっとして訊き返す。

「あたしとの、二週間くらいの結婚生活」ヘスターの口調に誘いがにじんだ。「楽しかったわよ」

「それはどうかな」ジェームズが及び腰に答える。「ぼくは、そういうことを、ちゃんと考えたことがないし」

「でしょうね、きっと」ヘスターはそう言うと、トッドが見つめている先で、ジェームズにもたれかかり「楽しいのに」と、くり返した。

「ぼくは、結婚なんてする気はないよ」と、ジェームズが言った。「少なくとも、三十五歳になるまでは。お金をたくさん稼げるようになるまではね。妻は夫に、自分をしっかり養えるだけの力を求めるものだから」彼は身体をもぞもぞ動かし、階段から立ち上がった。「もう寝ないと。練習あるし」

「練習?」

「フットボールだよ」ジェームズは不意打ちで話を終わらせた。「じゃあ、おやすみ、ヘスター」そう言って、自宅に引き返していく彼を、ヘスターはポーチの階段から見送り、トッドは茂みから見送った。兄がどういう態度を取ればよかったのか、トッドには見当もつかなかったが、今のヘスターをここにひとりで座らせておくのが間違いであるということはわかった。それで、そんなことをすれば盗み聞きがばれてしまうことも忘れ、トッドは茂みを抜け出して、彼女のいる場所に近づいていった。

ヘスターは驚きもせずに彼を眺めた。「あんた、なにをしてるの?」

トッドはポーチの階段を勇敢に上がっていくと、さっきまで自分の兄が座っていた、彼女の隣に腰をおろした。ヘスターは寛大な目で彼を見た。

「ぼく、話を聞いてたんだ」

「そこの茂みから出てきたもんね。あんたのお兄さん、フットボールだって」

「本当にフットボールをやってるんだよ」トッドは熱心に言った。「ぼくも高校生になったら、フットボールをやるつもりなんだ」

ヘスターはそれには答えず、道の向かい側にあるドナルド一家の家を眺めた。そして「あれが、彼の部屋?」と、明かりがついたままになっている二階の窓を指さした。

「兄ちゃんと、ぼくの部屋」トッドが説明した。「兄ちゃんさ、時々、ぼくより先に寝ちゃうんだ。年上のくせに、おかしいよね」

「フットボールの練習があるからでしょ」と、ヘスター。

トッドは少し間をおいてから、おもむろにたずねた。「さっきの話って、本当? 本当に、結婚してるの?」

「ええ」ヘスターはオレンジ色に染めた髪を片手で軽やかに触った。「学校を逃げ出して、結婚したの。このこと、知らない人はいないわ」

「なにをしちゃったの?」そう訊いてから、今の質問は誤りだったと、トッドは急に気がついた。ヘスターは変な目でこちらを見ている。知りたい気持ちが先に立ちすぎて、あまりに不躾な訊き方をしてしまった。

「あんたも帰んなさい」ヘスターが言った。「さっさと帰って寝たらいいわ」

今の失敗を取り返そうと、トッドはいちかばちかで言った。「ぼくは、きみと結婚したい」

「やれやれ。たいしたアイディアだこと」立ち上がった彼女は、ロバーツ家の玄関口に引き返し、そこで肩越しに振り返って、言った。「あんた、あたしをなんだと思ってるの?」


ハリエット・メリアムは歩道の縁石にひとりで座り、正面の貸し家を眺めていた。今日は朝からペンキ屋さんがずっとここで作業をしていて、そのほかにも、配管工らしき作業員や、このあたりでは見かけない顔の、黒っぽいスーツに身を包んだ恰幅のいい男たちが出入りしており、そんな彼らに、近所の子供たちはつきまとって「ここにだれか、引っ越してくるの?」「ねえ、おじさん、だれか住むことになったから、そうやって修理してるの?」と、質問を浴びせかけた。すると、あるペンキ職人が「取り壊すつもりの建物だったら、わざわざこんな作業をさせたりしないと思うよ」と、ヴァージニア・ドナルドに愛想よく答えたので、それで、みんなの想像が当たっていることがわかった。このペッパー通りに、新しい家族がやってくる。その家族には、きっと、新しい子供もいるだろう。

そのあと、ほかの子供たちは野球をしに空き地に行ってしまったのだが、ハリエットは野球でも、鬼ごっこでも、かくれんぼでも、みんなの遊びの輪に加わることはめったになかった。その本当の理由は、みんなが太っている彼女をなにかと笑い者にするからなのだが、彼女は、母親に外遊びを禁じられていることを表向きの理由にしていた。「わたし、ちょっと心臓が悪くて」以前、ハリエットはヴァージニアにそっと打ち明け、その言葉はヴァージニアの口からほかの子供たちに伝わった。「お母さんも、お医者さまも、わたしがほかの子みたいに、たくさん走りまわるのはよくない、って思ってるの」

貸し家の前で、ハリエットは考えにふけっていた。この家に越してくる家族には女の子がいるだろうか、いたとして、そのなかに自分の友だちにはふさわしくないタイプの子がいたら、どうしたものだろう。アパートメントでの出来事があって以来、彼女はヴァージニアを信用できなくなっていた。ヴァージニアがうかつなことを口にすれば、それをきっかけに、自分がアパートメントにいた事実も否応なく母親にばれるはずだと思うと、心配でならなかったのだ。でも、この家に住むであろう少女たち――それは『若草物語』の四姉妹のような女の子たちかもしれず、だとしたら、ハリエットが友情を結ぶ相手はきっとジョーだ（あるいは、ベスという可能性もあるが、そうしたら、病だなんだと耐える日々を送っている者同士、ともに死んでいくのも悪くない）が――そのなかに、ハリエットのことをきちんと評価して、大好きになってくれる子がいたら、いつの日か、ふたりの友情は文学界の伝説となって、ふたりのかわした手紙が――

マリリン・パールマンが、ゆっくり前を通りすぎ、その先で足を止めて、振り向いた。「こんにちは」

「こんにちは」ハリエットがあいさつを返すと、マリリンは戻ってきて、彼女のかたわらに立ったまま、貸し家のほうを眺めた。

「引っ越してくる人がいるみたいね」

「ええ」と、答えながら、ハリエットは動揺していた。これまで、マリリンと会話らしい会話をしたことは一度もない。なのに、どうして彼女は、わざわざ足を止めて、話しかけてきたのだろう？　彼女を相手になにを言えば、どこに視線を向けたらいいのか、ハリエットにはわからなかった。なぜなら、マリリンの姿を目にするたびに、ヘレン・ウィリアムズがクリスマスの話を持ち出して言いがかりをつけたときの、彼女の険悪な表情を思い出して、ばつの悪い思いをしていたからだ。と、突然、マリリンがハリエットのすぐ横に腰をおろした。「あのね」彼女が表裏のない声で言った。「ずっと前から、あなたと話がしたかったの」

「話って、どんな？」と、ハリエットが訊き返す。

マリリンは両手に顎をのせ、前を見つめたままで言った。「いろんなこと。あなた、本が好きでしょ？」

ハリエットが重々しくうなずくと、マリリンは「わたしも」と言い、ちょっと考えてから、こう訊いた。

「図書館で本、借りてる？」

「いいえ」ハリエットが答えた。「図書館には一度も行ったことがなくて」

「わたしもないんだ」と、マリリン。「でも、行けば、利用カードを作ってもらえるよ」

「『若草物語』を読んだことはある？」

ハリエットの質問に、マリリンは首を振って、訊き返した。「『虚栄の市』を読んだことはある？」

「まだないわ。『若草物語』は面白かったけど」

「それ、図書館にあるかな？」そう訊いて、マリリンが続けた。「わたし、図書館で本を借りてみたいんだ。利用カードを作ってもらって、そうしたら、いつでも図書館に行って、好きな本を借りて、読み終わったら、返しに行くの。もちろん、借りた本はとても大切に扱わなくちゃいけないけどね」

「『第四若草物語（ジョーズ・ボーイズ）』も、面白かったわ」

「あなたも図書館に行ってみたくない？」

「そのうちに、行ってみるかも」

「明日はどう？」マリリンが誘った。「確かね、午後の二時から開館するの。それに、わたし、場所も知ってるし」

「ええ、いいわ」と、ハリエットも答えた。これで話が決まって、会話は途切れてしまったが、並んで座るふたりのあいだには友人同士のうちとけた空気が生まれていた。「わたしね、さっきから、ずっと考えていたの」やがて、ハリエットが口をひらいた。「この家には、どんな人たちが住むことになるのかな、って」

マリリンはあらためて貸し家に目をやった。「だれが住もうと、ヘレン・ウィリアムズよりはマシな人たちに決まってる」

マリリンの隣に居心地よく座りながら、ハリエットが言った。「あの子、今はサンフランシスコにいて、男の人と手当たり次第に付き合ってるんですって」それが本当ではないことを、マリリンもハリエットと同じくらい知っていたが、ふたりにとってこの噂は（今更どうでもいいことながら）しごく納得のいくものだった。

「彼女のこと、あまり好きじゃなかったわ」そう言ったあと、マリリンは慎重に続けた。「ほかにも、あまり好きじゃない子がいるんだけど、だれだかわかる？」

「だれ？」即座に、ハリエットが共犯者の顔で訊き返す。

「ヴァージニア・ドナルド」マリリンはきっぱり答えた。「全然、好きじゃない」

「あの子も、ちょっとあれよね」と、ハリエットはうなずいた。そして、マリリンとの絆を確かなものにするために言った。「わたし、彼女のことで、知ってることがあるんだけど」

「なに？」

「だれにも言わない？」マリリンが期待に満ちた顔でうなずくのを確認し、ハリエットは打ち明けた。「あの子ね、シナ人と付き合ってるの」

マリリンは驚きに口をあけ、そのまま顔をこわばらせた。ハリエットは急に不安になった。「黙ってるって、約束だからね？」

「もちろんよ」マリリンが言った。「絶対に言わないわ」

それは、ヘスターがロバーツ家を去る前の晩のことだった。明日は、朝食をすませたら荷物をまとめて出ていってしまうのだし、今更、面倒が起きる気遣いはなさそうだと思ったロバーツ夫人は、ヘスターが外に出て、夕食後の外遊びに興じている子供たちの輪に参加するのを咎めずにいた。陣取り合戦や鬼ごっこを全力でやりきった子供たちは、次はもっと静かな遊びにしようと、ドナルド家の芝生に座りこんでいた。そこへ、ヘスターが近づいていくと、パット・バーンが「ヘスターを仲間に入れちゃおうぜ」と声をあげ、それで、みんながどっと笑ったあと、だれかが――おそらく、トッド・ドナルドが――叫んだ。「こっちにおいでよ、ヘスター、一緒に遊ぼう」

「ええ、そのつもりで来たのよ」ヘスターが答えた。子供たちが相手だと、彼女はいつでも陽気で楽しい、気さくなお姉さんになるが、〝大人〟という名の妖怪に対してだけは、なりふり構わず牙をむく。まるで、彼らの世界に拙速に足を踏み入れたことで侵入者となってしまった自分の地位を、それだけ優れた能力を有している者の権利として、即座に確立しなければならないと感じてでもいるように。「あんたたち、なにして遊んでるの？」芝生に足を運びながら、ヘスターがたずねた。

「〝スズ屋（チン）、スズ売り（チン）〟って、知ってる？」この庭の主であるヴァージニアが、代表で訊き返した。すると、ヘスターが首を横に振ったので、子供たちは先を争うように、にぎやかに説明した。〝スズ屋（チン）、スズ売り（チン）〟というのは、たぶん昔からある子供の遊びで、説明を聞いたヘスターは、名前は違っているけれど、自分が小さい頃にやっていたのと同じものだと、すぐに理解した。子供たちが集まる場所には、その地域ならではの〝スズ屋（チン）、スズ売り（チン）〟が自然と生まれるものなのかもしれない。それで、子から孫へと伝わるうちに定まった手順を踏みながら、地域ごとに異なる昔ながらの設定で、それぞれに遊ばれているのだ。ペッパー通りの〝スズ屋、スズ売り〟はこの上なく支離滅裂で、導入部分のやり取りにあった意味はもちろんのこと、おそらく当初はあったであろう踊りの要素も失われたまま、次のような手順で展開する。

鬼（歩道の縁石に一列に座った子供たちの先頭にいる〝子〟からはじめる）「スズ屋、スズ売り」
子「おいでなさい」
鬼「今日はスズをいかほど売りましょう?」（できるだけ速く、歌うような調子で）
子「十ポンド（とか）ピンの頭にちょうどいいくらい（とか）百五十トン（など、その場で思い浮かんだ、馬鹿馬鹿しい量を答える）」

こうして、並んでいるひとりひとりに質問をしていって、それぞれから返事をもらったあと、〝鬼〟はまた先頭に戻り、馴染みのある言葉や名前やナンセンスな一言を〝子〟に耳打ちして、新しいやり取りをはじめる。

鬼「スズ屋、スズ売り」
子「おいでなさい」
鬼「スズの代金はどなたにもらえばいいでしょう?」

この問いかけに、〝子〟は〝鬼〟に耳打ちで与えられた秘密の名前を答えなければならない。そのあと、さらに〝鬼〟が同じ〝子〟に質問を続ける場合、今度は、個人的なことや、ひどく突飛なことや、すごく面白いことなどを訊いてくるが、それに対しても〝子〟は一貫して、自分に与えられた変な名前を答え続けなければならない。この遊びの目的は、もちろん〝子〟を笑わせることにあって、〝子〟は笑った瞬間に負けとなるのだが、ここでの〝鬼〟と〝子〟のやり取りが、円満なご近所付き合いにおける暗黙のルールにそっくり縛られて進むところは、同じ子供の遊びでも、陣取り合戦や鬼ごっことは一線を画している。

〝鬼〟がひとりの〝子〟を相手にして、それなりの時間を費やし、順番を待っている残りの〝子〟たちが催促の声をあげたら、そこで〝鬼〟は攻撃をあきらめ、次の〝子〟に移る。こうして、その回のやり取りにおいて、最初に〝鬼〟の攻撃をかわしきった〝子〟が、次の回の〝鬼〟になる。ということで、この時点で〝鬼〟をやっていたのは、前の回でどの質問にもさして動じることなく、大真面目に「クラーク・ゲーブル」と答え続けてみせた、ヴァージニア・ドナルドだった。彼女が、先頭にいるハリエットに最初の質問をはじめるなか、ヘスターは列の最後尾にまわって腰をおろし、すぐ前に座っているトッドにそっと声をかけた。

「あんたの兄さんは、どこにいるの?」

ヘスターが座るのと同時に意気込んで振り返り、彼女が話しかけてくるのを控えめに待ち構えていたトッドは、惨めな気分になって答えた。「どこかに出かけたよ」

「女の子と?」ヘスターが訊き返す。「彼、女の子とよく出かけてる?」

「たぶんね」トッドはそう答えると、すっと前に向きなおって、自分のほうに近づいてくるヴァージニアを見つめた。すると、ヘスターが気を遣って言った。「あんたみたいな弟がいて、彼はすごくラッキーね」

「スズ屋(チン)、スズ売り(チン)」ヴァージニアがなげやりな声で弟に言った。

「おいでなさい」と受けるトッドに、ヴァージニアが続けた。「スズをいかほど売りましょう?」

「四百ポンドの百万倍の十億倍の千兆倍」と、トッドは言ってみたが、彼の答えなど、だれも聞いていなかった。

「スズ屋(チン)、スズ売り(チン)」すでにヴァージニアはヘスターに声をかけていた。

「おいでなさい」と、ヘスター。

「今日はスズをいかほど売りましょう?」ヴァージニアが思いっきり歌うような調子でたずねる。

ヘスターがとっさに答えられずにいると、トッドが口をひらいた。「百万ポンドの十億倍の……」

「うるさい」ヴァージニアが弟を黙らせ、ヘスターが答えた。「それで帽子を作ったら頭がぶっ潰れるくらい」

この答えにみんなが笑ったところで、ヴァージニアは列の先頭に戻った。彼女はハリエットに〝いかれ猫（クレイジー・キャット）〟の名前を与え、ハリエットは最初の質問で笑ってしまった。アート・ロバーツに与えられた名前は〝ポパイ〟だった。しかし、アートはどの質問にも笑うことなく「ポパイ」と答え続けたので、ヴァージニアは彼への攻撃をあきらめて次の〝子〟に移り、これによって、次回の〝鬼〟はアートに決まった。彼女は秘密の名前を耳打ちし、相手の笑いを誘うために自分から笑い、おかしな質問を必死になってひねり出しながら、列のうしろへ進んでいった。途中、メアリー・バーンのところでは、彼女のしかめ面が笑顔をごまかしたものではないかと議論される一幕もあった。トッドの番になると、ヴァージニアはおざなりに〝ハリー・マーティン〟の名前を与えた。そして、トッドが少しも笑うことなく、言いたくない名前を小声で返すだけの問答を二、三度くり返すと、それで彼への攻撃は終わりにし、ヘスターの前に立った。それは、だれもが待っていた瞬間で、ヴァージニア自身、ヘスターにはどんな名前を与えたら面白いか、どんな質問をしたら効果的かと、列を進みながらずっと考え続けていた。そんな彼女に、その名前を使うことを決意させたのは、もしかすると、さっきから向かいの玄関先に立って子供たちの様子を眺め、アートが〝ポパイ〟で勝利するのを聞いていた、彼の母親の姿だったかもしれない。なんにせよ、彼女はヘスターにこっそりと、悪意をもって
「アート・ロバーツ」と、耳打ちした。

ヘスターはさっと身を引き、目をみはった。アートが彼女を毛嫌いし、家から追い出してくれと母親に訴え、陰で「お下品ルーカス」と呼んで笑い者にしていたことは、近所のだれもが知っていたし、彼女自身も知っていたからだ。ただし、ヘスターはきっと知らないけれどヴァージニアは知っていることがまだあって、

それは、自分が噂を聞いてまわって駆け落ち事件のことを突き止め、それを母親に教えたから、こんなに早く彼女をクビにできたのだと、アート・ロバーツ本人が周囲に吹聴していることだった。

「スズの代金はどなたにもらえばいいでしょう?」ヴァージニアはゆっくりたずねた。

ヘスターはすぐに答えなかった。自分は子供たちの輪に加わって縁石に座っていて、デズモンド氏がいつものように夜の散歩をしていて、ロバーツ夫人が自宅の玄関ポーチに立っている、そんな状況のなかで、この夜の注目が自分ひとりに集まっていることが、ヘスターにはなぜかしらわかった。これが明日の夜なら、きっと自分はここにいない。昨日の夜は、こうして遊びに出ることなど許してもらえなかった。そしてこの先の十年間、そのとき、自分がどんな場所にいて、生きるためになにをしていようとも、たぶんこの子供たちは、親が構えた強固な家のなかで安全に守られながら、この街は自分たちのためにあるのだという揺るぎない思い上がりを持ったまま、今の調子でぬくぬくと成長を続けているに違いない。ヘスターは今になって、自分とロバーツ夫人がおたがいにどう思っているかなんて周囲にはどうでもいいことなのだと、はっきり理解した。そして、ヘスターとロバーツ夫人のあいだに、どれだけ容赦ない報復合戦が起きようと、種をまいた自分に火の粉が降りかかってくることはないと、ヴァージニア・ドナルドがたかをくくっていることも。デズモンド氏は、たぶん、寛容さを前に出しながら如才ない対応をしてみせる人。ランサム＝ジョーンズ夫人は傍観者を決めこむタイプ。ジェームズ・ドナルドは使えないことはないけれど、臆病な面があって積極的に動かない。でも、ヴァージニア・ドナルドは、落ち着き払った顔をして、ヘスターをじっと見おろしていた。人に対して、いつもそうしているように。どんなときでも、そうできてしまう性格のままに。

ヘスターはくっと顔を上げ、ヴァージニア・ドナルドに向かってはっきりと、それこそ、ロバーツ夫人の――なにせ彼女は、ほかの人たちとともに、この通りで暮らしている住民なのだから――耳にも届くように、声を張りあげた。「マイク・ロバーツ」

　返答を間違えた〝子〟に、〝鬼〟やほかのだれかが正しい名前を言うようにうながすのはゲームのルールに反する行為だ。それに、勝手に名前を変えたことで、ヘスターは間違いなく〝負け〟だった。しかし、ゲームに参加しているほかの子供や、道の向こうからこちらを見ているロバーツ夫人の目に、今のヘスターの返答が自分の差し金として映っていることが、ヴァージニアにはすぐにわかった。「それは、あたしが与えた名前と違うわ」彼女は語気を荒げた。

「そんな名前、言ってない」ヴァージニアは黙って並んでいる子供たちに訴えた。「あたしが彼女に与えたのは、もっと別の名前よ」

「マイク・ロバーツ」ヘスターがくり返した。

「マイク・ロバーツ」ヘスターがくり返す。

「ねぇ、聞いて」と言うヴァージニアに、ヘスターは再度「マイク・ロバーツ」と答え、そして、笑いはじめた。

「アーサー、ジェイミー」道の向こうから、ロバーツ夫人の声が鋭く飛んできた。「すぐに帰ってきなさい」

　これで彼女が口をひらく必要は二度となくなった。アートとジェイミーが自宅に向かって道を半分ほどわたってしまうと、ほかの子供たちも無言のまま腰を上げてそれぞれの家があるほうへ、ヘスターと、彼女が言ってしまった言うべきでなかった言葉から遠ざかるように歩きはじめた。そのなかでひとつだけ、トッド・ドナルドのはやしたてる声だけが、執拗に響いた。「きみの負けだよ、ヘスター、笑っただろ。ねえ、みんな、彼女、笑っちゃったよ」

四章

不穏な空気が漂っていた。新たな一家が引っ越してきたのは、朝から気温が上がった午前中のことで、周囲には近所の子供がそろっていた。ハリエット・メリアムとマリリン・パールマンは腕をからませて、貸し家のほうなど見ていないふりをしながら、歩道を何往復もしていたし、ヴァージニア・ドナルドは、ハリエットに当てつけるように最近つるんでいるメアリー・バーンと、バーン家の前庭に座ってクスクス笑いあっていたし、少年たちはほぼ全員が車道にいて、引っ越し屋の——ものかどうかは不明だが、そのように見える——車の邪魔にならない程度に離れながらも、その様子が逐一見えるあたりで、野球の真似事をしていた。そんななか、トッドはひとりで車に近づき、運転手に「こんにちは」と声をかけたが、すぐさま相手ににらまれて「あっちに行ってろ、ガキ」と、あえなく追い払われた。だれもかれもが用心深い態度で、目の前の出来事に気づいていないふりをしていた。この状況をしっかり消化し、それぞれの親とよく話し合い、ご近所会議で噂をもとにした最終判断が下されるまでは、だれも、断定的な言葉を進んで口にすることはないし、遠慮のない笑顔を見せることとさえしない。なにはともあれ、そうしておけば、たぶん間違いはない。

引っ越し屋の車はトラックで、脇のフレームが開閉する荷台には、家具類が山積みになっていた。ペッパー通りに運ばれてくる家具や調度品ならば、細心の注意を払って配送車に積みこまれているのが普通だが、今回のそれは、無頓着な連中が引っ越し前の家のなかを歩きまわって、目についたものを手当たり次第に運び出しては、トラックの荷台に投げ入れる作業をくり返したようにしか見えない、乱雑ぶりだった。おまけに、トラックの運転手は不機嫌な顔で運転席に座ったまま動こうとせず、ほかにいる作業員は痩せこけた若者がひとりだけ。その頼りにならない力を借りながら、ひとりの少女が大半の荷物を黙々と運んでいた。ハリエットよりも、ヴァージニアよりも、マリリンよりも、メアリーよりも年上という感じではなく、せいぜいアート・ロバーツと同じくらいの身長しかないその少女は、あれこれ気をもみながら忙しく働いていて、自分が同世代の子供たちの視線を集めていることに気づいていない様子だった。

「頼むから、頑張って、急いでちょうだい」途中で一度、彼女が若者を急かした。「もうすぐ、ふたりが着いちゃうわ」

するとと、若者がなにやら不平を鳴らし、少女は作業の手を止めて、彼をしばらく見つめたあと、やがて肩をすくめ、玄関前の階段にテーブルを引き上げる作業を再開した。彼女はどう見ても力自慢という柄ではなかったが、若者に近いくらいの腕力はあるとみえ、それにテーブルや椅子は籐製の軽そうなものばかりだった。ベッドもみんな簡易タイプで、どれも折りたたんだ状態で運ばれていったが、ランプやドレッサーや机や本箱といった家具はひとつもなさそうだった。貸し家に収まる予定の家財道具は、小さなトラックの荷台から次々と下ろされて、そのほとんどを、少女がひとりで運び続けた。大半は袋などに詰めこまれており、中身は衣類だろうと思わせる包みや、テーブルクロスか、カーテンか、タペストリーとおぼしき大判の布を雑にくくっただけの重そうな包みを、彼女は泥で汚れるのも構わず、ずるずると歩道の上を引きずっていった。

トラックに積んであった荷物がすべて家のなかに入ってしまうと、運転手がのっそり降りてきて、若者と一緒に歩道に立ち、少女と話をはじめた。三人は言い争っているらしく、運転手が太い腕を振り、若者が足を踏み鳴らし、そんなふたりの顔を順ぐりに見つめた少女は、やがて疲れたように肩を落とし、お金を数えて彼らにわたした。ふたりがトラックに戻って、前の座席に乗りこむあいだ、少女はトラックのそばの歩道に立ったまま、新しい家を眺めた。車が動きはじめると、若者が窓から身を乗り出して、少女になにか叫んだ。どんな言葉だったのか、周囲の子供たちには聞こえなかったが、彼女は怒りに顔を赤くしながら、さっと背を向けた。そして、トラックが走り去り、ようやく顔を上げたとき、少女は初めて、ハリエットとマリリンが自分のすぐそばまで歩道を歩いてきていたことに、ヴァージニアとメアリーが道の向こう側に座っていることに、少年たちが野球を中断してこちらを見ていることに、トッドが歩道の縁石に座っていることに気づいたようだった。彼女は一番近くにいるハリエットとマリリンに目を向けると、口元に舌先をのぞかせ、落ち着かなげに唇を舐めた。

「最初にこれくらいだって言われた金額の、二倍近いお金を取られたの」と、少女が言った。ハリエットはどきまぎして思わず視線をそらしてしまったが、マリリンがすぐさま言葉を返した。「それ、本当に汚い手口ね」

「まったくよ」少女が言った。「出だしからこれじゃや、きついわ」こうして間近で見てみると、少女は少しもかわいくなかった。ビン底眼鏡をかけているし、歯にはいかつい矯正器具がついているし、伸びすぎた前髪は額の上でギサギザの線を描いている。着ているのは男物のシャツにカーペンター・ジーンズで、それも今は、なんの褒美も出ないきつい仕事を朝から埃まみれになってやり通したことを示す、くたくたの状態だ。マリリンと話しながら、眼鏡の奥でまばたきをしている彼女の目は、真剣そのものだった。

「あれは全部、きみの荷物なの?」縁石にいるトッドが質問すると、少女は声がしたほうを振り返り、しばらくじっと彼を見た。それは、いずれみんなも気がつくのだが、彼女の神経質な面を示す癖のひとつだった。だれかに話しかけられると、彼女は時間をかけて相手を見つめ、言われた内容やそれを言った相手の人となりをじっくりと吟味する。そして納得してから、おもむろに答えるのだ。

「それは、どういう意味の質問?」やがて、彼女がそう訊き返したので、トッドはせっつくように言い直した。「きみはひとりで暮らしてるの?」——それは、だれもが答えを知りたがっている質問だった。

「母がいるわ」少女が答えた。「それと、妹も。もうじきここに来るはずよ」

「ヘレン・ウィリアムズみたいだね」そう言って、トッドは言葉を続けようとしたが、それより先にマリリンが質問を口にしていた。「だったら、どうしてあなたがひとりで引っ越し作業をしていたの?」

「母は、妹を連れてこなければならないからよ。だからこういうことは、いつもあたしがひとりでやってるの」そこで少女は言葉を切ると、まずマリリンを見て、それから、周囲の子供たちをひとりずつ見た。「そうは言っても、引っ越し作業は初めてだけど。前に引っ越したときはどんなだったか、覚えてないし」

「うちが引っ越しをしたときは、わたしは叔母さんのところに預けられたけど」と、マリリン。

「あたしには叔母さんなんてひとりもいないわ」と、少女が言った。

ヴァージニア・ドナルドが道の向こうからやって来た。メアリーもそのあとを、恐々とついてきている。少しずつ、少しずつ、子供たちの輪が縮まってきた。車道にいた少年たちも、野球の真似事をやめてゆっくり近づき、いつしか少女は、マリリンとハリエットに並ぶ形で、子供たちにすっかり囲まれていた。

「あんた、名前は?」道の真ん中から、ヴァージニアが訊いた。

「フレデリカ・ヘレナ・テレル」と、少女が答えた。そのあと、彼女はもう一度「フレデリカ・ヘレナ・テレル」と言い、そしてさらにもう一度「フレデリカ・ヘレナ・テレル」と、くり返した。

「フレデリカ・ヘレナ・テレル、ね」ヴァージニアが言った。彼女は少女のすぐそばまで来ると、傲慢な目つきで相手の姿を上から下までじっくり眺めた。「フレッデェリィイカ・ヘレェエナ・テレェル」

走り去るトラックから若者が叫んだときのように、少女の顔がまた赤らんだ。ヴァージニアが質問を続けた。「妹の名前は?」

「ベバリー・ジーン・テレル」フレデリカはそう答え、マリリンのほうを見た。それで、マリリンはなにかを言おうとしたが、ヴァージニアがさらに質問を続けたので、ひらきかけた口をとじた。「で、お母さんの名前は？」

「テレル夫人、よ」

ヴァージニアが短い笑い声をあげた。それは、もうほかに言うことがなかったからだが、その笑い声には底意地の悪い、威嚇の響きがあった。

突然、驚愕の事態が起こった。マリリンが言わなければならないと思ったことを言ったのだ。これまで彼女は、自分からヴァージニアに話しかけたことは一度もなかった。ロバーツ兄弟に対しても、バーン家の兄妹に対しても、それは同じだった。ハリエットとは友だちになったので、普通に話すようになっていたが、それでも今、生まれて初めて子供たちの輪のなかに入ったマリリンは、急に気がついたのだ。自分が、いつもとは真逆の立場に置かれていることに。ヴァージニア・ドナルドやヘレン・ウィリアムズが仲間はずれの子供をいたぶる現場で、その行為にそれとなく加担しつつ、遠巻きに見物を決めこんでいるグループの一員に、今の自分がなってしまっていることに。

「その汚い口をとじたらどう？」マリリンはヴァージニアに面と向かって言った。「一生に一度くらいおとなしく黙って、品のある態度をしてみなさいよ」

パット・バーンが気絶して歩道に倒れるしぐさをしてみせたが、その顔には、この展開を面白がっている表情が浮かんでいた。ヴァージニアは思わず口をあけたものの、どうやら、こういう場合に言いたい文句が出てこなくなってしまったらしく、メアリー・バーンのほうを見て、メアリーに視線をはずされると、今度はハリエットのほうを見た。ハリエットが弱々しい声でとりなした。「マリリン、喧嘩はやめて」

「喧嘩したいなら、どうぞ自由にやってちょうだい」予想だにしていなかった言葉がフレデリカから飛び出した。「あたしはもう、なかに入るわ。急いで家具を片付けないと、家族が着いちゃうから」

みんながなにも言えずにいるあいだに、彼女はさっさと家に入ってしまった。そのあと、ヴァージニアは冷ややかな目でマリリンの全身を舐めるように眺め、メアリー・バーンを手招きし、道の向こうに戻っていった。少年たちも思い思いにその場をあとにし、トッドは「ねえ、待ってよ！」と懸命に声をかけながら、何人かのあとを追っていった。

ハリエットとマリリンはまた腕を組んで、マリリンの家のほうへ歩きはじめた。

「すっきりしたわ」歩きながら、マリリンが言った。

「ヴァージニアって、おそろしく卑劣よね」と、ハリエットが言った。「あの子がどんなことをしてるか、前に話してあげたでしょ?」

ハリエットとマリリンが森の小川に足を運ぶときは、少年たちが好んですごす場所とは違うところへ行く。彼らのように涸れた川床に降りて、かすかに湿った草の上に座るのではなく、倒木の橋の前を通って数百フィートほど進んだ先にある、川岸の木立のなかにぽっかりひらけた、丸い小さな空き地まで行くのだ。ここに生える草はいつも乾いていて、苔もふわふわしているし、川を隔てた向こう側にはゴルフ場があるだけで、ペッパー通りのどの家からもずっと遠く離れているので、マリリンとハリエットにとっては、ほかの友だちに邪魔される気遣いもなく、こっそり静かにすごすことができる、絶好の場所だった。その空き地の真ん中には今、ひとつの形を示す目印の小石が置いてあって、その下には、大きめの石で内壁を補強した穴があいている。先日の午後、ふたりが力をあわせて、楽しくせっせと掘った穴だ。そのときは、どちらもすっかり童心に返り、泥汚れなど気にすることなく、ただただ無心に作業した。会話を忘れ、こんな自分がどう見えるかと心配することも忘れ、そうして、ついに完成させた穴は、永遠に続くであろう自分たちの新たな友情を示す、あまりにも特別なシンボルとなったので、そこにどんなものを入れたらいいのか、すぐには決めることができなかった。まさに必要不可欠なものが出来てしまうと——隠し場所も、あまりに理想的な形で存在してしまうと、今度はそれ自体が重要になりすぎて、それ以外のものを受け入れる余地が一切なくなってしまうという問題が生じる。それに、乙女たちの新たな友情のなかにさえ、秘密の場所に隠すだけの価値あるものは、なかなかないのかもしれない。

ハリエットはこの穴を、タイムカプセルを埋める場所にしたいと考えた。「ブリキの箱を用意して、おたがいに一番好きなものを入れるの。つまり、わたしたち自身がそう思ったり、書いたりしたものとかを。だから、どんなに好きでも、ほかの人が書いた詩はだめよ」そう念を押しながら、彼女は、自分の母親がこの秘密の隠し場所のことを知ったら、なんて言うだろうかと思った。「もちろん、ここになにかを無理に入れることはないけれど、でも、どうせ入れるのだったら、たとえば——」そこまで続けたところで、彼女は言葉に詰まってしまった。

「いろんな人の写真なんかを入れてもいいわね」マリリンがうっとり言った。「それに、旅の記念品とか、あとは……思い出にまつわるような、そんなものを」

「人の写真なんて、わたし、持っていないわ」ハリエットが気の乗らない声で言った。「あるのは家族の写真だけよ」

「わたしだって、写真はそんなに持ってないわ」と、マリリンが言った。

穴はからっぽの状態のまま、およそ一週間という、駆け足ですぎていく夏には惜しいほどの長い時間がたっていた。ハリエットとマリリンはふたりだけのこの場所に、もう五、六回は来ていて、それぞれに図書館で借りた本や自分のノートと一緒に、チョコレートバーやコーンのアイスクリームなどを持ちこみ、夕方まで草の上に座ってじっくりと語りあうかたわら、秘密の穴にかぶせてある草の覆いをはずしては、何者かに荒らされていないか、石で補強した壁が崩れていないか、いつも確認していた。だれにも尾行されないように注意しながら訪れる、木立に隠されたこの場所で、ふたりは自分のこれまでのこと、未来のこと、どんな特技や才能があるかということを、かわるがわる話した。ある日の午後、腕を枕にして寝転んでいたマリリンが、顔のそばにはえている草をじっと見つめながら「輪廻転生って、信じる?」と問いかけた。『ロッキー岩棚のガールスカウトたち』を読んでいたハリエットが顔を上げて「それって、狼に変身するみたいなこと?」と訊き返す。すると、マリリンが「狼って!」と、馬鹿にしたように声をあげたので、ハリエットは不器用な手つきで本をとじ、それから「ほら、またあなたのご高説がはじまった」と、すねた口調で言った。

わずかな沈黙の後、マリリンは「ちゃんと説明するとね」と、口をひらいた。「輪廻転生っていうのは、つまり、今の自分に生まれてくる前に、あなたは昔、別のだれかとして生きていたことがある、ってことよ」

思わぬ話に、ハリエットは興味をもって「たとえば、どんな?」と、たずねた。

マリリンには、ずっと話したいと思っていることがあった。いつか口に出せる日を求め、心の奥に絶えぬ炎として抱えてきたことがあった。彼女がハリエットと友だちになりたいと、いや、だれでもいいから友人がほしいと思った唯一の理由は、きっと、これを語る機会を手に入れるためだったのだ。いよいよ、そのときを迎え、彼女は説明をはじめた。「自分はジュリアス・シーザーだったかもしれない、とか、ジョー・マーチだったかもしれない、とか、そんなふうに考えてる人は、たくさんいるの。もちろん、それは前の……今の自分に生まれてくる前の世界で、ってことだけど。で、その人たちは前の世界で死んでしまって、そのあと、今の自分に生まれ変わったわけ。だから、たとえばあなただって、もしかしたら――」ハリエットを見ながら、マリリンは言葉を探した。「――『虚栄の市』のベッキー・シャープだったかもしれないわ。ハリエット・メリアムになる前は」

「それか、ジョー・マーチかも」ハリエットがうっとりと補足する。

「もしかしたら、わたしたちは前の人生で、知り合いだったのかもね」と、マリリンが続けた。「そう思わない？　だから今、こうして友だちになったのよ」

「なら、あなたは妹のエイミーだったのかも」と、ハリエット。

マリリンは軽く顔をしかめた。「自分がだれだったのか、わたしはちゃんと知ってるわ」彼女は芝居がかった口調で堂々と言ってのけ、そのあと急に、怖じた態度になった。よく考えたら、ハリエットはこの話を聞かせるのにふさわしい相手ではなかったと気がついたように、自分は心ならずも言わずにいられない状況に追いこまれてしまったのだというように、彼女は急に無口になると、ふたたび地面に視線を落とし、起こした身体をまた横たえて、その大きな醜い顔を、清々しい緑の草に押しつけた。

「ねえ」ハリエットが考えながら、ゆっくり言った。「それはつまり、わたしも昔は別のなにかだったかもしれない、ってこと？」木立を抜けていく風の音や、だれかがゴルフ場で叫んでいる遠い声が、どうやら今の彼女には、折よく蘇ったはるかな過去の、古代の儀式で打ち鳴らされていた神殿の鐘の響きになって聞こえているらしい。「きっとわたしはエジプト人だったんだわ」彼女は夢中になって言った。「だから、前から、ずっと、エジプトに行きたいって思っていたのよ」

「わたしは知ってるの」マリリンが草に向かってそっとささやいた。「ずいぶん前に、思い出したの」

ハリエットはなにも言わず、ただ、ほのかな笑みを浮かべ、異教徒のほの暗い神殿の記憶にひたっている。「今は、いつもそのことばかり考えてるの」マリリンが続けた。「覚えていることが、たくさんあって」

このまま話していいのかと、落ち着かない気持ちになって、彼女はまた言葉を止め、しかし、すぐに続けた。

「いつもいつも頭に浮かんで、ベッドに入っても、そのことを考えるの」

「それはもう、いいわ。で、あなたはいったい、なんだったの?」ハリエットが訊いた。「わたしのは、もう教えてあげたでしょ?」

「本当に覚えてるんだから。嘘じゃないわ」マリリンは語気を強めて断言し、それから、ぐっと穏やかな口調になって、すっかり見慣れた素敵な場面を紹介するように、語りはじめた。「空はどこまでも、とても青くて、丘や野原は目が痛くなるくらいに鮮やかな緑で、そこにのびている白い道は、丘をまわりこむようにカーブしながら、さらに先へと続いていて、あたりに咲いている花も木も、なにもかもが、すごくやわらかい感じに見えるの。そして、丘を越えた向こう側、はるか遠くに目をやれば、白い道が小さな町へと続いているのが見えて……わたしには、その町の様子もよくわかるの」彼女はハリエットのほうを一切見ずに、説明を加えた。「その町には、屋根の低い小さな家が並んでいて、小川には橋がかかっていて、家はどれもみんな白いんだけど、窓などの縁取りには茶色い木が使われていて、町の真ん中には共有の草地があって……」言葉が途切れ、ハリエットは息を殺して続きを待った。「それから」マリリンの声は、憧れと郷愁に満ちた、力強いものに変わった。「白い道のかなたから、一台の幌馬車がやって来るの。車内には、にぎやかな話し声や笑い声や歌声が響いていて……乗っているのは、パンタローネに、ロードモントに、スカラムッチアに、ピエロに、あとは——」ここでまた言葉が途切れ、しかしすぐに「ハーレキン」と、草に向かって言ったかと思うと、彼女はそこからかなりの早口でまくしたてた。「そして、わたしは丘の頂上に立って、彼らがやって来るのを待っていて、近づいてくる馬車が見えるのと同時に、馬車の前の席のところで、御者の——言い忘れてたけど、この幌馬車を引いているのは、一頭の年老いた白いロバで——その手綱を持っている男の隣に立っている彼の姿がわかって、彼が手を振りながら、わたしの名前を呼んでいるから、わたしも思いっきりの速さで丘を駆け下りていくんだけど、もう、その速さといったら、今もはっきり実感できるくらい、この足が跳ぶように地面を蹴っていて、顔にあたる風が髪をうしろに吹き流して、そんなふうに、わたしはひたすら走って……」そこでまた、ぱたっと言葉が止まった。もはや彼女の言葉に伝えたいことを伝える力がないのは明らかだった。

マリリンが涙ぐんでいるのに気づいて、ハリエットはばつが悪くなり「それって、どこの話?」と、辛辣な口調で言ってしまった。「わたしには、全然わからないんだけど」

「どこの話でもない。忘れて」そう言って、マリリンは起き上がった。顔が怒りに醜くゆがんでいる。「つまんないことだし、全部話すのは、また今度にする」

「わたしね」ハリエットは、天のひらめきを受けた体を装いながら言った。「前の自分は、異教の神かなにかを祀っていた人たちのひとりだったと思うの。丈の長い、白い衣装をまとって、髪に宝石を飾って。それで、祈りの歌を捧げていたの」

「箱になにを入れたらいいか、思いついた」突然、マリリンが言った。

「自分の前世の記憶?」

「その話は、もう終わり。そうじゃなくて、今度の自分はどうなると思うかってことを入れておくの。今度、っていうのは、今の人生で、ってことよ。だって、あと十年もすれば、わたしたちは大人になっていて、そのときには答えがわかるはずでしょ。今度の自分はどうなっているか」

「え、えーと」ハリエットは、意味がのみこめないというように声をもらした。

「だから」マリリンは慎重に言い直した。「今から十年後の自分たちが、どんな大人になっているか、どういうことをやっていそうか、それを予想して書き残しておこう、って言ってるの」

「十年後の自分たち、っていったら」ハリエットは考えながら言った。「わたしは二十四歳だわ」

「その頃の自分を予想して書いて、でも、その内容は、おたがいに見ないようにするの」と、マリリンが続けた。「で、十年たったら、またここで会って、そのとき初めて、ふたりで見るのよ」

「じゃあ、約束しないといけないわね」ハリエットが言った。ふたりのあいだで計画が着々と形になっていく。「十年後まで絶対に見ないって、約束しなくちゃいけないわ」

「今すぐ、書きましょうよ」マリリンがせかした。

ふたりは不思議な恍惚感にとらわれていた。厳かな手つきでノートのページをそれぞれに破り取り、その、よく似た紙片を前にして、物を書く姿勢に座りなおすと、鉛筆を動かしはじめた。ハリエットがページの半分を埋める文章を書いたのに対し、マリリンはほんの二、三行しか書かなかったが、どちらも書き終えるのに長い時間がかかった。それから、なおも厳かな手つきで、ふたりは自分の紙片を折りたたみ、秘密の隠し場所をあけて、そのなかに納めた。

「わがすべての希望と夢よ、ここに眠れ」と、マリリンが唱えると、ハリエットが、いくらか恥ずかしさをおぼえながらも「この二枚の紙に触れる者に、呪いのあらんことを」と続けた。

そうして、隠し場所には蓋がされ、その場所を示す痕跡もしっかりと消し去られた。マリリンは隠し場所の上に手を出すと、その手を握り返したハリエットに告げた。「これであなたは、わたしにとって、もっとも近く、もっとも大切な友だちになったわ、ハリエット」

「あなたとは、これからもずっと真実の友でいるわ」と、ハリエットが返した。「決して、離れ離れになったりしない。わたしたちはいつだって、心のなかで通じあえるはずだから」

「あなたがどこにいて、なにをしていても、わたしにはいつもわかるはず」

「そして、一番奥に秘められた、おたがいの考えも」

ふたりのこのやり取りは果てしなく続きそうだった。しかし、最後にはマリリンが握っていた手をそっと引き、ハリエットもはずした手で自分の本を拾い上げた。それからしばらくのあいだ、ふたりは黙ったままでいたが、やがてマリリンがいつもの声に戻って言った。

「もし、ヴァージニア・ドナルドがここを見つけちゃったら、うわぁ、最悪」

「だとしても、書いたのはわたしたちだって、わからないんじゃないかしら」と、ハリエットが言った。

「きっと、わからないわ」


フレデリカ・テレルの母と妹は、あまりにひっそりとやって来たので、ふたりが到着したことに、だれも気づかずにいた。たぶん裏口から忍び入るか、表の道を大急ぎで歩くかして来たのだろう。なんにせよ、だれに見られることもなく、そっと静かに移ってきたので、テレル一家が貸し家にいることをペッパー通りの住民が初めて知ったのは、玄関前の階段をためらいがちにおりてきたフレデリカが、歩道に立って前の通りを右に左にきょろきょろ見まわし、やがて、自宅の玄関ポーチに座っているミス・フィールディングに気がついて、ポーチの階段下へと近づいたときのことだった。

「すみません」フレデリカは眼鏡の奥の目を神経質にぱちぱちさせながら、声をかけた。「食料雑貨店に行きたいんですけど、この辺だと、どこにありますか？　食料やなんかを買いたいんですけど」

ミス・フィールディングは、ポーチの石の手すりから身を乗り出して下を見ながら「食料雑貨店？」と訊き返した。彼女は近所にある店に毎日のように通っていて、しかもそれは、ペッパー通りに住むようになってから、ずっと続けていることなのだが、今の彼女は、だれかが自分に直接質問をしているという事実に仰天していた。それで、あれこれ考えはじめてしまい、フレデリカは眼鏡の奥でまばたきをくり返しながら、そわそわと落ち着かない態度で返事を待った。「ということは」やっと、ミス・フィールディングが言った。「とりあえず——普通のものがいるということかしら？　たとえば、シャガイモとか、パンとか？」

「それと缶詰」フレデリカが言った。「あと、妹に飲ませる牛乳も」

「なるほど」ミス・フィールディングはそう言うと、また考えこんでしまった。自分が行きつけの店を教えてやっても、フレデリカはその店を気に入らないかもしれないし、そうなったら自分はいらぬ恨みを買うことになるだろう。が、それ以上に困るのは、その店の主人（ということは、ジョウェット氏ということになる）が、自分の薦めでやってきたフレデリカを見て、生意気だとか、要求が多くてうるさいとか、金遣いの荒すぎる客だと思ったりしたら、あるいは、万が一にも彼女が付け払いを——言葉を変えれば、お金を払わずに買い物をすること——を求めるようなことがあったら、そんな、信用ならない客を紹介してしまった自分は、明日どんな顔をして、ジョウェットさんの店に行けばいいのかということで……「あら」ミス・フィールディングは声をあげ、ぱっと明るい表情になって、フレデリカの向こうを見た。「ランサム＝ジョーンズさんの奥さんがいらっしゃったわ」彼女はほっとしたように言った。「あの人なら、きっと一番のお店をご存じのはずよ」

　フレデリカはまわれ右の要領で、バランスを崩すことなく、ゆっくり振り返ると、向こうから歩いてくるランサム＝ジョーンズ夫人をじっくり眺めた。ミス・フィールディングは手すりからいっそう身を乗り出し、老婦人特有のけたたましい声で、お上品に呼びかけた。「ランサム＝ジョーンズ夫人！　よろしければ、ちょっとこちらに来ていただけません？」

　ちょうど貸し家の前を歩いていたランサム＝ジョーンズ夫人は、一階の窓に向けていた視線を、うしろめたそうに前方へ戻した。それは、これ以上はないほどあからさまに家の様子をのぞき見ようとしていたからで、そのぶん、あいさつを返す口調が、ついつい鋭くなった。「ミス・フィールディング！　ごきげんよう」

　ミス・フィールディングは大きく手を動かしてランサム＝ジョーンズ夫人を招きよせ、説明した。「この人、新しいご近所さんらしいのだけれど、ちょっとお困りでね。わたしよりも、あなたのほうが、ずっと力になれると思うのよ」

「店に行きたいんです」フレデリカがあいさつも前置きもなく言った。「食料や日用品を買いたいので」

　ランサム＝ジョーンズ家の人間が他人の家をのぞき見するなんてありえないということを、ミス・フィールディングと、目の前にいる鈍重そうな娘の頭に叩きこむために、ランサム＝ジョーンズ夫人は丁寧すぎるほど丁寧な態度で、家柄のよさを感じさせる雰囲気をあれこれとまといながら、品よく思案してみせた。

「それなら、まず思い浮かぶのは、デラマーさんのお店ですわね。といっても、もちろん」彼女は家柄のよさを演出する、軽やかな笑い声をもらし、それから「ちょっとお高めですけれど」と、続けた。「あそこには〝フォアグラのパテ〟とか、そういった、手のこんだお料理がそろっていますでしょう。なので、本当のところは、わたくしも、あのお店を利用するのは、特別なお品が欲しいときだけにしていますのよ。ディナー・パーティやなにかの折に」

「あたしが欲しいのは、ボローニャ・ソーセージよ」フレデリカが言った。「それから牛乳と、パンと、豆の缶詰と、卵を一ダース。あと、ポテトチップスも一袋、買うかも」

「ジョウエットさんのお店はどうかしら」ミス・フィールディングが水を向けた。ランサム＝ジョーンズ夫人のお薦めとなれば、どこからも文句は出ないはずだ。

「ジョウェットさん」ランサム＝ジョーンズ夫人がおうむ返しに言った。「そうね、ジョウェットさんのお店なら、ちょうどいいかもしれないわ」

「それと、電球も買わなきゃならないし」そう言うと、フレデリカはまたミス・フィールティングのほうを、今度はすばやく振り返った。その動きには初めて感情らしい感情がともなっていて、どうやらそれは怒りのようだった。「だって、忌々しい連中が、家の電球をひとつ残らず持っていっちゃったから」

「それは、よくないわね」ミス・フィールディングが狼狽しながら答えると、フレデリカはふたたびランサム＝ジョーンズ夫人を振り返った。「あれ、安いですよね？　でないと、うちは暗闇で暮らすことになるわ」

ランサム＝ジョーンズ夫人は、フレデリカの家族にまったく興味がないからこそ見せていられる機嫌のいい顔で答えた。「あそこの角を右に曲がって、街道に出たところで左に曲がったあと、まっすぐ三ブロックほど歩けば、ジョウェットさんのお店はすぐに見つかりますよ。そこに、小さな商店街みたいな一画があるから」

フレデリカは口を半開きにして熱心に耳を傾け、説明を聞き終えたところで、その内容を普段通りの生気のない声で復唱すると、ランサム＝ジョーンズ夫人が几帳面に指で示してやった方向を目指し、とぼとぼ歩きはじめた。

「〝ありがとう〟も言わないなんて」ミス・フィールディングが毛ほども驚いていない人間の声で言った。

「まったくねぇ……」ランサム＝ジョーンズ夫人がこういうことに慣れきっている人間の声で言った。それから顔を見あわせて、たがいに笑みを浮かべたあと、ミス・フィールディングが言った。「お散歩には、ちょうどいいお日和ですね、ランサム＝ジョーンズ夫人」

「ちょっと、外の空気を吸おうと思って」と、ランサム＝ジョーンズ夫人が答えた。「リリアンが眠っていたので、数分くらいなら席をはずしてもよさそうだと思ったんですの」

「妹さんの具合はいかが？」すぐにミス・フィールディングがたずねた。

ランサム＝ジョーンズ夫人は悲しげに微笑み、片手を軽く振った。「それが、あまりよくなくて」

「本当に、お気の毒なこと」

「でも、もちろん……」

「こればっかりは、わかりませんからね」ミス・フィールディングが続けた。「わたしも、たくさん見てきましたけど、ああいう病人さんっていうのは……」

「どうしたところで、なにひとつ、たいした助けにならない気がして」そう言ったあと、ランサム＝ジョーンズ夫人は相手のほうに一歩踏み出し、明るい調子でうなずいて見せた。「ずいぶんと変わった子でしたね」

ミス・フィールディングはしばらく手すりから身を乗り出したままでいたものの、それに疲れて、椅子に座りなおした。「きっと、一家そろって変わり者なんでしょうよ」

「ええ、そうでしょうね」これで散歩の時間は終わったらしく、ランサム＝ジョーンズ夫人は踵を返して歩道に戻った。そして、ミス・フィールディングに手を振って別れを告げると、今度は貸し家を見ないように、意識して視線をそらしながら、来た道を引き返しはじめた。そんなわけで、ランサム＝ジョーンズ夫人の目は、通りの反対側にあるバーン家のほうに向けられたままになり、ちょうどそのとき、フレデリカの妹に違いない少女が、自宅を振り返りながら足音を忍ばせて歩道へ出てきたので、ふたりは貸し家の前で勢いよくぶつかった。「えっ！」と叫んでよろけながらも、なんとか体勢を立て直したランサム＝ジョーンズ夫人の横で、大柄なその少女は、フレデリカを思い出させる鈍重な態度で、息を詰めたまま立っている。

「あなた、〝すみません〟くらい、言ったらどうなの?・」ランサム＝ジョーンズ夫人は苛立たしげに言った。「そんな、猿みたいに突っ立ってるだけなんて!・」

少女がニカッと笑った。フレデリカと違って、彼女は強烈に白い歯と、これは重症だと思うほどの、なにも考えていない顔をしていた。その顔に浮かんだ笑みは、謝罪を示しているようでもあり、なにも理解していないことによる戸惑いを示しているようでもあり、おそらくは、ぶつかった相手のなめらかな髪に、品よく整えられたリネンのドレスに、汚れのない白い靴にびっくりした結果の表情なのだと思われた。平常心を取り戻そうと、そんなことを考えていたランサム＝ジョーンズ夫人は、少女が靴を履いていないことに気がついた。ずんぐり太って、たぶん、さっきのフレデリカよりも背の高い少女が、見間違いようもなく裸足でいる。ランサム＝ジョーンズ夫人は思わず言った。「裸足?・あなたのような年の女の子が?・」

少女がまたニカッと笑った。しかし、ランサム＝ジョーンズ夫人には、それがコミュニケーションのとれた証拠に思えた。なぜなら、その言葉を聞いた少女が自分の足を見おろして、そのあと、こちらに視線を戻したからだ。彼女が身体を動かすためには、心のなかで意欲的に考える努力がいるようだった。つまり、ランサム＝ジョーンズ夫人に片手を差し出すためには、まず、そういう動作をすることを考えて、次に動かす手のことを考え、そのあと、慎重に決定した命令とでもいうべきものを、腕を通して手のほうへ、ゆっくり伝えてやるという手順が必要で、しかもそのあいだは、ほかの物などなにも目に入らない様子で、彼女は自分の手だけをずっと見つめているのだ。そうして自分の手が動き、それがランサム＝ジョーンズ夫人のほうに突き出されると、少女は満足したらしく、ふたたびニカッと笑った。ランサム＝ジョーンズ夫人は一歩、あとずさりした。「なんなの――?・」

「お金」少女がのろのろと言った。その声はどんよりと重たく、これもまた、フレデリカの生気のない声を思い出させた。「あたし、お金あるんだよ」笑うことは別にして、彼女にとって話すことは、ほかの動作をする場合ほど努力がいらないようだった。たぶん彼女は、自分の望みを口にしたら、あとは黙って座っているだけで、周囲があれこれやってくれることに慣れているのだろう。「ほら、たくさん」

「本当ね」ほかに言いようもないまま、ランサム＝ジョーンズ夫人はそう答えた。彼女は、自分の背後にいるミス・フィールディングを強く意識した。きっと彼女は、また前のめりに石の手すりに寄りかかって——それも、椅子から立ち上がって、大きく前に身を乗り出して——いるはずだが、その目に映るこの光景は、ランサム＝ジョーンズ夫人の物腰や寛容な態度に文句なしの気品を与えるものにはなっていないに違いない。そこで、ミス・フィールディングによくわかるように、ランサム＝ジョーンズ夫人は背筋を伸ばして肩をしっかり張ると、慎重かつ熱心な口調で言った。「ねえ、あなた、そんなにたくさんのお金を持って、外に出てきてはいけないと思うわ。あなたにはお母さまの付き添いが必要よ。だから、今はこのまま、おうちに戻って、お母さまにお話ししなさい。わたしが」——ランサム＝ジョーンズ夫人は〝わたし〟の部分をわずかに強調した——「あなたがひとりで外に出るのはよくないと、注意したことをね。わたしが言ったこと、ちゃんとわかったかしら?」ランサム＝ジョーンズ夫人はそこでひと息つき、それから、ミス・フィールディングを意識して「お嬢ちゃん(マイ・ディア)」と、付け加えた。

少女はぽかんとした顔のまま、ランサム＝ジョーンズ夫人から自分の手のなかにあるお金へと視線を移し、それからまた、なにも履いていない自分の足に目をやった。ランサム＝ジョーンズ夫人は一回呼吸すると、少しだけきつい声で言った。「あなたは、このままおうちに戻らなければいけないの。あなたが、こうして外に出ていることを、お母さまは絶対にご存じないはずですからね」そのあと、ランサム＝ジョーンズ夫人はやっとこの質問をした。「あなた、おいくつ?」

少女はまたニカッと笑い、「十二歳と半分」と答えた。

ランサム＝ジョーンズ夫人は息をのんだ。確かに、その年でもおかしくないくらいに大きくはあるけれど……「十二歳と半分、ね」彼女自身は、相手のことをなだめながらも有無を言わせぬ強さを含んだ口調を心がけたつもりだったが、実際にはなんら変化のない声で言った。「とにかく、今はこのまま、おうちに戻って――」

「あなたはおいくつ?」少女が言った。「あたしは十二歳と半分」

なるほど、少女の発話能力にはなんの問題もない。が、ランサム＝ジョーンズ夫人の見るところ、真の問題はほかにあって、それは、彼女の反応が非常に遅い点にあるとみなさざるをえなかった。それにしても、これは想像を超えた出来事だ。まさか昼日中のペッパー通りで、貸し家の新たな入居者、不幸を背負った少女が――

「お嬢ちゃん」ランサム＝ジョーンズ夫人は少女に語りかけた。「わたしもお宅までついて行って、お母さまにお目にかかることにするわ。一緒に玄関口まで行けば、そこでお母さまに、あなたと外で会ったので、おうちに送り届けたのだとお話しすることができますからね。あなたが無事に帰ってきたことを知れば、きっとお母さまはお喜びになるはずよ」ランサム＝ジョーンズ夫人は少女の手もとに今一度視線を向けることを自分に許した。さっきは一瞬しか目にしなかったが、少女の持っていたお金のなかに(信じがたいことだが)二十ドル札がまじっているのを確かに見た気がしたからだ。はたして、それは勘違いではなかった。二十ドル札が一枚と、さらに何ドル分かのお金がある。「十二歳の子がなんてこと!」ランサム＝ジョーンズ夫人は思わず吐き出すと、断固たる決意をもって少女の腕をつかみ、彼女の家へ向かおうとした。

しかし、少女が抵抗した。力をこめれば身体はぐらつくけれど、結果的には少しも動かないという、錨を下ろした重量級の戦艦と綱引きをしているような状態のなかで、ランサム＝ジョーンズ夫人は、今の自分がミス・フィールディングの目にどう映っているかを改めて意識しながら、つかんだ腕を懸命に引っ張り続けた。するると、ほどなく少女がもたれかかってきて、横並びに動きはじめたので、ランサム＝ジョーンズ夫人は彼女をうまく導きながら玄関まで連れて行った。呼び鈴を押す。少女が甘えたようにクスクス笑う。二、三分待ってみたが、だれかが出てくる気配はない。「とにかく、あなたはおうちに入ったほうが安全ですからね」ランサム＝ジョーンズ夫人は弁解がましく少女に言うと、取っ手をつかんで、そっと動かしてみた。扉はなんなくひらき、そこから顔だけ突っこんで、奥に「ごめんください」と呼びかける。返事はない。ランサム＝ジョーンズ夫人はいくらか不安のにじむ声で「お母さまは、今、どこにいらっしゃるの？」と、たずねた。

「寝てる」と、少女が答えた。

夫人は、ふたたび玄関の奥をのぞきこんだ。家具類は壁際に押しつけるように置かれたままになっているが、それでも、だれかが気を遣って配置したらしい形跡は見てとれた。テーブルのまわりには椅子があるし、その椅子はみんな正しい向きに並んでいて――壁のほうを向いているものは一脚もない――家具のあいだにも隙間を設け、室内の動線が最低限は確保されている。「ごめんください」ランサム＝ジョーンズ夫人はまた声をかけ、それから少女の腕を取って、玄関のなかに押しこんだ。「とにかく、あなたはおうちに入って、そこでおとなしくしてらっしゃい」そう言い聞かせる声に、苛立ちの響きが色濃く出たのは、少女の持っているお金にまた目線がいったせいだった。あれはどう見たって、三十ドルはあると思いながら、ランサム＝ジョーンズ夫人は、少女が屋内にしっかり入ったのを確認し、外から扉をしめた。そして歩道まで引き返し、ミス・フィールディングのほうは間違っても振り返ることなく、自分の家がある方向へ黙々と歩きはじめた。

ミス・フィールディングは、また椅子に戻ってくつろぎながら、ランサム＝ジョーンズ夫人が足早に去っていく様子を、なにを思うでもなく眺めた。ミス・フィールディングは老人で、わが身を取り巻く肉体の衰えを、かつては旺盛に保たれていた心身の張りがじわじわ緩んできていることを、なにかの拍子にはっきり思い知らされるというよりも、ただ連綿と感じ取っていた。そんな彼女も、ほんのつかの間、なにかに興味を惹かれることがあって、道を横切る猫に気がつけば、その姿をよく見ようと椅子から立ち上がったりもするのだが、そんな〝つかの間〟がすぎてしまうと、また椅子に戻って、自分を待ち受ける死についての思索にふたたびふけるのだった。

そんなわけで、ミス・フィールディングがなんの気もなく眺めているなか、ランサム＝ジョーンズ夫人は一度も振り返ることなく歩き去っていき、そして、隣家の玄関扉から、例の変わった娘の妹の顔がひょいとあらわれた。ランサム＝ジョーンズ夫人が、あれほどしっかり自宅に押しこんだはずの大柄な少女が、さっきと同様、あたりを気にする様子もなく家から出てきたとき――まるで、自分を閉じこめる柵がそのうち消えるのを期待して、あきらめ悪く檻のなかをぐるぐる歩きまわっている動物みたいだ――ミス・フィールディングは視線を定めて、歩きだした娘の姿を追った。このところ、ミス・フィールディングは目も悪くなって、少女がランサム＝ジョーンズ夫人と話していたときには、その手に握っているお金などまるで見えていなかったのだが、少女が前の道にさしかかった今、ポーチに座っているミス・フィールディングのかすんだ目にも、少女がお金を持っているのが、ぼんやりと見て取れた。手のあたりにちらちら見えるあの緑は間違いなく紙幣の色だ。いつも家に入る時間がすぎていたことに気がついて、ミス・フィールディングはそわそわと腰をあげて室内に戻った。

小さな家のなかはきちんと片づいていて、彼女はなんの不安もなく動きまわることができたが、そうするあいだにも、その身体は着実に死へと引き寄せられていた。もはや記憶も定かではないほどの昔から、ミス・フィールディングは間違いのない安全な道をひたすらたどって生きてきた。時計の針が幾度もめぐって一日となり、一日が幾度もめぐって一年となり、その一年が幾度もめぐってミス・フィールディングを老いさせ、永遠の眠りにつく瞬間へと近づけていくなかで。四十歳をいくらかすぎて、自分の人生にはまだ新しい展開があるかもしれないという考えを（今は死を身近なものとして意識しているミス・フィールディングにも、かつては結婚を身近なものとして意識した頃があったはずだし、もっと生活の幅を広げ、より多くの人たちと関わって生きることを考えたこともあっただろうが、そういう選択肢を）ついにきれいさっぱり捨て去ったとき、彼女は自分の世界が、回復期の患者が入る病室のように、清くすっきりとして平穏な状態が保たれたものになるよう、行動を起こした。まるで、彼女は生まれたときから長い回復期を生きていて、それは、最後に苦労せず死ぬための力をじゅうぶんに蓄える過程にすぎないのではないかと、そんなふうに見えるほどに。ミス・フィールディングにとっては、ペッパー通りのこの小さな家が唯一の家であり、ほかに帰れる家、彼女を知る人がいる場所は、この世のどこにもなかった。家族や親戚はひとりもおらず、友人と呼べるような相手も、この家の前を行き来する人々のほかにはだれもいない。一度も見たことのない銀行から供給される、わずかながらもありがたいお金によって、彼女は食事をし、衣服を整え、居を構えている。その小さな家は、明かりが少ないものの、彼女にとってはちょうどいい住まいだ。ミス・フィールディングは、その静かな人生において、だれかを先に見送るたびに背負いこむことになった厄介な家具の大半を、これまで少しずつ売り払ってきて（ただで譲ったことは一度もない。気軽に物をあげられるような知り合いがいないからだ）今は、シンプルなテーブルやその横にある揺り椅子、小さなベッド、服をたたんでしまってある化粧ダンス、ふた口のコンロ、ブラシや櫛などをお供に、自分の時間が終わるときを待っていた。これを彼女は「死に支度」と呼んでいる。

そうして、彼女が死んだ暁には、彼女にまつわるあれこれも、きれいに解消されていくだろう。銀行からのささやかなお金は、その役目を終えて自動的に供給が止まるだろうし、わずかに残った家財道具は売られて、うまく葬式代に充てられるだろうし、ペッパー通りのこの家は、すぐさま、人が生きるための住居という本来の目的にかなった使われ方をするだろうし、この通りにミス・フィールディングという人物が住んでいたという針跡のように小さな記憶が、ここの子供たちや忙しい大人たちの頭の片隅に残ったとしても、きっとそれは、それなりの速さでどんどん薄れ、あっという間に消えるだろう。ミス・フィールディングと同じような境遇で最期を迎える人のなかには、その記憶を、一粒の砂のようにだれかの心の奥底に残す者もいて、その記憶の砂粒は、牡蠣の殻に紛れた砂粒のごとく、絶えず宿主を刺激しながら、美のもとを幾重にもまとい、ついには一粒の真珠へと成長する。そして、一粒の砂だったその記憶は、いつの日か、美しく完成された姿となって宿主から取り出され、人々に大いなる喜びを与える独自のものとして存在するようになるのだ。しかし、ミス・フィールディングは、たとえ真珠の美を得ようとも、自身を永遠の存在にしたいなどとは思っていなかった。いよいよ命が尽きたときは、自分の残した霧のような痕跡をひとつ残らず探しあてて、自分という存在を徹底的に拭い去るつもりだった。そうすれば死んだあと、時の流れに逆らえずに骨となって朽ちたあとまでも、自分がだれかの心を煩わせたり、いやな記憶となって残ることはないだろう。

彼女はいつもの揺り椅子におさまって、それをゆっくり揺らしながら、夕食用の卵がゆであがるのを待った。トーストは用意できたし、ポットのお茶もそろそろ飲み頃だ。そこに、いきなり呼び鈴が鳴った。彼女は驚きと不安で飛びあがり、まずはトーストの皿に駆け寄って覆いをかぶせると、次に部屋の反対側まで戻って、卵をゆでている小鍋をコンロからはずし——あとは余熱で火が通るだろう——さらに、どうしたものかと悩みながら、ポットの前をうろうろした。お茶を淹れている最中に、こんな邪魔が入るのは初めてだ。こうなったら、このお茶はあきらめて捨て、また淹れなおすのが賢い方法だが、そんなことをするのは、あまりにももったいない。それが正解かどうかもわからぬまま、ミス・フィールディングはポットの蓋をとって、わきに置いた――こうして湯気を逃がしたら……

玄関に応答に出ると、扉の外ではフレデリカ・テレルが身を固くして立っていた。「はい？」と声をかけつつ、ミス・フィールディングは扉を細くあけた。

「妹は？」フレデリカが言った。「うちの妹、見ませんでした？」

「妹さん？」ミス・フィールディングは迷った。もしここで、ランサム＝ジョーンズ夫人とフレデリカの妹のことを説明しはじめたら、自分はしばらくこの場に立っていなければならないだろうし、そうする間に、ポットのお茶は出すぎて苦くなるだろう。この娘に、そんなことをする権利はない。「ランサム＝ジョーンズ夫人に訊いて」それだけ言って、ミス・フィールディングは扉をしめようとした。

「どうして？」フレデリカは眉をひそめ、手を突き出して扉を押さえた。「うちの妹、見たんですか？　ランサム＝ジョーンズ夫人は、妹のなにを知っているの？」

ミス・フィールディングはため息をついた。「知らないわ。さあ、帰ってちょうだい」

「でもあたし、妹を見つけないと」フレデリカは重苦しい声で執拗に訴えた。「だって、あの子、こうして時々いなくなっちゃうことがあって、それって危ないかもしれないってことで。だからあたし、あの子を早く見つけなくちゃいけないの」

ミス・フィールディングはうろたえた。午後にあった出来事の説明を渋ったばかりに、こんな面倒な事態に巻きこまれるとは。彼女は容赦なくすぎていく時間を背中で感じていた。お茶がどんどん苦くなっていく、卵がどんどん固くなっていく。「わたしは本当に知らないのよ」
「待って」フレデリカが言った。「ランサム＝ジョーンズ夫人の家はどこ？」
「そっちよ、そっちに行ったところ」ミス・フィールディングは手を振り動かし、通りの先を示した。
「あの子がどっちのほうに行ったかだけでも、知りません？」あれこれ質問するうちに役立つ情報が出てくる可能性を期待して、フレデリカが食い下がる。

　ミス・フィールディングの頭に恐ろしい考えが浮かんだ。きっと卵はとんでもなく固くなってしまっている。だから、これからまた全部、作りなおさなければならないだろう。そうすると、夕食を終える時間がいつもより遅くなって、ポーチに出る頃には外がすっかり暗くなっていて、見えるものがなにもなければ、きっと自分は退屈し、外の空気をじゅうぶん吸わないうちに家に入ることになり、そのせいで、今夜はよく眠ることができず、明日は頭痛とともに目を覚ますことになるだろう。「知りませんよ」彼女はぴしゃりと言った。「ランサム＝ジョーンズ夫人のところに行って訊きなさい。いいわね？」

　今度こそ、彼女は扉をしめた。玄関前では、フレデリカの荒い息遣いがさらに一、二分ほど続き、そのあとようやく、重い足音が階段をおりていった。それを聞き届けると、ミス・フィールディングはお茶の出すぎたポットのそばへ飛ぶように戻った。

「ちゃんと聞くつもりがないんなら」マック夫人は手にした聖書越しに、愛犬を厳しく見つめた。「今夜の授業はもうやめにするからね」犬があわてて視線をよこすと、マック夫人はひらいたページに目を戻して、読みはじめた。「〝そしてわたしは、汝らがゆるき漆喰を塗った壁を破壊し、地に倒し、これによりてその基礎はあらわとなり、それもまた崩れ落ちるとき、汝らはそのなかで滅びるであろう。そうして、汝らはわたしが主であることを知るようになる。かくして、わたしは、壁と、その壁をゆるき漆喰で塗った者たちの上に、我が憤怒をあらんかぎりに見せしめ、そして言うであろう。もはや壁はなくなり、そこに漆喰を塗った者たちもいなくなったと。〟」彼女は聖書を膝にぱたりと置いて、犬に語りかけた。「主が邪悪な者たちをどんなふうに滅ぼしたか、おまえ、覚えているかい?」

ロバーツ家では女性たちが集まって針仕事にいそしんでいた。メリアム夫人とドナルド夫人の席のあいだにはチョコレートのお皿と塩味のナッツの入ったボウルが、ランサム＝ジョーンズ夫人とその妹のあいだにはチョコレートのお皿が置いてあり、自分のブラウスを縫っている姉の隣では、ミス・タイラーが針も持たずに両手を膝に重ねたまま、その場にいるひとりひとりを熱心な目で見まわしている。部屋の中央にある丸いテーブルの上には果物を盛った大鉢が鎮座し、そしてロバーツ夫人は、どんな用があるのか、しきりに台所へ行ったり、やたらと秘密めいた笑みを浮かべては、さりげない言葉を口にしたりして、このあとのお茶の時間には、とってきの素晴らしいものが出るらしいという期待を、うまい具合にあおっていた。

「なんてお上手なのかしら」ドナルド夫人のほうに身を乗り出して、彼女の編んでいるセーターを見つめながら、ミス・タイラーが声をかけた。「針の動きがとても速くて、見ていると目がまわりそう」それから彼女は姉を見て、とりつくろうように笑った。「わたしたち、編み物を習う機会がまるでなかったもの、ね、お姉さん?」

「わたしったら、役に立つ技術はなにひとつ習わずにきてしまって」ランサム＝ジョーンズ夫人が陽気に言う。

「実は今、うちのハリエットになんとか針仕事を覚えさせようとしているのよ」メリアム夫人が打ち明けた。

「でも、あの子ときたら、こういうことには本当にぶきっちょで」

「そういえば」ドナルド夫人が口をひらいた。「ここに、おとなしく座って針仕事の真似をしている小さなキャロライン・デズモンドの姿がないなんて、変な感じね」

「今日は、あの子がいなくてさみしいわ」ランサム＝ジョーンズ夫人が言った。「いつもせっせとなにかをしている、あの小さなキャロラインを見ていると楽しいのに」

「とにかくハリエットは、根気がないの」と、メリアム夫人が続けた。「頭はね、もちろん、いいのよ。だけど、身を入れてやろうとしない子で」

「あらあら」台所に行っては戻って針仕事をするという面倒を続けているロバーツ夫人が、何度目かに腰を落ち着けた席から声をあげた。「子供を働かせようなんて、やめときなさいな、ジョゼフィン。今は夏——それも、お休み中なんだから」

「それに」ミス・タイラーがメリアム夫人のほうに身を乗り出し、目を見張って言った。「あなたのお嬢さんだって、大人になれば、どんなことにも使用人を使うようになるでしょうからね」それから彼女は姉を振り返り、「今でも、そういったことは全部、使用人がするものでしょう?」と、同意を求める声で訊いた。

「うちの娘は違いますよ」メリアム夫人は口元をこわばらせた。「ハリエットはきっと立派な女性に成長するでしょうけれど、でも、人を使うのが当然と思う大人には、なってほしくありませんね。うちの娘には」

「わたしだって少しくらいは人を使ってもいいと思うのだけど」ドナルド夫人がため息をついた。「なんで世の男たちは、たまには家事をしてみようって気にならないのかしらね」

ロバーツ夫人が喉の奥で笑いながら「うちのマイクだって、そうよ」と言うと、ランサム＝ジョーンズ夫人が「うちのブラッドも」と言葉を続け、それからふたりは顔を見合わせて笑った。

「ブラッドは違うわ、ディナ」ミス・タイラーが言った。「そんなふうに言ってはだめよ。あなたが頼めば、ブラッドはどんなことでもするはずだもの」

「マイク・ロバーツ」ロバーツ夫人は〝処置なし〟と言うように、両手を左右に大きくひらいた。「お湯を沸かすことさえ、できない男」

メリアム夫人があまり考えることなく言った。「お宅にいたヘスターは、もう辞めたんでしょう、ドロシー?・」

返す言葉をためらって、ロバーツ夫人が手もとの繕い物に視線を落とすと、ランサム゠ジョーンズ夫人がさらりと続けた。「今時の女子高生で、きちんと家事ができる子なんていませんからね」

「あきれるくらい役立たずよ」と、ドナルド夫人が大きくうなずく。

「わたしも、前に二週間ほど、高校生の女の子を雇ったことがあるのだけれど、それはひどいものだったわ」と、ランサム゠ジョーンズ夫人。

「本当にひどかったの」ミス・タイラーが、だれにでも聞こえる声でドナルド夫人にささやいた。「その娘ときたら、四六時中ブラッドに――ランサム゠ジョーンズ氏に色目を使って」

「見た感じ、ヘスターは口数の少ない、よさそうな子だったのに」と、メリアム夫人。

「なんか、焦げ臭いわ」ランサム゠ジョーンズ夫人が他を制するような声で言った。とたんに、ロバーツ夫人は椅子を立ち、繕いかけの靴下を握ったまま、糸巻が床に散らばるのもお構いなしに、台所へ飛んでいった。「わたしね」ランサム゠ジョーンズ夫人は膝の上で縫っているブラウスに目を向けたままで続けた。「これは本音で言うのだけれど、今の女の子たちの話題、つまり、ヘスターのこととかは、話せば話すほど、この空気を悪くするだけだと思うの。違うかしら」

「そうね、過ぎたことは過ぎたことよ」ドナルド夫人が真剣に言う。

「わたしは、うちにいたあの娘を忘れることなど絶対にできないわ」ミス・タイラーはドナルド夫人になおも言葉をついだ。

「その話はもうやめて、もっと違う話をしましょう、リリアン」ランサム＝ジョーンズ夫人に注意されたミス・タイラーは、姉のほうに視線を戻し、しばらく見つめた。それから、唇を震わせて「ええ、そうよね、ディナ。あなたがわたしを家に帰したいと思っているなら……」

　そこにロバーツ夫人が戻ってきたので、ランサム＝ジョーンズ夫人は晴れやかに声をかけた。「大丈夫だった？　問題なくて？」

「上々よ」ロバーツ夫人は茶目っ気たっぷりに室内を見まわした。「あやうくひとりで食べちゃうところだったわ」

「そんなことをしたら、絶対に許さないんだから」ドナルド夫人が冗談めかして言い返す。

「わかってるわ」ミス・タイラーが姉に静かに言った。「わたしを連れて出かけると、いつも恥ずかしい目にあうと、そう思っているんでしょう」

「そういえば」ドナルド夫人が、ミス・タイラー越しに、ランサム＝ジョーンズ夫人に言った。「うちのヴァージニアには、ほとほと困らされているの。あなたが持っているのとよく似た、黄色いプリント柄のイブニング・ドレスが欲しいと言い出して――絶対にそれがいいって、聞かないのよ」

「あの年頃に似合うドレスじゃないわ」ランサム＝ジョーンズ夫人が驚いて言った。「あんなのを着たら、お嬢さんの良さが台無しよ」

「あの子ったら、この秋は、どこぞの大学(カレッジ)のダンスパーティやなんかに自分が誘われるんじゃないかと思ってってね。それで、少しでも大人っぽく見せたいらしいの」

大人の女たちが面白そうに笑うなか、ミス・タイラーが姉にそっと言った。「平気よ、道をわたることくらい、ひとりでできるわ」

「十五歳に見えるうちは、そういう見た目を大事にしろって、言ってやんなさい」ロバーツ夫人が陽気に言った。「それがどんなに大切か、若いと気づかないんだから」

「かわいい娘を持つとね」ドナルド夫人が絶望的な声を出す。

「これは個人的意見なのだけれど」メリアム夫人がにこにこしながらドナルド夫人に言った。「ヴァージニアになにも教えないいいいいいいいようにすることが、あなたにとっては賢明だと思うわ。つまり、役に立つようなことは、なにひとつね」最後の言葉を付け足しながら、彼女はランサム＝ジョーンズ夫人に笑顔を向けた。

家族との夕食の席につきながら、今、この場にあるすべてのものが、自分はこの世のなによりも大嫌いなのだと、トッド・ドナルドはすでに気づいていた。毎晩、夕食の時間になるたびに、彼は、目の前にあるものを順番に嫌いだと確認していく。ひとつは、青い模様のおそろいの皿。これは、いつも同じにセットされているように見えるけれど、端の欠けた一枚が必ずトッドのところにくるわけではなく、時にはジェームズのところに行ったり、ドナルド氏のところに行ったりする。それから、彼の母親の皿の横にあるカップと、父親の皿の横にあるカップ。トッドとジェームズとヴァージニアの皿のそばに、それぞれ置かれている、まっすぐな形をしたヒナギク模様のグラス。このグラスには牛乳がなみなみと入っているが、これで出されると、トッドは牛乳さえも嫌いになる。

大嫌いな青い大皿、しかも彼の母親はここからみんなに料理を取り分ける。塩と胡椒が入っている、赤い蓋のついたガラス瓶も気に食わないし、銀食器は花模様がついているところも、その模様がわからないほど傷ついたものがまじっているところも憎らしい。彼は食卓の丸いテーブルすら嫌いで、水色に黄色い葉っぱの柄がついていたり、白地に赤とオレンジの四角が並んでいたりするテーブルクロスも嫌いだ。さらに、座り心地の悪い椅子、特に彼自身が座る椅子は、一時もじっとしていられないほど厭わしい。そしてなにより自分の家族が、彼らの話しぶりが嫌いだった。

周囲に対して慇懃な印象を与えるドナルド夫人は、もうすぐ四十に手が届く年齢よりも若々しく、自分のことをそんじょそこらの主婦とは違う存在だと思っており、娘と同様、味方にしておけば損はないと思える相手にだけ愛想のいい態度をとる人物だ。家庭内ではどこかぼんやり、不機嫌でいることが多いが、それでも、自分はもちろん家族にも品のいい身なりをさせることだけは決して忘れず、テーブルに着く前には必ず口紅をつけなおす。そして、否定しようもなく、娘のヴァージニアによく似ていた。年はもう少し上に見えるし、髪もくせのない長髪ではなく、カールがかった短い髪形だが、これから娘もたどるはずの人生経験に満ちた歳月が、自分にはまるでなかったような顔をして幼い雰囲気すらまとった彼女は、時と場合によっては、ヴァージニアの母ではなく姉に間違われることだってあるかもしれない。

食卓で母を相手に一番よくしゃべるのはジェームズとヴァージニアだ。ドナルド氏は、看守の手で強制的に席につかされた囚人のように、礼儀も配慮もない態度で、ただ黙々と食べるばかり。トッドは、絶えず身体をゆっくり揺らしながら、だれの目も引かぬように早食いをするのが常だ。自宅にいるときのヴァージニアとジェームズは、母に調子を合わせるように、言いたい放題の口ぶりになる。さらにジェームズは、身体を鍛えることに余念がないものの、母や妹が愛情こめて勧める料理は、我慢することなく食べることにしていた。

食事の席には必ず姿を見せること、それが、トッドに課された義務のひとつだ。なぜなら、そこには彼のために用意された場所があり、彼の分として料理されるジャガイモがあるからだ。家族の一員である限り、彼はこの家で食事することを、クリスマスの行事に参加することを、眠ることを、きちんとした服装でいることを求められている。テーブルの上座を占める彼の母親は、肉を切り分ける前に、決まって明るい色の頭を上げて、食卓の左右をぐるりと見まわす。そうやって、形ばかりに食前の祈りを唱えている家族の頭数を数え、自分が頑張って作り上げた料理が、きちんと消費されるであろうことを確認するのだ。その場にトッドの姿がなかったら、彼は厳しく罰せられることになる。

ヘスター・ルーカスが去った日、ドナルド家ではベイクド・ビーンズと黒パンの夕食をとった。フレデリカ・テレルが妹の行方を捜して、ミス・フィールディングの家からランサム＝ジョーンズ夫人の家へと必死に訪ね歩いていた夜、ドナルド家ではハムとサツマイモを食べた。家事を簡略化する方法のひとつとして、ドナルド夫人は食事の準備をする際、昔ながらの組み合わせに従って献立を立てることを徹底している。つまり、卵がないのにベーコンを出すことはしないし、キャベツがないのにコーンビーフを出すことはしないし、アップルソースのないポークチョップを出すこともしない。もし彼女が、神話に出てくる不老不死の食べ物（アンブロージア）を出すことになったら、それに合わせて不老不死の酒（ネクター）を、なにがなんでも出すだろう。ことほどさように、ドナルド家における食事は、ある種の狂いのない正確さにのっとって供されるのだが、だからか、家族の会話のあり方にも、まったく似たような傾向があって、それはドナルド夫人の、こうと思ったら変えられない性格によるところが大きく、たとえば彼女は、近所のだれかを話題にするとき、その名に必ず形容詞を付けて（「お気の毒なミス・フィールディング」とか「おぞましいバーン夫人」とか）語らずにはいられないし、ある物事や状況についても、そこで最初に生まれた心模様が強く結びついて離れなくなる。それでいうと、メリアム夫人からの電話で、ヴァージニアが男の子たちにぞっとするような手紙を書いていることを知らされたとき、ドナルド夫人は全身の力が抜けるような猛烈な疲れに襲われたが、それ以来、彼女にとって手紙は気が重くなるものとして見えているし、また、ウィリアムズ家が引っ越していったとき、ドナルド夫人はちょうど髪を洗っていたので、この一家を思い出すときは、心乱れる不安定な状態で濡れているような、灰色っぽいイメージがいつも付きまとうようになった。

この大真面目な思いこみの強さは息子のジェームズにも受け継がれていたが、彼のなかでそれは一途すぎる制限をゆるめ、これから進むべき人生の明確な道筋を、ひとつ、ふたつ、あるいは三つへと増やしていた。そのうちの大本命はフットボール選手になって、自分の真価を見せつけることだが、それが無理なら、建築家として立つ未来があるし、ひょっとしたら、偉大な舞台俳優になる可能性だってあると考えていた。一方のヴァージニア、母親よりも父親のほうからなにかを受け継いでいそうな彼女は、毎晩、夕食の席につくたびに、母と兄の力の綱引きがどう展開するかを見定めつつ、この家で一番賢い人間は自分だと考えて、ひそかに悦に入っていた。

夏の時間が濃くなるにつれ、ミントソースをそえた子羊のローストが、またドナルド家の食卓に上るようになった。ドナルド氏は目の前にある青い皿のセットを――それは彼にとって家族の顔と同じくらいに見慣れたもので、でも家族よりもこっちのほうが、ずっと静かで穏やかなので――見つめたまま、なにやら考えにふけっていたが、ドナルド夫人のほうは、いつになく、そわそわと落ち着かない様子でいた。

「本当にわからないわ」彼女はくどくど続けた。「一体なにを考えてるのよ、あの連中は」

「そんなの、ぼくらに言われたって」と、ジェームズが返す。「こっちの知ったことじゃないんだからさ」

「ここの住環境が、確実に損なわれてしまうじゃないの」そう言うと、ドナルド夫人はテーブルの奥へと首を伸ばし、それから隣に座っているヴァージニアに言った。「お父さんのお皿をとってきてちょうだい。子羊がもうないわ」

　席を立ったヴァージニアは、テーブルの反対端へ行く途中、トッドのそばを通りかかったところで、意地悪く身体を小突いた。トッドは相手を見るために顔をあげ、口を食べ物でいっぱいにしたまま、母親のほうへ戻っていく姉の姿を目で追った。

「人間らしく食べろって、トディに注意したほうがいいわよ、ママ」

「トディ」娘に言われたドナルド夫人は、息子を見もせずに惰性で注意した。

「あんた、きれいに食べらんないなら、さっさとテーブルを離れなさい」ヴァージニアはテーブルの横を大まわりして、自分を蹴ろうと待ち構えているトッドを避けて通ると、肉を盛りつけた皿を父の前に届け、それから自分の席に戻って、スカートがしわにならないように、裾を手でならしながら腰をおろした。

「いずれにせよ、ぼくたちだって、いつまでもここに住むわけじゃないんだし」ジェームズは意味ありげな目で父を見ながら、「なんて、期待してるんだけど」と付け加えた。

「お父さんは精一杯、頑張ってるのよ」ドナルド夫人が自分の夫につけている形容詞は〝不甲斐ない〟だ。

「お父さんに今度のことをなんとかする力があれば、うちはすぐにでも引っ越せるのにね」

「あたし、門の向こう側に住みたいわ」と、ヴァージニアが言った。

「門の向こうにぃ」ジェームズが裏声でまねをする。「百万ドル稼ぐ映画女優の声を聞いてみな」

「なによ、いいじゃない!」ヴァージニアが食ってかかった。「上品な生活をしたら、それがトレーニングの邪魔になるっていうの?」

「やめなさい、ふたりとも」子供たちを制すると、ドナルド夫人は優雅なしぐさで片手に顎をのせ、ヴァージニアに微笑んだ。「メイドがふたりくらいいて、家事を全部やってくれるなら、大きな家も悪くないわね」

「それにプールと、あと、テニスコートも」と、ヴァージニアが続ける。

「なんにしたってさ」ジェームズが前向きに言った。「壁の話はただの噂なんだし、きっと、なにもないまま終わるよ」

「トディ」ヴァージニアの声が響いた。

「なに?」トディは顔も上げずに身構えて答えた。

「なんであんたは顔じゅうをベタベタにしないと気がすまないわけ?」ヴァージニアは嫌悪の表情を入念に作りあげ、切羽詰まった口調で母親に訴えた。「こんな子と食事するなんて、あたしもう、絶対に無理」

「だいたい、どういった理由でそんなことになるのか、ぼくには理解できないよ」ジェームズが筋の通った言葉を続けた。「だって、まず、とんでもない費用がかかるはずだろう? しかも、このあたりの住民にとっては、いいことなんか、ひとつもない」

「本当に、ここの良さがすっかり失われてしまうわ」ドナルド夫人はそう言うと、今度は声のトーンを少し上げ、自分が話しかけていることが夫にちゃんと伝わるように口調を変えた。「わたしたちはね、今度ここにできるって話の、新しい道のことで、あれこれ悩んでいるんですよ」

ドナルド氏は妻を見て、それからまた自分の皿に視線を落とした。ドナルド夫人はヴァージニアに言った。

「学校がはじまる前に、あなたのお洋服のことを考えないといけないわね」

「スーツがほしいわ」ヴァージニアが嬉々として答える。「シンプルなデザインのスーツが一着、あと、中に着るフリルのついたブラウスが二枚」

「だったら、それに合わせた靴も用意しなくちゃ」

「トディ」テーブル越しにジェームズの厳しい声が飛んだ。「食い物で遊ぶのをやめないなら、テーブルを離れて、あっちへ行け」

ペッパー通りは平穏で暮らしやすい町だが、その実現を担ったのは別の場所にいる存在で、たとえば、この舗装作業を行ったのは、今では遠くにいる工事業者だし、その計画を立てたのは、デズモンド氏でさえ会ったことのない、どこかのオフィスビルにいる人物だ。この土地に直接の関わりをもって暮らす人々がそうであるように、また、ペッパー通りの人々にとっての、時期の差はあれ先人にあたる人々がそうだったように、彼らの暮らしは、はるか彼方の謎の力によって密やかに支配されている。かつて空は、すぐそこにあっても制御しようのないものとして、デズモンド氏やバーン氏の先祖の生活を直接左右する力を持っていた。風や地中のミミズも、それが彼らの生業(なりわい)に直結していたかどうかはともかく、やはり同様の力を持っていたが、今やそれは、別の見えざる支配者たちに取って代わられた。ある街の物価は、さらに遠い街で示される意向や欲望によって上下する。離れた場所にいる者が所有権を握っている、あらゆる財産物も、またしかり。権利を有する者は、言葉と紙とインクを自在に操り、紙の上の言葉をひとつ変えるだけで、この地のあり方そのものに影響を与えることができるのだ。

ペッパー通りに住み着いているのは田舎者の子孫たちで、彼らは自分自身を所有者(オーナー)だと考えることに慣れきっているが、たとえば、デズモンド氏が毎晩座っている彼自身の椅子ひとつとっても、彼はある種の許しのもとに、それを持たせてもらっているにすぎない。なぜなら、その椅子は、まず、それを作った人物に属するものであり、さらには、それを作ろうと計画した人物の影響下にあるものであって、デズモンド氏がそれを選んだのは、本人はわかっていないが、自分の希望や好みに完全に当てはまるものを目の前に出してもらえたからだ。もしかしたら、彼は、色や形の違う椅子のなかから別の一脚を選んでいたかもしれないし、椅子など買わずにすませていたかもしれないが、結局のところ、彼が今の椅子を買ったのは、そうせざるを得ない流れに完全にはまったからだった。なぜなら、デズモンド氏は椅子が欲しくて、椅子が欲しければ、買いに行かなければならず、買いに行ったのであれば、そこに存在しているものを買わなければならず、そこに存在していたのが、まさにこの椅子であれば……という具合に。

これと同じ原理によって、デズモンド氏は家を手に入れ、家の前の通りを手に入れた。電気が通らないような場所なら、デズモンド氏は家を買うことも建てることもしなかっただろうが、ちょうどその頃、彼の知らないだれかの一声で、なにはなくともこの町に電気が通ることになったのだ。デズモンド氏は、彼を殺さずにいるすべての人々の忍耐の上に生きている。買うことを許された食料を食べている。彼は自分が所有者(オーナー)であると、納税者であると、道理を心得た市民であると認識している。それは、バーン氏も、ロバーツ氏も、パールマン氏も、ランサム＝ジョーンズ氏も同様だが、彼らは一度も会ったことのない人々の意によって運営されている学校に自分の子供たちを通わせ、夜には、おそらく一度も握手したことのないだれかの手によって作られたシーツのあいだに入って眠る。そして、自分たちの家があとどれくらいで老朽化を迎えそうか、いつ頃シーツが破れそうか、それを的確に語る言葉を持っていない。

自分は正当なアメリカ市民だと、なんの気後れもなく自覚できるようになると、彼らはそのことに胸を張り、ペッパー通りの整然とした美しさや、そばにある壁と門、すぐ向こうに街道が走っている環境を見まわし、「暮らしやすい場所だ」とか「わたしがここに移ろうと決めたときに」といった言葉でもって、ここを自分たちの領土とした。が、所詮それは絵空事で、ペッパー通りにどんな変化がもたらされるにせよ、それは彼らの力が及ばないところで決定され、おまけに、この世のだれより大きな影響を受けることになるはずの彼らに対し、事前に知らせる必要性すら考慮されることはなかった。ある朝、ある羽目板張りの居間で、ひどく難しい顔つきをした男性、すなわち、デズモンド氏のようなビジネスマンと、機嫌の悪い老婦人のふたりが、ほかでもない彼ら自身の個人的な深い事情によって、きわめて重要な裁定に欠かせない書類と言葉を用いながら、ひとつの決断を下した。このふたりが、デズモンド氏やランサム＝ジョーンズ氏に相談したことは一度もなかったし、この件で最悪の変化にさらされるトッド・ドナルドの意見を訊こうと考えたことも、まったくなかった。

壁が部分的に取り壊されることになった。壁が囲っている世界の北の境界線に大きな切れ目が入ることになったのだ。そうなったら、きっと野蛮人の大群がペッパー通りに押し寄せてくる。だれの同意もないまま、変化が起ころうとしている。今ペッパー通りに住んでいる人々が、十年後にここに戻ってきたとしても、きっとあまりに大きく変わりすぎていて、昔の通りの面影を見つけることはできないだろう。どこのだれであるかはさておき、その人物の立てた計画は、壁の向こうに隠れている私有地を突き通す形で、反対側の道にぶつかるところまで、ペッパー通りを延ばすというもの。この私有地の所有者である、羽目板張りの居間に座っている老婦人は、そうやって切り離した北の小さな一角を、さらに別の、今回のことで初めて知った人物に、新しいアパートを建てる場所として売ることに決めた。この結果、門から街道まで伸びている今の壁は、今度はペッパー通りのところで折れて、新たにできる道の私有地側に沿って続き、反対側の道に出たところで、向こう側の壁と出会い、以前より小さくなった区画を囲いながら、最終的には新しくできる家々を切り離すことになるのだ。私有地をはさんで、ペッパー通りと対をなしているあちら側の通りの住人達も、やはり見慣れた壁が崩れ落ちるのを見ることになるのだろうか？　きっと彼らも同じように感じていて、ペッパー通りから野蛮人の大群が押し寄せるのを危惧しているに違いない。本当に安穏としていられるのは、切り離された空き地に建つ新しいアパートメントに引っ越してくる人々だろう。彼らから見れば、この場所にはなんの変化もないのだから。

いずれは、第三の人物が街路樹のニセアカシアを切り倒してペッパー通りの道幅を広げ、さらに第四の人物によって、通りの名前が〝ナントカ通り（サムシング・アベニュー）〟に変えられることになるが、それはまだずっと後、これから新しいアパートメントで暮らしはじめる人が、久々にこの地を訪れたときに昔の面影が見つけられなくて仰天するくらい、先の話だ。もちろん、そうなるうちに、この一帯の格はどんどん下がり、デズモンド家の建物も古くなって、アパートメントのように使われはじめ、さらには一間単位の共同住宅になり、その庭は草木が伸び放題になるか、建て増しで潰されるか。しかし、その頃には、新しかったアパートメントも時代遅れのさえない建物になって、ペッパー通りとかナントカ通りとか呼ばれた一帯はどうにもならぬほど寂れはて、だれも訪れなくなっているだろう。

いずれにせよ、ある朝、ペッパー通りは一台のトラクターと青い作業着姿の男の一団の到着を受け、突如としてはじまった壁への物理的作業音に仰天させられるまま、それがみずからの選択肢であったかのように、その状況をむざむざと受け入れることになってしまった。当然ながら、子供たちは作業現場に集まって、興味を惹いてやまないトラクターにできるだけ近づいて取り巻きながら、口々に質問を投げかけたり、あるいは仲間内で、工事の人たちがなんのために作業をしているのか、あのトラクターはいつ頃の年式のものなのか、壁が壊れたらその向こう側にはどんなものが見えるのか、といったことを予想しあったりした。メリアム夫人は漫然と続けていた家事を中断し、作業を見物するにはまたとない特等席である自宅の玄関ポーチに立って、作業員たちの大きな背中を唖然と眺めた。デズモンド夫人は工事が行われている側の窓のブラインドをすべておろし、その日の午後はキャロラインを家から出さないようにした。

この壁の破壊作業は、ペッパー通りの安全性に打ちこまれた最初の楔となったが、その安全性はあまりにもろく、いったん揺さぶりをかけられるや、何週間もたたないうちに粉々に砕け散ることになる。工事がはじまった日の夜、デズモンド氏はここから引っ越すことを、初めて真剣に考えた。そして、銀行口座の残高を慎重に調べた結果、まだ自分には門の向こう側に移るだけの準備ができていないと判断せざるをえなかった。今の時点でそれを決行すれば、財政的にかなり厳しい生活をしなければならず、それでは引っ越しで得られる良い影響が台無しになる。デズモンド氏にとって借金は嫌悪すべきことだったし、かといって、門の向こう側以外の場所に引っ越すことは、人生の後退を意味するも同然だった。

ランサム＝ジョーンズ夫妻は自分たちの庭のまわりに高くて丈夫な生け垣をめぐらしたほうがいいのではないかと話し合い、バーン氏は、こんな工事が行われるのは深刻な過ちだと断じて、計画を立てた見知らぬ人物を面罵してやりたかったが、彼がその人に会う機会は一生ありそうになく、会えたところで相手を動かすほどの影響力が彼にあろうはずもなかった。ともあれ、夏の終わりには壁が消えて道が通ってしまうらしいということ、それがなにより、住人たちの気持ちをひどくかき乱していた。

ここで、私有地をはさんだ向こう側にある、ペッパー通りと対をなす通りの状況についても、いくらか述べておくべきかもしれない。あちら側で、やはりそこにあるのが当然だった壁が壊されるのを見たハニーウェル氏は、矢も楯もたまらず、門の向こう側にささやかな土地を買うための書類にサインした。これまでずっと熟考するだけの彼を見て、妻や子供たちがあきらめかけていた夢の買い物だ。のちに彼の子供たちは、カントリークラブのダンスパーティでジョニー・デズモンドと出会い、自分たちが何年ものあいだ、とても近い場所で暮らしていたことを知ることになる。また、最近になってあちらの通りに引っ越してきた家族は、自分たちに家を売って出て行った前の住人に、ここに新しい道ができる話など聞いていなかったと文句を言った。のちに、ここの家族の息子は、毎朝、メアリー・バーンと歩いて高校に通うようになる。マック夫人の老犬も、ゆくゆくは、ここの通りで生まれた子犬たちの父親だと見られるようになる。そして、こういう未来のすべてを作り出した作業員たちも、それぞれに家族があって、デズモンド氏と同じように、自分のすべき仕事をして金を稼いでいるのだった。

五章

　それからほぼ一週間、壁が壊されていく音はペッパー通りに轟き続け、古い煉瓦から巻きあがった粉塵は、それこそランサム＝ジョーンズ家のあたりまで届いて、各家庭の居間を埃だらけにするようだった。ことに、デズモンド夫人とメリアム夫人はペッパー通りの入り口に向き合って住んでいるだけに、どこよりもひどい被害を受けた。デズモンド夫人は日に三度も四度もキャロラインを着替えさせ、それとわかるほど玩具についた埃を払う作業を二日間続けたあと、潔く敗北を認め、娘を連れて近場の避暑地へ一週間ほど出かけてしまった。メリアム一家のほうは、粉塵被害は我慢したものの、騒音については耐えきれず、メリアム夫人は〝工事中〟の看板に名前が記されている建設会社に抗議の電話を二回かけたが、二回とも、文句を言っても無駄だという意味の丁寧な言葉が返ってきただけだった。崩された煉瓦の山が歩道際にきちんと積み上げられるまで、メリアム夫人はいつにもまして機嫌の悪い状態が続き、メリアム氏は毎晩帰宅するなり、その日の妻の頭痛の度合いを通告されるはめになった。これが、もっと通りを進んだ先の、ドナルド家やバーン家やロバーツ家があるあたりになると、その不満は物理的被害よりも美的観点に即した部分が大きくなって、つまり彼らにとっては、のどかなペッパー通りが、作業員の一団と、泥や埃と、おそろしく汚い工具や工事車両によって醜く造り替えられているということが、自分たちの世界が近いうちにその他の世界と直接つながってしまうという未来図に負けないくらいに不愉快なのだった。

　だが子供たちは、当然ながら、見知らぬ男たちや大きな機械類を不愉快に思うことなどまずなくて、壁を崩す作業が続くあいだは、毎朝、メリアム家の角に集まり――煉瓦が落ちてくる危険があるため、コルテス通りをわたることは禁じられていたので——そこから工事の様子を熱心に見つめ、口々に意見や感想を言い合った。あるとき、コルテス通りの端から端まで、壁全体がぐらついたように見えたことがあって、トッド・ドナルドはすぐ向こう側にいた、コーデュロイのぴっちりズボンの男に呼びかけた。「おじさん、危ない、そこにいたら壁が倒れてくるよ」すると男は振り返り、子供たちを見て、笑った。

マーティン家は陰鬱な予感に満たされていた。あの壁が切り崩されてしまったら、マーティン老人にとって大惨事ともいえる事態が起こりかねないからだ。一番目の心配は、工事で起こった粉塵が、彼が世話をしている花のところまで届き、きちんと戸口をしめた温室にも侵入して、バラを汚してしまうかもしれないこと。そして二番目の心配は、いったん壁が壊されてしまったら、その奥に隠れていた私有地が、母屋やガレージやテニスコートやひな壇式の庭園や彼の管理する温室まで抱きかかえて閉じていた神聖なる場所が、外の世界に対して無防備な姿をさらしてしまうことだった。きっと、石を握った小僧どもが、花を勝手に摘んでまわる、のぞき見趣味の不法侵入者が、野に育った小さなものたちを大きな足で踏んで歩く不届きな連中がやってくるに違いない。だが、それ以上に心配なことが、マーティン老人の老いた心にさらに浮かんだ。この狂気じみた破壊——永久不変と思えるほどに長く存在してきたものを、一顧だにせず無情の暴力でばらばらにする行為——によって、壁が消され、土地が売られてしまうのならば、次は、どんなことが起こるだろう？　テニスコートはアパートメントを建てるための更地になり、ひな壇式の庭園は複数の庭に分割されて、しまいには温室さえ、跡形もなく消されてしまうかもしれない。夜ごと、憂いに沈んで座っているマーティン老人の頭にあるのは花のことで、でもそれは美しく開花した姿ではなく、夢にまで見るのは、割れた温室のガラスや踏みしだかれた草の根だった。そんな夫の様子に、マーティン夫人は首を振り振り、ふたりの孫を遠ざけることに努めた。彼女の義理の娘である、ジョージとハリーの母親は、いつも以上に無口になって、老人のいる部屋には近づかないようにした。ジョージとハリーは古い家のなかを静かに歩きまわり、そうすべきときに手や顔を洗い、呼ばれたときにテーブルに着いた。そして、年老いた人々は、壁が煉瓦の一個一個になって消えていくのを実感していた。

日がたつと、子供たちは壁に飽きてきた。道の反対側に何時間も立って、たまにちょっとした感想を言ってみたり、どっちの方向に煉瓦が崩れ落ちるのかを予想したりするのは、自分たちが安全な歩道から一歩も足を踏み出さないように頭上の窓から監視している目があることもあって、さほど楽しくなくなったのだ。それで工事がはじまって三日目には、壁について新たな展開があればいつでも駆けつける気持ちを残しつつ、煉瓦見物はもうじゅうぶんとばかりに、いつもの遊びに戻っていった。

子供たちがみんな、いつものようにドナルド家の前で遊びに興じていた、ある午後の遅い時間のこと、ハリー・マーティンが自宅からこっそり出てきて、玄関先に立ったまま、しばらく道の向こうを眺めた。一張羅の服——格子柄のビロード製だが、つんつるてんのワンピース——を着て、母親の口紅を塗った彼女は、道の向こうで働いている作業員たちを見つめ、それから自分の家を振り返った。母親と祖父はそれぞれ仕事に出ていていないし、祖母は昼寝の真っ最中。兄のジョージはほかの子供たちと一緒だ。ハリーは上品なしぐさで一歩、車道に踏み出すと、あとは一目散に走ってわたった。壁のそばでは四、五人の男たちが作業をしていた。埃まみれの彼らは暑そうで、機嫌も悪そうで、ハリーは用心深く近づいた。

だれかが不満の声をもらす。顔を上げて見る者はひとりもいない。

「こんにちは」ハリーが声をかけた。「今日は暑いわね」

作業員のひとりが、ハリーのそばをかすめて通りながら、うるさそうに言った。「お子様はあっちに行ってな。危ないぞ」

「あたしなら平気よ」ハリーは片手で髪をなでつける仕草をし、どこまでも涼しい顔で遠くのほうを見ながら言った。「きっとあなたたち、よーく冷えたソーダが、今すぐ飲みたいんじゃないかしら」

コーデュロイのぴっちりズボンをはいた男が、仲間と顔を見合わせて笑った。「それなら、ビールだ」

「そう、ビールよね」と、ハリー。「きっとあなたたちは、よーく冷えたビールが、今すぐ飲みたいはずだわ」

「あんたもビールを飲むのかい、お嬢ちゃん」コーデュロイのぴっちりズボン男が訊き返す。

「たまにね」ハリーはぞんざいに答えた。「そんなにたくさんじゃないけど」

「早く、あっちへ行け」ほかの男が命じた。「ここでウロウロされたら迷惑だ」

ハリーは、ヘレン・ウィリアムズがよくやっていたように、くっと顎をあげて見せた。「このあたしに指図なんかしないで」

「行けよ」男がくり返す。

ハリーは一歩、二歩と移動しながら、ふてぶてしく言い返した。「あたし、これから街に行くの。それでお店に行って、よーく冷えたビールを大きなグラスで買うんだから」

「さあ、行った、行った」追い払いにかかる男に続いて、コーデュロイのぴっちりズボン男がハリーに声をかけた。「子供は道のあっち側にいたほうがいいぜ」その忠告に反し、ハリーは彼に近づいて訊いた。「あなた、街の人?」

「いいや」

「あたし、街に素敵なボーイフレンドがたくさんいるの」

すると男は「ほら、邪魔だよ」と言って、さっきから崩した煉瓦を積み上げている場所で使っている重たい道具を手に、ハリーを押しのけるように行ってしまった。「あいつ、あんまりわかってないわね」ハリーは、彼の隣で作業していた別の男に言ってみた。

「わかっているさ。そこをどかなきゃ、あんたが死ぬかもしれない、ってことがね」これが、彼女にとって満足に得られた答えのすべてだった。

敗北を喫したハリーは反対側の歩道に戻り、そこにしばらく立っていたあと、大声で「よーく冷えたビールが欲しい人は、ついて来なさいよ」と呼びかけ、道の先へと歩きはじめた。しかし、少しばかり進んだところで足を止めて振り返ってみると、男たちはさっきと同じ場所で作業を続けているばかり。「あんたたちなんて汚いクズよ!」彼女はそう怒鳴ると、街道のほうへ逃げ去った。


その晩、ちょうどハリエットが夕食に使った食器を片付け終え、彼女の母親が流し台のこすり洗いをしていたところに、玄関の呼び鈴が鳴った。居間にいたメリアム氏は億劫そうに椅子を立ち、玄関に行って扉をあけ、それから「ハリエット」と、呼んだ。

戸口に駆けつけたハリエットは、まず不安にかられ、次に気まずさをおぼえた。「ここで、なにをしてるの?」荒い口調でそう言ってしまってから、彼女はマリリンの背後にパールマン夫人がいることに気づき、同時に、自分の背後で母親の声を聞いた。「こんばんは」メリアム夫人が言った。

扉の外に立っているマリリンは、内側に立っているハリエットと同様、どうすることもできずにいた。そんな娘の頭越しに、パールマン夫人が言った。「メリアム夫人?　わたしはパールマン、マリリンの母親です。マリリンがハリエットに少し会いたいと言うものですから、ちょっと寄らせていただきましたの」

メリアム夫人は「お入りになりません?」と言って、パールマン夫人とマリリンに扉を大きくあけてやった。マリリンはハリエットの腕をつかんで「聞いて、事情はあとで説明するから」と言い、ハリエットは

「なんで来ちゃったの?」と言い、そんなふたりに居間のほうからメリアム夫人の声が飛んできた。「あなたたち、内緒話はだめよ。こちらへいらっしゃい」

「メリアムさんご夫妻には、ずっとお会いしたいと思っていたんです」ハリエットとマリリンが部屋に入ると、ちょうどパールマン夫人が話しているところだった。「ハリエットのことは、マリリンから本当によく聞かされておりまして」

「わたし、これまでマリリンには会ったことがなかった気がするのだけれど」メリアム夫人はそう言いながら、マリリンを上から下まで眺めまわした。「その、あなたはハリエットと同じクラスなの?」

「彼女のほうが一学年上よ、お母さん」ハリエットは慌てるあまり、口から出るまま言葉をつないだ。「それでわたしたち、ずっと一緒に『虚栄の市』を読んでいて、学校ではいつもわたし、彼女に会っているの」

「ハリエットはわが家にも何度か遊びに来てくれたんですよ」と、パールマン夫人が言い添える。

「なるほど」それだけ言って、メリアム夫人は相手の言葉を待った。長い沈黙が続いた。

「ふたりとも、それはもう仲良く、楽しい時間をすごしておりましてね」パールマン夫人がようやく口をひらき、唇に舌先を軽くあてて、さらに続けた。「ハリエットとお友だちになれて、マリリンがどんなに喜んでいるか、それを、お宅さまにはぜひともお知らせしたいと思ったんです。本当に、なんて素敵なお嬢さんなのかしら」そこで彼女は、声に愛想笑いをにじませ、付け加えた。「こんなこと、本人のいる前で言うべきではないでしょうけど」

「ハリエットはどこでもお行儀よくするように、精一杯努めている子ですから」メリアム夫人がそう言ったあと、またしても沈黙が続いた。しかしメリアム夫人は、それならそれで構わないと思っている様子で、両手を膝の上に重ねて静かに座ったまま、パールマン夫人の横のテーブルに置いてある灰皿にじっと視線をそそいでいる。その顔に貼りついているのは、形ばかりの上品な笑みだ。

パールマン夫人のほうは椅子に浅く腰をおろしたまま、メリアム夫人はもちろんのこと、ハリエットとも目が合えば、すかさず満面の笑みを浮かべ、ハリエットと並んで長椅子に座りながら、母親のほうをすがるような目で見つめている娘のマリリンにさえ、わけもなく微笑みかけたりした。

「今日は、たまたま近くを通りかかったものですから」パールマン夫人が言った。これで、あらかじめ考えておいた話の流れに戻れたらしく、彼女は少しばかり緊張を解いた声で続けた。「娘とふたりで、マーティンさんの下の娘さんを家まで送り届けたところなんです。ご存じかしら、あの子、家出してしまったみたいで」

メリアム夫人が視線をあげた。ハリエットとマリリンのほうを見て、しばし躊躇する。そして結局、口をひらいた。「なにがあったんです?」

パールマン夫人は悲しげに首を振った。「それが、わたしにもまったくわかりませんの。うちの夫が、町から一マイルほど離れた、サンフランシスコに向かう道の途中で見つけましてね。そこで、あの子――」パールマン夫人はハリエットとマリリンを見た。「――ヒッチハイクをしようとしていたんです」

「本当に?」メリアム夫人がわずかに身を乗り出した。「あの子ひとりで?」

「あの子ひとりで」パールマン夫人は同じ言葉をくり返して、うなずいた。「あの子ひとりで、ですよ。たったひとりで、あの子はそこに立っていたんです――よくある、親指を立てたポーズで。それも、すっかりおめかしをして、口紅まで塗った姿で」

「目に浮かぶようだわ」と、メリアム夫人。

「目に浮かびますわね」と、パールマン夫人も調子を合わせる。「それで夫は、もちろん、すぐに車を止めたんです。彼は反対側の車線にいたんですけれど、だって、帰宅途中でしたからね、それでも、あの子に気がついたので、なんとか自分の車に乗せて、うちに連れて帰ってきたんですよ。ああいう子っていうのは、本当にねぇ」

「なんて恐ろしい話かしら」と、メリアム夫人。「それで、どこへ行くつもりだったのか、あの子は話しました?」

「サンフランシスコ、とだけ。あんな遠い場所まで、何人もの見知らぬ運転手に乗せてってほしいと頼んで、とにかく、あの街に行こうとしていたんです。行って、なにがしたかったのかは、神さまにしかわからないことですけどね」

「お金は持っていたのかしら? その話を聞いて、母親はきっと腰を抜かしたでしょうね」

「それが、お母さんは、まだ家に戻っていなくて」パールマン夫人が穏やかに言う。

「ああ、そうだわ。夜遅くまで、働いている人だから」メリアム夫人は小さな笑みを浮かべ、言葉のひとつひとつに微妙な含みをもたせて言った。

突然、マリリンが激しい口調で言った。「おばあさんが、ハリーのことを死ぬほど叩いてやるって言ったの。わたし、家に帰りたくないというハリーを責められないわ。だって、みんな、あの子に対して本気で怒り狂ってたんだもの」

メリアム夫人が軽く首をめぐらせ、長椅子に座っているハリエットとマリリンを見た。「パールマンさんのご主人がちょうど通りかかって、本当に運がよかったこと」

「あの子は一晩中でも、その場所に立っていたかも」と、マリリンが言う。

メリアム夫人がまた口をとざし、一分ほど沈黙が続いたところで、パールマン夫人が「マリリン?」と声をかけ、腰を浮かせた。メリアム夫人は即座に立ちあがり、ハリエットが自分のそばに来ると、一歩、距離を置いた。

「やっとこうしてお目にかかれて、本当に嬉しかったですわ」玄関へと歩きながらパールマン夫人が言った。「マリリン、ハリエットにはまた明日会えるでしょう? 今日はもう遅いから。では」最後に彼女はメリアム夫人に言った。「また、お会いできる日を楽しみにしています」

「ご足労いただいて、どうも」メリアム夫人はそう答えると、ハリエットとともに戸口に立って、マリリンとその母親が歩道を去っていくのを見送った。「おやすみ、ハリエット」振り返ったマリリンの呼びかけに、ハリエットは自分の耳にもどこか奇妙に聞こえる声で「おやすみなさい」とあいさつを返した。

玄関の扉をしめると、メリアム夫人はハリエットを見ようともせず、静かに命じた。「寝る時間よ、ハリエット。二階に行きなさい」

ハリエットはなにも言わずに階段をのぼりはじめた。途中で、母親の妙に静かな声が「明日の朝、話がありますからね」と言うのが聞こえた。ハリエットは自分の部屋に着くなりドアをしめて、思った。今夜この家に来たなんて、彼女を殺してやりたいくらいだ。なんで彼女は、この家に来る権利が自分にあると思ったんだろう?

それからすぐ、下の階にいる母親が電話のところへ行く足音が聞こえてきた。


ロバーツ夫人は落ち着かなかった。夕食はとっくに済ませてしまったが、ベッドに入るにはまだ早い。それで彼女は、暖炉のそばにある自分の椅子で、静かにミステリー小説を読んでいた。暖炉の両脇にある窓はあいていて、花の香りと夏の夜のむっとするような空気を招き入れている。その同じ居間のなかを、夫のロバーツ氏がうろうろと歩きまわり、水を飲みに台所へ行き、やはり水ではなくハイボールにしようかと悩んだ挙句、妻がいることを考えて水で我慢したあと、また居間に戻ってきて、意味もなくうろうろ歩きまわっていた。

「いったい、どうしたっていうんです?」ロバーツ夫人は本から顔を上げ、愛想よくたずねた。今夜のロバーツ家は円満な雰囲気にあり、彼女は笑顔で口をひらいた。「なにか、じっとしていられないことでもあるの?」

「自分がなにをすればいいのか、わからないだけさ」ロバーツ氏はそう答えると、意味もなくピアノの鍵盤をひとつ叩いてみた。なんなら、このままピアノの前に座って、気持ちを穏やかにしてくれる静かな音楽を奏でるという手もある。さざ波のように連なっていく和音の響きは、きっと、この夜の空気と今の気分をほどよく中和してくれるだろう。だが、あいにく彼に弾けるのは『アルプス一万尺(ヤンキー・ドゥードル)』だけだ。彼はぷいっとピアノに背を向けた。

「ラジオをつけてみたら? それがいやなら、もうベッドに入ってみるとか、なにかしてみたらどう?」そう言って、ロバーツ夫人は読書に戻った。

ロバーツ氏は窓辺に立って、外を眺めた。前庭の低木の合間からは表のペッパー通りが切れ切れに見えているが、歩道と街路樹が月明りを浴びて静かに眠っている以外、見るべきものはなにもない。

「おれはひとりで、なにをしたらいいんだろうな」

「そうねぇ」ロバーツ夫人が本から顔を上げずに言う。ロバーツ氏は顔をしかめて妻を見おろし、やはりハイボールを飲もうと考え直して台所へ行った。しかし、そこでまた妻の反応を思い浮かべ、考えを改めた。彼は廊下をすたすた進み、玄関で「散歩に行ってくる」と言うと、ロバーツ夫人が驚いて顔を上げるより先に扉をしめた。

玄関前のポーチに立つと、彼は、肌触りのいいまろやかな夜の空気を大きく吸った。それから、妻が窓の外を見ようと椅子から身を乗り出しているかもしれないと気づき、すぐにポーチの階段をおりて、前の歩道を歩きはじめた。デズモンド家の前にさしかかるまでのあいだに、彼は架空の同伴者を思い浮かべ、心のなかで会話を続けていた。「毎日毎日、ただ同じことをくり返して生きるだけ」彼は底知れぬ疲労をにじませて言った。「男はそういうのにうんざりして、なにもかもいやになるんだ。そんな人生のどこに価値がある?」

彼が悄然と首を振ると、架空の同伴者はその腕にやさしく触れ、崇拝の念を宿した大きな瞳で見上げながら、言った。「でも、あなた――あなたは、そんなことでは終わらない、もっと素晴らしく大きな存在なのよ、嘘じゃないわ」

「ああ、そうかもしれないね、お嬢さん(リトル・ガール)」ロバーツ氏は憐れみをこめて彼女に言った。「でも、そう思ってくれるのは、今のところ、きみだけだよ」

彼女を見おろそうとして、かたわらに首をめぐらせた拍子に、彼は縁石につまずき、コルテス通りの車道に転げ落ちかけた。なんとか体勢を立て直し、肩越しにすばやく視線を配って、デズモンド家のだれかに見られていなかったか確認する。「どうも酔っぱらっているようだ」彼はひとりごちると、コルテス通りを急いでわたった。煉瓦の山の前で足を止めて、眺める。月明りを浴びたそれは、夜の闇に青っぽく浮かんでいる。どういう用途のものかはよく知らないが、作業員たちが壁の工事に使っている、どっしりした佇まいの機械類――ロバーツ氏の目にもトラクターの一種だとわかるものもあれば、セメントのミキサー車だと思われるものもある――が、この地区のすべてのものと同じように、静かに眠っている。あと何時間かすれば、ここはまた、騒音と粉塵と自分がすべきことを心得ている男たちの声が素早く飛びかう、この通りでもっとも騒がしい場所になるだろう。でも今は、機械も、壁も、煉瓦の山さえ、ロバーツ氏には彼らに命を吹きこむ権限がないことを承知しているかのように、非協力的な姿で静まり返っている。見ていたところで、動くものなどなにもないということが、新たな不満の火種となってくすぶりはじめたロバーツ氏は、もと来た道を引き返そうと、デズモンド家のほうへコルテス通りをわたりかけた。と、そのとき、きびきびとした足音が聞こえてきて、彼は動きを止めた。だれかが街道のほうから、自分が今いるコルテス通りの壁側の歩道を歩いてくる。ロバーツ氏は、露骨に相手を待ち受けている感じには見えないように気をつけながら、煉瓦の山のあたりに留まった。

一、二分ほどすると、彼はジョージとハリーの母親であるマーティン家の若夫人が足音の主であることに気づいた。同時に、彼女のほうも彼の姿を認めたが、だれなのか判別できずにいるらしく、急に歩調をゆるめたかと思うと、それまで一直線に歩いていたのを、コルテス通りを反対側にわたるつもりでいるのかと思うくらい、車道のほうへ進路をそらした。ロバーツ氏は彼女のほうへ大急ぎで近づきながら、穏やかな口調で声をかけた。「こんばんは、マーティン夫人。あなたも、お散歩ですか?」

「だれ?」マーティン夫人は訊き返しながら、ためらうように足を止めた。

「ロバーツです」ロバーツ氏が名乗った。「マイク・ロバーツです」そう言ったときには、もう彼女のそばまで来ていて、彼女はしばらく彼を見たあと、ようやく微笑んだ。

「すみません、ロバーツさん。あなただと、わからなくて」そう言うと、彼女はふたたび歩きだし、ロバーツ氏もその横に並んで歩きはじめた。

「あなたも、お散歩ですか?」彼は質問をくり返した。

「いいえ、仕事の帰りです」そう言って笑った彼女は、髪がとても長く、それを、うなじの部分でひとつに束ねていた。ハリーのように、とがった鼻とうしろに引っこんで目立たない顎をした顔立ちは内気そうな印象を与えるが、月明りの下で見るその姿は、物やわらかで、はかなげで、まとった黒いスポーツコートは実際よりも高そうに、足もすらりと長く見えた。「あたし、家に帰るのが、いつもこの時間になってしまうんです。あなたはお散歩を?」

「こんな夜は、家にいるのがもったいないですからね」そう答えたあと、ロバーツ氏の心に、ひょっとすると妻はもう本を読み終えてしまったのではないか、それでもって、ひょっとすると今頃は玄関先まで出てきて、自分の姿を捜しているのではないか、という想像がしばしよぎって、彼の声を妙に大きくさせた。「ぼくが、あそこであんなふうに立っていたせいで、あなたを怖がらせてしまったんじゃないかな」

「ええ、実は」と、彼女が認めた。「まさか仕事帰りに、このあたりで人に会うことがあるなんて、思ってもみなかったから」彼女は通りの向かい側に手を振った。そこにあるメリアム家の家屋は、ひどく高い屋根の下、内に守るべきものを抱えて静かに闇に沈んでいる。その隣がマーティン家で、こちらも、玄関ポーチ以外の明かりはすっかり落ちていた。「あれが、あたしの家」マーティン夫人は言わずもがなのひと言を口にし、通りの真向かいに自宅が見えるところで足を止めた。「それじゃ、おやすみなさい」

ロバーツ氏は咳払いをして「もう少し、外を楽しみませんか」と言ってみた。「こんな夜なんだし」

マーティン夫人は首をかしげて考えた。そして「困りますわ」と言って、笑った。

ロバーツ氏が彼女の腕をとり、ふたりは今来た歩道をゆるゆると戻りはじめた。

「なんて素敵な夜なんでしょう」また一から会話をはじめるように、マーティン夫人が言った。

「素敵な夜です」ロバーツ氏は腕をとる手に軽く力をこめながら、彼女を見おろした。「実にいい夜だ」

マーティン夫人も眉を上げるようにして、相手の視線を受け止めた。「ええ、まさに」そう言って、彼女は笑った。

　ロバーツ氏は彼女の腕を握っている手に、さらに少しだけ力をこめた。「あなたに会えて、ぼくは本当に喜んでいるんですよ。話のできる相手がほしかったので」

「あたしも、あなたに会えて、とても嬉しいわ」と、マーティン夫人が続けた。「家に入るのがもったいない夜ですもの」ふたりは煉瓦の山のそばで足を止めた。「この工事、ちゃんと終わる日が来るのかしら?」

「もちろんですよ」ロバーツ氏は訳知り顔で、自身がトラクターだと認識している作業機械があるあたりを示しながら言った。「ここまできたら、そう長くはかからないでしょう」

「本当に、早く終わらせてほしいわ」と、マーティン夫人が言い、そこからふたりは、ふたたびマーティン家の方向へ歩きはじめた。

「はじまってしまえば、そう長くかかるもんじゃありませんよ」と、ロバーツ氏がくり返す。

「ここの壁って、ずいぶん長くありましたよね。たぶん、このあたりの家がまだなかった頃に造られたものなんじゃないかしら」

　ロバーツ氏の手に、さらに力がこもった。「そうでしょうね」

　真向かいにマーティン家が見えるところまで来ると、彼女はふたたび足を止めて「それじゃ」と言った。

「まだ、家に入る気分じゃないでしょう」ロバーツ氏が誘った。「もうしばらく、外にいませんか」

　マーティン夫人はまた笑い声をもらして「本当に、困るわ」と言った。

　ふたりはまた歩きはじめた。「素敵な夜だ」ロバーツ氏がまた言った。

「ここには長く住んでらっしゃるの、ロバーツさん?」

「越してきて、ずいぶんになりますね」

「お宅の前においでのところを、時々、お見かけしますわ。それから、奥様の姿も」彼女の声音は、なにかに憬れるような、情に満ちたものに変わった。「かわいらしい、素敵な息子さんも、ふたり、いらっしゃるのよね」

「うちの息子を知ってるんですか?」ロバーツ氏が驚いたように訊き返す。

「たまに、うちのジョージと遊んでいるので」

「本当に?」そんな話をしているうちに、ふたりはまた煉瓦の山のそばに来て、ロバーツ氏はなにを思うでもなく一番上に積んであった煉瓦を蹴った。蹴られた煉瓦は地面へと転がり落ちた。「あっけないな」そう言うと、ロバーツ氏はマーティン夫人の腕を放し、上半身を折って落ちた煉瓦を拾い、元の場所に置きなおした。「ただのガラクタだ」彼はさりげない動きで煉瓦の山をぐるりとまわり、切り崩し工事で手つかずに残された壁の端の部分に近づいた。

やがて壁の裏側から「ここも、そんなに悪くないですよ」という、ロバーツ氏のやわらかな声がした。マーティン夫人は素早く肩越しに振り返って、自宅の様子を確認したあと、スカートの生地を脚にぴったり引き寄せながら、煉瓦の山をまわりこんで、彼と合流した。


フレデリカ・テレルは、かつてウィリアムズ夫人が夜ごと暗闇に包まれて座っていた、けれども今はテレル家の〝みんなの部屋(ビッグ・ルーム)〟となった部屋で、丸いテーブルを前に座っていた。この——たった四室しかない家でうまく暮らすには、そういう部屋を作る必要があると、フレデリカが考えた——部屋は、テレル家の全員が一日で一番長い時間をすごす場所になっている。なにもかもが完璧に整っているわけではないが、丸テーブルと、背もたれがついているだけの食卓用の四脚の椅子と、籐製の長椅子と、やはり籐でできた二脚の揺り椅子があって、床にはラグが敷いてある。このラグは、テレル夫人の持ち物としては、それなりの価値がある逸品で、この家の家財のなかには、そういった思いがけないものが散在していた。たとえば、フレデリカが果物を入れるのに使っている半透明の青い大鉢とか、フレデリカがクローゼットの棚の靴箱にしまいこんでいる、ラインストーンのついた、小さなかわいいアクセサリー類などがそうだ。ほかの三つの部屋は、それぞれ、食料保管庫を兼ねた台所と、テレル夫人が休む寝室と、フレデリカがベバリーと共同で使う寝室に振り分けてあった。そして今、みんなの部屋では、丸テーブルで自分の作業に没頭しているフレデリカの横で、籐の揺り椅子に座ったベバリーが身体を揺らしながら、手もとの本を鼻歌まじりにクレヨンで塗りたくっていた。

フレデリカは、ウィリアムズ一家が裏の車庫に残していった雑誌から切り取った広告を何度も読み返していた。その宣伝は〝芸術写真〟という言葉ではじまっていた。〝六枚の魅惑的な写真が、たった一ドルでお手元に〟という文言を食い入るように見つめながら、フレデリカは指をかんで、眉をひそめた。広告の芸術写真は、今、目の前にある。潔いほど地味な封筒で届けられたそれを、彼女はさっきテーブルに広げて、じっくりと見てみたばかりだった。一番手前にある一枚はセピア色の、草木が生い茂る野原に横たわった若い女性を写したもので、その顔は影に隠れているものの、一糸まとわぬ裸体は神々しい美しさで日の光にさらされている。「わかんないわ」その写真を手に取りながら、フレデリカがつぶやくと、ベバリーが鼻歌を止めて「なにがわかんないの?」と訊いた。

「これ見て」フレデリカは写真を持った手を妹のほうにぐいっと伸ばした。「これが、とにかくわかんないの」

ベバリーは首をかしげ、おずおずと言った。「それ、ママ?」

「馬鹿言わないで」フレデリカは写真をテーブルに戻すと、妹の言葉をもとに、また考えはじめた。「あたしは、壁を飾るなにかが欲しかったの。だって、ひどく殺風景なんだもん。だけど、そういうのはきっと、木とか、犬とか、そういうものの写真だろうな、って思ってたのよ」

ベバリーが初めて見るような目で室内をぐるりと見まわした。フレデリカは別の写真を妹に掲げて「これはどう思う?」と訊いた。こちらの写真もさっきと同様、若い女性が本職ならではの裸体をさらしているが、横たわっている場所はプールサイドだ。ベバリーはそれを眺めて、首を振った。

「さっきのほうが、ママに似てる」

フレデリカは最初の写真を手にとって、もう一度よく確認した。「じゃあ、この写真はママの部屋に貼ることにしよう」彼女はそう決定した。

「バスルーム」ベバリーが言った。「バスルームにもひとつ、貼って」

フレデリカがクスクス笑った。「馬鹿ね。バスルームに写真を貼る人なんて、どこにもいないわよ。一枚はママの部屋、もう一枚はあたしたちの部屋で、あとは全部この部屋にするわ」

「あたしもひとつ、もらっていい?」ベバリーが懇願の面持ちで言った。「色を塗るのに、だめ?」

フレデリカは愛おしそうに妹を見た。「いいわよ。ただし、ちゃんと約束するならね」

「約束?」ベバリーが無邪気に訊き返す。

フレデリカは腰をあげ、妹の前に立って言った。「あたしはこれから画びょうを取りに台所に行くけど、一分とかからず戻ってくるわ。だから、約束しなさい」彼女はベバリーの顎の下に指をあてて上を向かせ

「約束よ」と、くり返した。

ベバリーがニッと笑った。「約束する」

「じゃあ、これをあげる」フレデリカは、若い女性が大理石の柱にもたれかかっている写真を選んで、妹に

与えた。「端から端まで、全部塗るといいわ。でも、線からはみ出さないようにね」

ベバリーはうなずきながら、夢中で写真を見つめている。フレデリカは部屋の戸口まで行くと、そこでいったん立ち止まり、肩越しにくぎを刺した。「忘れないでよ、ちゃんと約束したんだからね」

「だって、お金も全然ないし」ベバリーはそう言うと、また鼻歌を歌いながら椅子を揺らしはじめ、彼女の姉は部屋を出て行った。


太陽がとうに沈んで、窓の外に瞬く星がしっかりと見える、夜もだいぶ更けた時刻、ミス・フィールディングはいつもの椅子に座って、身体をゆっくり揺らしていた。こういう夏の終わりの夜は手足が冷えやすいので、なにもない部屋の片隅に置いた小型の石油ストーブには火を入れてある。ストーブの横や上にあいた穴からチラチラこぼれる赤い輝きは、彼女の横のテーブルにあるランプが放つやわらかな光と相まって、この小さな部屋に家庭の温かな雰囲気を与えてくれるようだ。ドナルド氏がノックすると、ミス・フィールディングは椅子を立ち、老女ならではの歩幅が小さい歩き方で玄関に近づき、扉をあけて、微笑んだ。「どうぞ入って。中は気持ちよく温まっていますよ」

彼が、テーブルの向かい側の、背もたれにレースのカバーがかけてある愛すべき地味な古い椅子に座ると、彼女は「お茶はいかが?」と声をかけた。ドナルド氏はいつもと同じ返事をした。「いや、結構。ちょっと寄ってみようと思っただけなので」

ミス・フィールディングとドナルド氏の奇妙な友人関係については、おそらくペッパー通りのだれもが知っているに違いなかったが、それについて特別な関心を抱く者がひとりもいないのは確かだった。ミス・フィールディングもドナルド氏も、隠遁したいタイプの人間で、だから近所の人々は、なにかと忙しい自分たちに、彼らがみずからと同じ節度ある生活を周囲に強要することなく、ふたりで仲良く引っこんでくれていることに、ただ感謝していた。時々、夜もだいぶ深まった時分に、何気なく窓の外に目をやったペッパー通りの住人のだれかが、あるいは、いつもより遅い時刻に家に帰ってきた子供が、ミス・フィールディングの小さな家のほうへ歩いていくドナルド氏の姿を、さらに言えば、その三十分かそこらあとに自宅に戻っていく彼の姿と、その背後でミス・フィールディングの家の明かりが消えるところまで目撃するようなことはあったが、ドナルド氏自身の家族は、彼が家からいなくなっても、そのことにまったく無関心でいた。

ミス・フィールディングとドナルド氏は、まさに似たもの同士だった。小さな部屋のなかでそれぞれの席に落ち着くと、ミス・フィールディングは左右の肘かけに腕を置き、ひとりっきりでいるかのように、揺り椅子をゆっくり揺らしはじめ、ドナルド氏のほうは、時代遅れの椅子にゆったり座って、背もたれのカバーに頭をあずけると、眠ったように目をとじる。そうして、いつしかはじまるふたりの会話は、それぞれがひとり言にふける形で続くことが多かった。

今夜のミス・フィールディングは、椅子に座るのとほぼ同時に、静かな用心深い声でしゃべりはじめた。「テレル家のあの姉妹は、とても、育ちがいいとは言えないわ」フレデリカにポットのお茶を無駄にされてからというもの、新たな隣人たちに対して心穏やかでいられない彼女は、声にとげとげしさをにじませた。「まるでしつけがなってなくて。どんな母親かは知らないけれど」

「わたしはまだ、会ったことがないが」ドナルド氏はそう言って、深いため息をもらした。

「間違っても、上位じゃないわ」ミス・フィールディングが続ける。「あれがこのあたりでは一番出来のいい娘だなんて、到底、言えるもんですか」

「なんだか、新しい人たちが次々とやってくるな」と、ドナルド氏が言った。「ウィリアムズの一家がいたかと思えば、今度はその人たちか」

「たとえば、ハリエット・メリアムを見ても」ミス・フィールディングが続ける。「あるいは、ヴァージニア・ドナルドを見ても。メアリー・バーンを見たって、わたしは信仰や良心に照らしてだれかを責めるような気持ちを抱いたことなどありませんよ。だれに対してもね」

「一番早かったのは、デズモンドの一家で」ドナルド氏が言った。「いや、メリアムだったかな。メリアム家のほうだった気がする。なんにせよ、あの家はずっと彼の家族のものだったわけだし。そうだ、最初に来たのがメリアム一家で、その次がデズモンドだった」

それからしばらく、ふたりは黙ったままでいた。ミス・フィールディングは、ゆりかごで休んでいるかのように、穏やかな様子で椅子を揺らし、ドナルド氏は目をつむって、指の力を抜いた手を椅子のひじ掛けに軽くのせている。

「あなたには語れない」やがてドナルド氏が、かろうじて聞き取れるほどのつぶやきを口にした。「あなたは絶対に語れない、絶対に知らない、父はだれより知っている」

「ともあれ、信仰には利点がたくさんあります」ミス・フィールディングが言った。「わたしも昔はさほど信仰心に篤い人間ではありませんでしたけれどね。子供に機会を与えないのは無慈悲というもの――」

「鞭を惜しむと教会はだめになる」突然、ドナルド氏が言った。この場に必要なのは、気の置けない雰囲気を感じさせる雑音を作ることだけであるかのように、ふたりはたびたび、相手の言葉が終わる前に話しはじめたり、同時に話し続けたりすることがある。「だれもが心配を抱え、だれもが驚く速さで動き、みんなが教会に行き、みんなが互いに叩き合い、みんなが不安を抱えている」

ミス・フィールディングは、ドナルド氏が話しはじめてからも自分の発言はいっさい途切れていないいつもりで、言葉を続けていた。「――だから、もう一度頼むような真似はしないこと。当然、彼はそれを許してはいないでしょうからね」

「彼らはわたしに見守ることを求める」ドナルド氏が続ける。「彼らはそこに座ったまま、人々が興味をもって彼らを見守ることを期待する。彼らは、人々がすべてのものを重要で必要なものだと考えることを期待する。そう、必要、というこの言葉。必要こそ、その言葉だ」

「最近の若い人たちをご覧なさい」ミス・フィールディングが続ける。「昔に比べて、教養というものが、まるで身についていないんですから。テレル家の娘がいい例です。母親のことは知らないけれど、あの娘たちはどう見たって、一流じゃありませんよ」

「必要、こそ、まさにその言葉だ」ドナルド氏は、ランプの光を受けてずいぶん若返って見える顔に、はにかんだ笑みを浮かべた。「うまく思い出せないことが、時々あって」と、告白する。「でも、労することなく考えられることも、時々はある。思い出すのは、明るい太陽の下で、わたしと妹の靴が光っていた様子。妹は、ジュリアと名付けた人形を持っていた」

「あなたはいつでも、人々について自由に語ればいいんです」と、ミス・フィールディング。

「あの頃は、ずいぶんと暖かかったものだが」ドナルド氏が続けた。「今は、なぜか時々、夏でもひどく寒く感じることがある。夏だというのに」

「あの人たちに対しては、どこまでも冷静になるべきだと思うの。母親にはまだ会ったことがないけれど、会ったときには、わたしはどこまでも冷静になるべきだわ」

「どうしてこうなったのか、知りたいものだ」ドナルド氏はそう言うと、立ち上がるための予備動作で、上半身を軽く前に倒した。「なぜ今は、昔に比べて、夏がこんなに寒くなったのだろう」彼はミス・フィールディングをまっすぐ見つめ、彼女も、老いて皺のよった目を彼のほうに向けた。

「ええ、確かに」ミス・フィールディングが答えた。「きっと、今のわたしたちは、すっかりと年を取ったからじゃないかしら」

ドナルド氏が椅子を立つと、彼女も立って、玄関に向かう彼のあとをついていった。「来てくださって、とても嬉しかったわ」彼女は礼儀正しくあいさつした。「また、いらしてくださいね」

「ありがとう」ドナルド氏も礼儀正しくあいさつを返した。「どうも、お邪魔しました」

ドナルド氏が玄関を出て、あまり幅のない長い階段をおりはじめると、ミス・フィールディングは、彼に屋内の光が届くように、あけた扉を手で押さえ続けた。やがて、下の歩道に着いた彼が「おやすみなさい」と声をかけ、彼女も「おやすみなさい」と返してから、扉をしめて、鍵をかけた。

小さな室内に戻った彼女は石油ストーブを消し、ドナルド氏が座っていた椅子の背のカバーをまっすぐに直した。「本当に、一流なんかじゃない」後片付けを続けながら、彼女は歌うように言った。「わたしたちは、今やすっかり、かなりの年寄りよ」


メリアム夫人はハリエットのベッドの足もとあたりに座ったまま熱心に身を乗り出していて、その目は、怖いほど真剣に光っていた。話をしながら、娘のほうへとしきりに伸ばす長い両手は、ハリエットの心をつかみ取って自分の意向を強制的に受け入れさせようとしているようにも、ハリエットをここから逃さないように身構えているようにも見える。「あなたが、近所のだれよりも思いやりのある、寛容な娘だってことは、わたしも知っていますよ」彼女は続けた。「でも、忘れないで。なによりも肝心なのは、羽目をはずさないことだ、って」

ハリエットは机の前の椅子に無気力に座っていた。母親が話をしに部屋に入ってきたとき、ちょうど彼女は机に向かって書き物をしていた。なぜなら、昼食後の二時間は書き物をしてすごすことを母親が決めたからで、ハリエットは決まりに従い、韻を踏んだ文章をひねり出しては書き綴っていた。しかし、今日の書き物時間は、その大半が母親の話でつぶれてしまっている。よって今、ハリエットの頭を占めているのは、今日の書き物時間は話でつぶれた分だけ延長になるのだろうか、それとも、いつもの時間で終わりになって、あとは外に遊びに出られるのだろうか、という心配だった。

「わたしたちは、基準というものをしっかり定めておくべきなの」と、母親が言った。彼女がこれを口にするのは三回目くらいで、ぬかるみについた足跡のようにハリエットの心にずぶずぶと記録された。「わたしたちは、基準というものをしっかり定めておくべきなの。そりゃあ、なにか特別に感じる相手、新しい考え方を持っていたり、自分とは違っているという点で、一緒にいると心がわくわくしてしまうような人たちを、新しい友人にしたくなることはあるだろうけど、でも、わたしたちは、自分に求められていることをしなければならないの」

「わたしに求められていることって？」ハリエットが、なにを思うでもなく、唐突に言った。

「言われたとおりにすることよ」母親がぴしゃりと言う。

「じゃあ、わたしになにをしろと言うの？」

「あなたがすること……」そこで彼女の母親は、嬉しそうに言葉を加えた。「いいえ、わたしがぜひともさせたいことは、あなたがあの子にもう一度だけ会って、なぜ、これからは友だちでいられないのかという理由をきっぱりと告げることよ」メリアム夫人はうっとり続けた。「なんにしたって、あの子はちゃんと知るべきなの。なぜ自分が、これから先もあなたの友だちでいられるという希望を持つことができないのか、ってことをね」

「わかったわ、お母さん。どのみち、あの子には本を返さなければならないし」ハリエットはそう言うと、母親の出方をしばらくうかがった。そしてその様子から、もう部屋を出ていくつもりであることを見てとり、こう訊いた。「もう、外に行ってもいい？」

「ええ、いいわよ」彼女は部屋を出るところで、ハリエットを振り返った。「もちろん、あなたを信用していいのよね？」

「ええ、お母さん」

「あなた、覚えているわよね」母親が軽やかに言った。「あの下品な手紙の一件を。あのときだって、結局わたしは、あなたを信用したのよ」

「でも、あれは――」ハリエットが言いかけると、母親はたたみかけるように続けた。「あれほど自分の娘に失望したことはなかったわ。だからね、ハリエット、わたしには、まだまだ時間がいるの。あの手紙に映し出された堕落の痕跡、みだらな言葉や、みだらな考えを、すっかりと忘れ去るには、長い時間がかかるのよ」

「あんなことは二度としません」ハリエットは力なく言った。

「もちろん、するはずがないわ」母親がやさしく言った。「今後はもうこの件を話題に出さないことにしましょう」


メアリー・バーンは自宅の前の歩道にぽつんと立ったまま、そばの低木からちぎり取った葉っぱに視線を落として、それを細長く裂く作業を続けながら、これからどうしようかと考えていた。すると「こんにちは、おねえさん（レディ）」と、だれかの声がしたので、そちらに顔を向けた。ご近所の住民の例にもれず、メアリーもまた、ベバリー・テレルとはすでに対面済みで、フレデリカが妹の様子に神経を使いながらペッパー通りを連れて歩いているところは何度も目撃していたし、さらに、フレデリカがそばを離れている隙に、ほかの子と一緒になって、彼女のぎくしゃくした歩き方や不明瞭な話し方を真似しては笑い者にしていた。だれもベバリーのことを怖がらないのは、彼女がいつも笑顔でいるからで、だから今、顔を上げたメアリーは「こんにちは、ベバリー」と、笑顔になってあいさつを返した。見たところ、フレデリカと一緒ではないらしく、メアリーはそのことにちょっと驚いたが、ベバリーがたくさんのお金を握った手を突き出して見せたときには、驚くことすら忘れてしまった。

「お金、あるんだ」ベバリーが言った。

メアリーは身を乗り出してそのお金に触れてみたあと、ベバリーを見上げて「これ、どこから持ってきたの?」と、不安まじりにたずねた。

「使いに行こうよ」ベバリーはそう言いながら、身振りにあわせて手を前後に忙しく動かし、そのはずみで一ドル札が一枚、地面に落ちてしまった。メアリーはうやうやしくそれを拾って、ベバリーに返そうとしたが、ベバリーがお金を握った手の力を少しもゆるめようとしないので、メアリーはしばらく頑張ったあと、相手の手にお金をねじ込むことをあきらめ、かわりに自分のポケットにしまった。そして、フレデリカが現れたら、すぐに返せるように、ポケットの上に手を当てたままにした。

「ねえねえ」そう言って、ベバリーがメアリーを軽く押した。「早く、早く。使いに行こう」

メアリーはペッパー通りを素早く見まわした。人の姿はどこにもない。それに、ずっと持ってはいられないとわかっている一ドル札をポケットに入れてしまったことで、彼女は心浮き立つ悪いお楽しみの参加者に、ベバリーの従犯者になっていた。「それ、どんなことに使う?」メアリーは声をひそめて、訊いた。

「キャンディ」ベバリーが即答した。「キャンディと、あったかいバタースコッチのサンデー。あと、見たかったら、映画も見れるし、キャンディもたくさん買えるよ」

メアリーはアーモンド入りのチョコレート・バーのことで頭がいっぱいになり、それから、ポケットにあるお金だけでもチョコレート・バーがたくさん買えることに気づいた。おまけに、ベバリーはもっとたくさんの、数えきれない額のお金を持っている。

「マシュマロのサンデーもいいな」ベバリーが続けた。「それと、バタースコッチ・サンデーと、キャンディもたくさん」

「行くなら、走ったほうがいいよ」ベバリーがコルテス通りのほうへ歩きはじめると、メアリーがせきたてた。「うちのお母さんに見つかったら、あたし、行かせてもらえないかもしれないし」ベバリーは言われるままに足を速め、メアリーはそのあとをついていきながら、はたして自分たちはだれにも見られることなく、あっちの通りまで行けるだろうかと、早くも不安になっていた。六歳児みたいな話し方しかできない不格好極まるこの少女と、どこかへ行ったり、なにかをしたりするというのは、軽い吐き気をもよおすような考えであるはずなのに、今のメアリーは、それすら打ち消すほどの圧倒的なあたたかい友情をベバリーに感じていた。

「いつも行く場所には行かないほうがいいと思うよ」彼女はベバリーに吹きこんだ。「知ってる人に見つかって、言いつけられたらイヤでしょ?」

「タクシーに乗ろう」と、ベバリーが言った。「そしたら、ずっと遠くに行けるよ。お金、あるし」彼女はお金をいっぱい握った手で遠くを指すしぐさをした。

「それ、かわりに持っててあげようか?」メアリーは思いやりをにじませた声で訊いてみた。ポケットにあるわずかな額のお金ではなく、あんなに大量のお金を持ったら、いったいどんな気分になるのか、それを味わってみたかったのだが、ベバリーはさっと手を引っこめて、疑わしそうな目つきになった。「あたしのだもん」

「そんな態度、とらなくてもいいじゃない。あたしは、あんたのぼろっちいお金なんて欲しくないんだから」メアリーは、自分がお金を盗ろうとしたと思われたらしいことに腹を立て、ベバリーのそばを少し離れた。そして「あんたと行くの、やめようかな」と、不機嫌に言った。

「でも、マシュマロのサンデーを食べるんだよ?」ベバリーが、相手の興味をそそるように訴えた。「キャンディだって、たくさん買うよ?」

「仕方ないわね」それに、だれにも見られていない。ふたりは、あまり背丈の変わらない頭を仲良く並べて、コルテス通りのほうへと急いだ。ベバリーは手にいっぱいのお金を握り、メアリーはポケットに一ドル札を入れている。そのお金を、彼女はもう使わないことに決めていた。なぜなら、お金はベバリーのほうがあんなにたくさん持っているのだし、だからこのお札はとっておいて、あとで帰ってきたときに、心正しい行いとして、ちゃんと返してやることにしよう。

「あんたを追い出すつもりはなかったんだけどね」大きな花瓶やグラスに活けた花がいっぱいある居間で、マーティン家の老夫人は部屋の奥に向かって言った。彼女が夫のほうを見ると、彼はおびえの浮かんだ老いた目をぱちぱちさせながら妻を見返し、重々しくうなずいた。マーティン老人が自分の妻に震えあがったのは、決してこれが初めてではない。ふたりが結婚した日、当時まだ若かったマーティン夫人が、式のあと、ぐっと細めた厳しいまなざしで新郎を上から下まで眺め、彼と歩む自分の将来を的確に値踏みしたときもそうだったし、彼らの息子が意中の女の子とダンスをするために母親の意に反して家を飛び出していき、マーティン夫人が口元を引きつらせながら玄関口に立って脅し文句を投げかけたときもそうだった。そして、ハリーがパールマン氏に連れられて戻ってきた夜も、やはりそうだった。うかつなことをしゃべったらと思うと怖くて口がひらけないマーティン老人は、今、自分のいる場所が、草花がただ静かに生長を続けている温室だったらどんなにいいかと思いながら、妻を見てうなずき、それから、肌つやのいいきれいな顔をした義理の娘を見て、またうなずいた。

「これまであたしらは、この家からだれも追い出そうとはしなかったし、この家から追い出された人間だって、だれひとりいなかった。第一、パパは絶対にあたしを許さなかったはずよ」老夫人が続けた。「もしあたしが、息子の妻を、この家から追い出そうとしたりしたらね」

マーティン家の居間には、マーティン老人が温室から持ち帰った植物を植えた、ピンクや青の大きな鉢があり、壁際には、どれがどれやら区別のつかない暗い色の家具が控えめに並んでいた。床の絨毯は、いつも午後になると、マーティン老夫人がカーテンを引いて室内に太陽の光を入れないようにしているせいで、少しも色あせていない。家族が全員そろってここに集まるのは、若夫人の仕事がない日曜日に限られていたが、全員が顔をそろえても音が響くほど広いこの部屋は、まだどこか、からっぽに感じられた。それは、そこらに置かれたシダ植物や、ひどく大きな家具や、天井からまっすぐさがっているカーテンが、みんな人気（ひとけ）のない空間を演出するものばかりだからで、その存在感が、家族の声はもちろんのこと、ジョージとハリーが発する笑い声や叫び声にさえ、空間の雰囲気を変えさせない力を発揮していた。

「でも、あんたには、出て行ってもらうことにしたから」老夫人が言った。「もう、この家に置いとくわけにいかないの」

「お断りします」マーティン家の若夫人が言った。彼女は大きすぎる椅子にお上品な姿勢で座っていて、両脇にはジョージとハリーがおり、ふたりは興味のなさそうな大きな目で大人たちの顔を見比べていた。「なにがあろうと、ここを出ていく気はありません」

「いろいろと変わったでしょ」老夫人が続けた。「私有地のほうで、あれこれ変わったことが、なにひとつパパのためになっていなくてね。私有地のほうじゃ、ありとあらゆる形で、いろんなことを変えているから、きっと近いうちに温室にも影響が出るでしょうよ」

「もう一度だけ、言わせてもらいますけれど」若夫人が几帳面に言った。「あたしは、あなたの実の息子の妻ですよね？　あたしのジョージは――」彼女はしばらくこらえ、それから唇をわななかせた。「――あたしの愛するジョージは、亡くなるときに約束してくれたんです。これから先は、彼の両親のところが、あたしにとって、子供たちと安心して暮らせる場所になるんだって。なのに、今になって……あなたたちの、実の息子の妻なのに」若夫人は我慢することなく声を詰まらせ、震わせた。

今度は老夫人がうなずいて、それを見ていた彼女の夫も、妻に続いてうなずいた。「あたしらだって、実の息子の妻を追い出すつもりはなかったのよ」と、老夫人が言った。「でも、あんたには出て行ってもらうことにしたから」

「じゃあ、あなたたちの孫はどうするんです？」若夫人が訊き返した。「あなたたちの実の息子の子供たちですよ。だれが、この子たちの面倒を見るんですか？」

老夫人はジョージを見て、ハリーを見た。その目に、しばし皮肉の色が浮かんだ。「あたしの息子の子供たち、ね」そう言う老夫人を、子供たちはなんの感情もない目で見返した。「でも、下は家出して、知らない人間の車に乗せてもらおうとするような子だし、上はなんにもしない子だしね。それに、下の子は家出をすると」マーティン家の老夫人は、大いにもったいぶった口調で言った。「母親そっくりのことをするんだから」

老夫人と若夫人はたっぷりとにらみ合い、それから若いほうが怒りをこめて言った。「そんないやらしい言い方をしなくてもいいじゃないですか。あたしは人に恥じることなど、一度もしたことはありません」

「あたしの息子の子供たちを連れて、あんたは出ていきなさい」老夫人が言った。「パパもあたしも年を取ったし、私有地のほうだって、まだどうなるかわからなくて心配だしね。だから、あんたたちは、もうこれ以上、ここに住む必要はないの」

彼女が夫に目をやると、今度は彼も顔を上げて「そうだ、そうだ、ママの言うとおりだよ」と言った。老夫人は勝ち誇った顔で義理の娘を見た。「聞いたでしょ?」

この部屋で一番大きな椅子に座っている彼女の場所からは、部屋のはるか向こう端で、たいそうな革張りの肘掛椅子にちんまりと座っている義理の娘がよく見えた。一、二分ほど待っても、若夫人はなにも答えず、老夫人はそれに満足して「じゃ、これで話はついたわね」と言った。それから、ジョージとハリーに微笑みながら声をかけた。「あんたたちも、時々は、このおばあちゃんのところに遊びに来てくれるでしょう、違う?」マーティン家の若夫人も子供たちに微笑んだ。

「〝――天の鳥も〟」マック夫人は読み続けた。「〝野の獣も、地を這うすべての生き物も、地上にいるすべての人間も、わたしの前に打ち震えるであろう。山々は崩れ、崖は崩落し、すべての壁は地に倒れるのだ。そしてわたしは、わたしのすべての山々において、彼に向ける剣を呼び寄せるであろうと、主なる神はおっしゃった。人はみな、それぞれの剣を、それぞれの兄弟に向けるであろう〟」彼女は熱のこもった目で愛犬に微笑みかけた。「ここを読んで、わたしがなにを考えたと思う？　おまえ、ミカ書を覚えているかい？」

「それは、もちろんですとも」リリアン・タイラーが姉に言った。「もちろん、ここはあなたの家よ。でもね、あなたはとても深刻な間違いを犯しているって、わたしには思えてならないの」

「気の毒な女の子に親切にしてあげることのどこに、害を招くおそれがあると言うの？」ランサム＝ジョーンズ夫人は、口調だけはやさしく、妹に問いただした。「生まれてこの方、一オンスの気遣いも受けたことがないであろう可哀そうな女の子に、多少の好意を示すことのなにが悪いの？」

「あの子は施設に入れられるべきよ」ミス・タイラーはきっぱり言った。「あなたにできる一番の親切は、あの子をどこかに閉じこめさせることだわ」

ランサム＝ジョーンズ夫人は口をあんぐりとあけ、目を見張った。「なんておそろしいことを言うのよ！」

「だって、そうじゃないの」ミス・タイラーは頑として続けた。「あんなに大きな動物は檻に入れられてしかるべきでしょう。なのに、そんな子をここに連れてくるなんて！」彼女は嫌悪に口元をゆがめながら、両手で押しのける動作をした。「あなたが彼女をこの家に入れたのよ。あの巨漢の汚らわしい動物を、わたしがいる、この場所に」

「それは悪かったわ」ランサム＝ジョーンズ夫人は妹をなだめるように言った。「でも、あなたがそんなに気にするなんて、わたし、思わなかったのよ」

「それに、ブラッドだって」ミス・タイラーがわめいた。「ブラッドがどんな顔であの子を見てたか、あなた、見た？　彼、気分を悪くしていたわ。わたしのいるこの家に、あんな子がいると思っただけでね」

「ブラッドは気にしていなかったわ」ランサム＝ジョーンズ夫人は冷静に説明しようとしたが、妹はそれを遮った。

「ブラッドの気持ちをわたしに代弁しないで」悲鳴のような声をあげた。「わたしはブラッドのことを全部わかっているし、あなたもわたしも、彼がどんなことを気にする人か知ってるじゃない。彼は、あなたがあんなものを、わたしのいるこの家に連れてきたことを思って気分を悪くしてたんだから。彼がどんな顔であなたを見てたか、あの表情を見せてやりたかったわ」

彼女は呼吸を荒くしながら、言葉を止めた。ランサム＝ジョーンズ夫人は視線を落とし、静かに耐える人の空気をまとって、足もとの絨毯をじっと見続けた。

一分ほどすると、ミス・タイラーの呼吸はようやく静まり、彼女は口調をやわらげた。「そうは言ってもね、お姉さん、ブラッドはあなたの夫だし、ここはあなたの家よ」しかし、ランサム＝ジョーンズ夫人が顔を上げずにいるので、彼女はさらに続けた。「わたしだって、ほかのことなら余計な口出しは絶対にしないけれど、でも、あの子がここにいたときにブラッドがなにを考えていたか、あなたはそれを知るべきだって、わたしはそう思ったの」

「ブラッドがなにを考えていたかなんて、わたしに語らないでちょうだい」ランサム＝ジョーンズ夫人の声は、ぞっとするほど落ち着き払っていた。「だれがなんと言おうと、彼はわたしの夫なんだから」

「ええ、そのとおりよ、お姉さん。彼はあなたの夫だわ」ミス・タイラーはそう言うと、唇を引き結んで小さく微笑み、椅子にゆったり身体をあずけて、鷹揚に論争から降りた。そして何気なく窓に目をやって、また上体をぐっと起こし、少ししてから椅子の背にもたれた。「フレデリカが来たわ」

ランサム＝ジョーンズ夫人は妹を見ずに席を立って、玄関へ行った。そこで、しばらくフレデリカと話をしたあと、落ち着かなげな彼女を従え、妹のもとに戻ってきた。「ベバリーがね、また、いなくなったんですって」ランサム＝ジョーンズ夫人は非難めいた口調で妹に言った。「どこかへ行ってしまったらしいわ」

「いらっしゃい」ミス・タイラーは声をかけながら、少女の様子をよく見ようと、また前に身を乗り出した。「こっちへ来て、くわしく話してちょうだい」

フレデリカは部屋のど真ん中で足を止め、真剣そのものの表情でミス・タイラーと向き合うと、かなり長い間をおいてから、重たい声を出した。「ただ、いなくなったんです。いつもみたいに」

「お金は持っているのかしら？」ミス・タイラーが訊く。

「たぶん」と、フレデリカは答え、さらにランサム＝ジョーンズ夫人を見て、念を押すように続けた。「お金を持ってなければ、絶対に出ていかないから」

「だったら、妹さんにお金を持たせてはいけなかったわね」ミス・タイラーが穏やかに言った。

「わざと持たせたわけじゃないわ」フレデリカは今にも泣きだしそうになって言った。「一時も目を離さずに、あの子を見張るなんて無理よ」

「お母さんは？」と、ミス・タイラー。

「寝てました」フレデリカは居心地が悪そうに動いた。「あの、もし、あの子のことで、なにか知っているなら……」

「あなたのお母さんは、いつも寝てらっしゃるの？」そう問いかけたミス・タイラーの、あえてやわらかな言い方をした静かな声は、思いやりに満ちて聞こえた。

「いつもたくさん寝るんです。仕事のことは知りません」

「そのお金の出処（でどころ）は？　妹さんは、どこでお金を手に入れたの？」

「取ったんだと思うわ」

「取った?」

「ママの財布から」

「なるほどね」ミス・タイラーはフレデリカを上から下まで舐めるように見た。ランサム＝ジョーンズ夫人が思わず前に出かかると、ミス・タイラーは手の動きひとつでそれを止め、慎重な言いまわしでたずねた。

「あなたのお母さんのところには……たくさん訪ねてくるのかしら、その……男性のお客さんが?」

「まさか」フレデリカが驚いて言った。「うちを訪ねてくる人なんて、だれもいないわ」

「本当に、そう?」ミス・タイラーは、いっそう言葉巧みに言った。「もしかしたら、夜、あなたたちが眠ってしまったあとに、ってことはない?」

フレデリカは首を横に振りながら、すぐにはなにも言えない様子でミス・タイラーを見つめ続け、ミス・タイラーは少し待ったあと、まるで自分に問いかけるように、ぽつりと疑問をこぼした。「だとしたら、お金の出処はどこなの?」

「知らない」フレデリカが言った「あたし、知らない。ママの財布のお金よ」

ミス・タイラーが椅子の背に身体を戻すと、ランサム＝ジョーンズ夫人がフレデリカに近づいた。「案外、妹さんはいつもの場所で、ソーダを飲んでいるだけなのかも」彼女は気安い冗談を飛ばすように、つとめて明るい調子で言ったが、それをさえぎるように、ミス・タイラーの鋭い声が響いた。「ほらね、やっぱり閉じこめておくべきなのよ」

「だれを?」フレデリカがびくっとして訊き返す。

「あなたの妹をよ、お嬢さん」ミス・タイラーが即答する。「あの子は、知恵遅れの施設に入れられるべきなの」

「でたらめ言わないで」フレデリカは、とっさにそれだけ言い返したものの、頭の回転が速くない彼女にとって、自分の感情を適切な言葉に置き換えるには時間がかかり、結局、怒りの表現は顔に現れた。

「あの子には危険なことをする傾向があるもの」ミス・タイラーは恐怖をしっかり高めるために〝危険〟の二文字を強調したあと、さらに「わたしだって、少しのあいだ、施設にいたことがあるんだから」と、言わずもがなの言葉を続けた。

「リリアン！」ランサム＝ジョーンズ夫人が慌てて声をあげた。「たぶんあなたも、うちの姉から聞いているでしょうけれど」

「もちろん、わたしの場合は病気だったから。あなたの妹みたいに知恵遅れだったわけじゃない」

「あたしの妹は、どこも悪くないわ」と、フレデリカ。

「でも、時々、感じるのよ。この人たちは、わたしをあそこに戻したがっているんだろうな、って」ミス・タイラーは陽気に笑った。「三人は多すぎる、ってね」

「フレデリカ」ランサム＝ジョーンズ夫人が有無を言わせぬ声で言った。「わたしたちは、あなたの妹がどこにいるか知らないし、姿を見かけてもいないわ。悪いけど、帰ってもらえるかしら」

彼女はフレデリカの腕をつかむと、玄関まで連れて行って、扉の外へ押し出した。そうして部屋に戻ってみると、ミス・タイラーは目をとじて横になっていた。

「このまま、しばらく休んでも構わない？」ミス・タイラーが言った。「ひどく疲れてしまったの」

「あなたに言っておきたくて」ランサム＝ジョーンズ夫人は憤りに抑揚を失った声で告げた。「ブラッドが帰ってきたら、さっきの言葉をひと言ももらさず話すつもりよ。それだけ、承知しておいてちょうだい」

通りを歩いていきながら、ハリエットは壁の工事をしている作業員たちをひどく意識していた。彼らにじっと見られたりすると、もしやスカートの後ろがめくれたり、破けたりしているんじゃないか、ストッキングに穴があいているんじゃないかと、彼女は死ぬほど心配になる。そんなふうに、彼らの視線を過剰に恐れる彼女は足をさらに速めて、マリリンの少し前を歩こうとした。そうすれば、マリリンが盾になって、作業員たちの目から自分の姿を隠せるからだ。しかし、マリリンも同じように足を速めてくるので、ふたりはどうしても並んでしまい、ハリエットはいらいらして言った。「なんで、そんなに急ぐのよ?」

「急いでいるのはあなたでしょ?」マリリンがなごやかに言葉を返す。

　ハリエットは、背後で作業員たちの笑っている声を聞いたような気がした。森の小川へ行くには、マーティン家のほうからまわったほうが近道になるとはいえ、そのために、マリリンと並んで自分の家の前をわざわざ通るというのは、彼女にとって今日が初めての経験で、ひょっとしたら、自分を見て笑っている男たちの声を聞きつけて、お母さんが窓の外を見るんじゃないか、もしかすると様子を見に外へ出てくるかもしれないと思うと、緊張と不安で押しつぶされそうだった。彼女は自分のうしろのほうで、彼らのどっと笑う声が確かに聞こえたと信じ、頭に血がのぼるのを感じながら、あんな連中、烏合の衆（ホイ・ポロイ）に自分が笑われるいわれはないはずだと思った。しかし、すぐさま、きっとマリリンに関するすべての真実は隠しようもないもので、母親のメリアム夫人がそうだったように、彼女の姿を見た人は、だれでもそれが言い当てられるのではないか、自分以外の全員がすぐにそれを見て取って、だから彼らは、なにも間違っていないような顔でマリリンと歩いている自分のことを笑っているのではないか、と思い直した。そしてさらに、彼らがあんなふうに笑っているのは、自分がすごく太っていて、そんな自分の横にいるマリリンがすごく小さく見えるからかもしれないと、狂おしく考えた。

　落ち着き払って歩いているマリリンを見て、ハリエットは、彼女はなんて醜い子なんだろうと、初めて気づいた。どこからどう見ても、ぞっとするほどみっともないマリリンは、多かれ少なかれ、ハリエットと同じように烏合の衆(ホイ・ポロイ)の笑いを誘うはずだ。そう、わたしたちは、ふたりそろって醜い。

「早くして」ハリエットが言った。「そんなにのろのろする必要がある?」

マリリンは素直に足を急がせた。彼女はリンゴを食べていて、その様子がハリエットの癇に障った。リンゴを食べながら急いで歩くことはマリリンには難しく、彼女はすぐにつまずいた。

「不器用ね」ハリエットが言うと、マリリンはリンゴ越しに視線を上げて、眉をひそめた。「なにをそんなに怒っているの?」リンゴに隠れた口がそうたずねたが、ハリエットはもどかしげに肩をすくめただけで、先へ急いだ。ほとんど走るようにして、あとをついてくるマリリンとともに、ハリエットは小川にたどり着くと、ふたりの特別な秘密の場所に意を決して座った。そして、マリリンが息を切らしながら、横にすとんと座ったときには、すでに最初の言葉を口にする心の準備ができていた。

「あなたとは、もう遊べなくなったの。それだけ」

「どうして?」マリリンは困惑し、顔をゆがめた。その顔を、ハリエットは直視することができず、かわりに、お高く留まった態度で目の前の空間を見つめた。

「お母さんが、不適切だって言うから」ハリエットは言った。「お母さんがね、うちみたいな暮らしをしている人間は、宗教や生い立ちに関係なく、だれにでも親切にするものだけど、それでも、基準というものをしっかり定めておくべきなんだ、って言うの。基準というものを」ハリエットは、この混乱のなかにあっても意味の変わらぬその言葉を頼るようにくり返し、そのあとも、間を置かずに、急いで言った。「だから、あなたとはもう、おしゃべりしたり、遊んだり、ここに来たり、図書館に行ったりすることはできないの。お母さんがそう言うから」

マリリンはまだ持ったままでいた手中のリンゴを、じっと見つめている。それで、ハリエットはさらに続けた。「あと、それだけじゃなくて、わたしが友だちだったことを、あなたがだれにも言わないでいてくれるといいって、お母さんは思ってるの」

「わかった」マリリンが言った。彼女は口に入っていたリンゴを飲みこみ、怒りもせずに訊き返した。「あなたのお母さんが言ったことって、それで全部?」

突然、ハリエットは気がついた。さらに多くを伝える言葉など、自分がまるで持ち合わせておらず、今、なにかを言おうとすれば、さっきと同じ言葉をくり返すしかないことを。母親があんなに時間をかけて、くどくど言い広げた話の中身を、自分はこんなに早く言い尽くしてしまった。それで、ハリエットは冷淡に言い放った。「これじゃ、足りない?」

「いいえ」マリリンはそう言うと、持っていたリンゴを地面に置き、そばに生えている草を手当たり次第に抜いて、リンゴの上にかけはじめた。

リンゴがすっかり隠れてしまったとき、ハリエットはみじめな気持ちで、自分はなにひとつ正しくできなかったと思った。ここでのことに、もっとちゃんと意味を持たせるために、彼女は最初からやり直したくなって「ねえ、聞いて」と、口をひらいた。

「もう、なにも聞きたくない」マリリンが疲れたように言った。「あんたなんて、最低のデブよ」彼女はぱっと立ちあがると、自分の家に近い道があるほうへ、全速力で駆け出した。ハリエットは呆気にとられ、その場に座ったまま考えた。あんなに怒ることはないじゃない、わたしはもっと正しく言い直そうとしていたのに。そのあと、マリリンに言われた言葉を思い出して、泣きたくなった。なんてひどい。あんなに意地悪な言葉を、まさかあの子が言うなんて。しばらくして、ハリエットはようやく立ちあがり、重い足取りで家路についた。お母さんに言いつけてやる、と彼女は歩きながら思った。

ヴァージニア・ドナルドとメアリー・バーンは、ベバリー・テレルをはさんで、コルテス通りをだらだらと歩いていた。ヴァージニアは包装されたキャンディの箱を小脇に抱えて、ガムを嚙んでいる。メアリーもまたガムを嚙んでいて、着ているリネンのビアジャケットの大きなポケットにはキャンディの入った袋が三、四個ずつ押しこんであり、そのひとつを、たまに足を止めてポケットから出すと、まずはヴァージニアとベバリーに差し出して、そのあと、自分の分を取るようにしていた。ふたりのあいだで楽しそうに歩いているベバリーは、アイスクリームの入った一パイントの容器を抱えながら「うちまでタクシーに乗りたかったな」と言った。これを言うのは、もう二十回目くらいだ。

「タクシーで家の前まで行くなんて、ありえないわ」と、ヴァージニアが言った。「でしょ、メアリー?」

「絶対、ない」と、メアリーがうなずく。「あたしたち、いつだって、街道で降りるもんね」

「あたしは、うちまで乗るのが好きなの」ベバリーがしつこくくり返す。

「ねえ」ヴァージニアがベバリーの肩をつついた。「明日もまた、あたしたちと一緒に行きたい?」

「そうよ」と、メアリーが声を合わせる。「明日も、あたしたちと行きたい?」

ベバリーはふたりの顔を交互に見て、うなずいた。

「だったら、あたしたちの思うようにさせて」と、ヴァージニアが続けた。「あたしたちのすることに文句を言うなら、もう、あんたとは行かないからね」

「あたしはうちまでタクシーに乗りたかっただけだもん」と、ベバリーが言う。

「だから、だめなの」ヴァージニアは断固たる態度で頭を振った。それからポケットに手を入れて紙袋をそっと取り出すと、ベバリーの背中越しに、メアリーに話しかけた。「素敵な真珠の首飾りが買えて、あたし、もう大満足よ」

「あたしも同じのを買えばよかったな」メアリーはそう言って、手を伸ばした。「ね、見せて」

ヴァージニアは首を振ると、自分で紙袋から首飾りを取り出した。指にからんだ真珠の連なりが彼女の手からドラマチックに垂れている様子は、ヴァージニアの目にもメアリーの目にも、きれいな手がとてつもなく高価な宝石を持ってポーズを決めている広告写真と同じに見えた。

「まるで、本物みたい」メアリーがうっとり言った。「ここからじゃ、全然違いがわかんないわ」

「本物と変わらないわよ」ヴァージニアが所有者風を吹かせて言った。「あの値段でこれなら、悪くない買い物だったわ」

「なんで、そんなのが欲しいの?」いきなり、ベバリーが訊いた。彼女はアイスクリームの容器をさらに強く抱きしめて言った。「そんなもん、全然よくないよ」

「安雑貨屋のアクセサリーなんて、普段なら見向きもしないんだけど」ヴァージニアがベバリーの背中越しにメアリーに言った。「でも、たまには本当にいいものが見つかることもあるのよ」

「あ、フレデリカだ」ベバリーが言った。三人はちょうどコルテス通りからペッパー通りに曲がったところで、ベバリーが前方をぱっと指さした。「フレデリカだよ」

フレデリカは自宅の前に立っていた。妹の行方を案じて、首を左右に伸ばしながら通りを見わたし続けていた彼女は、三人の姿に気づくと、そちらに向かって駆け出した。

「また明日も一緒に行きたいんなら」ヴァージニアが乱暴な口調でベバリーに言った。「あたしたちがなんか買ったなんて話を、あの子にしちゃだめだからね」

彼女は真珠の首飾りの紙袋を大急ぎでポケットに戻し、小脇に抱えたキャンディの箱を目立たぬように後ろ手に隠した。

「フレデリカ」ベバリーが大声で呼びかけた。「あたし、ここだよ」走ってくる姉を見て、彼女は嬉しそうに笑いながら足を止め、いよいよそばに近づくと、アイスクリームの容器を差し出した。「これ、フレデリカとママにおみやげ」

「どこに行ってたの?」フレデリカが詰問した。彼女はヴァージニアとメアリーのふたりをまとめてじろりと確認したあと、さらに妹に問いただした。「持ち出したお金はどうしたの? どこに行ってたのか、言いなさい」

ベバリーの顔がみるみる悲しそうにゆがんだ。「アイスクリーム」と答える。

「あたしたち、そこの角で、ちょうどこの子と会ったの」ヴァージニアが明るい声で割って入った。「それで、お宅まで送っていくところだったのよ」

「きっとあなたが捜してるんじゃないかと思って」メアリーも横から口をそろえた。「だから彼女に、おうちに帰らないとだめだから、あたしたちと一緒に行こうねって言ったの」

フレデリカは妹の腕をつかんだ。「おいで。帰るよ。あんたは、すっごく悪いことをしたんだからね」

ベバリーが赤ん坊のように顔をくしゃくしゃにして、しくしくと泣きだした。フレデリカは妹を揺さぶって、また言った。「あんたは本当に、すごく悪い子だったんだから」

「残念だわ、あたしたちも、もっと早くに見つけられたらよかったのに」ヴァージニアがしつこく言った。「そうしたら、すぐ、あなたのところに連れて行けたのにね」

フレデリカはまた、ヴァージニアとメアリーを見た。彼女の視線は、ヴァージニアが隠すように持っているキャンディの箱と、メアリーの上着のふくらんだポケットの上でちょっと止まり、そのあと「おいで、ベブ」と言って、泣いている妹を横に引っ立てながら、自宅のほうへ進みはじめた。

姉妹が声の届かないところまで行ってしまうと、ヴァージニアはメアリーを肘で突き、ふたりは口元を手で隠しながら、クスクスと笑いはじめた。一度、自宅の前あたりまで行ったところで、フレデリカが振り返ると、ふたりはとたんに笑いを引っこめ、死んだように真面目な顔を取り繕ったが、彼女が前を向いてしまうと、またクスクスと笑いはじめた。


その晩の子供たちの遊びは、ジェームズ・ドナルドが参加するという栄誉に浴した。子供たちは全員で陣取り合戦をしていたのだが、その様子を歩道に立ってしばらく見ていたジェームズが、すぐそばにいたパット・バーンに、突然、声をかけたのだ。「ぼくも入れてもらっていいかな?」

「きみなんて、だれも捕まえられないよ」パットはそう答えたものの、ジェームズの言葉を耳にしたメアリー・バーンが、すぐさま、彼が仲間に入ることを大声でみんなに教え、敵味方の組分けをやり直して、また一からはじめようと言いだした。ジェームズはヒーローとしての自意識たっぷりに、子供たちのあいだではじまった自分の獲得合戦を悠然と楽しみ、その一方で、パット・バーンは、疲れたので自分は抜けることにすると、これ見よがしに宣言した。そんなこんなで、ジェームズの加わった陣取り合戦は、デズモンド氏が夜の散歩に出てくる少し前に再開された。自宅前の歩道に立ったロバーツ氏が、そばの芝生に寝転んでいるパットに「イカした奴だな、ドナルドの息子は」と話しかけると、パットは「それ、トッドのこと?」と言い返した。

ロバーツ氏は少年に目を向け、にこやかに言った。「きみとしちゃ、あまり平静ではいられない、ってところか?」パットが気を悪くして寝返りを打ち、芝生に顔をうずめると、ロバーツ氏は短く笑って、コルテス通りのほうへ少し歩いた。そしてまた足を止め、二、三分ほど立っていると、デズモンド氏が自宅から出てきたので、それを見たロバーツ氏はのんびりした態度を装い、彼に会いに近づいていった。デズモンド氏のそばには息子のジョニーもいて、ふたりでこちらに歩いてくるあいだにも、少年は父親に顔を向けたまま、なにやら熱心に話しており、やがて嘆願口調の声がはっきりと聞こえてきた。「だから、車がなかったら、ぼくはなんにもできないんだよ。友だちは、みんな――」

ロバーツ氏は片手を差し出し、大きな声で言った。「やあ、久しぶりだね、ジョニー。どこかに出かけていたのかい?」

「ずっと忙しかったんです」ジョニーは父親の顔から渋々視線をはずして、答えた。

「いい青年になったな、きみの息子は」ロバーツ氏がデズモンド氏に言うと、デズモンド氏も誇らしげに「ああ、なかなかだろう?」と答えた。

「そうかと思えば」並んで歩道を歩きだしながら、ロバーツ氏は声を低めた。「いささか困った奴もいて、ほら、あのバーンの息子だよ。どうも嫉妬深くて怒りっぽいところがあるようだ」

「ふむ……」デズモンド氏があれこれ考える顔になる。

「うちの息子はあの子と一緒にいることが多いんだが、正直、それを好意的に見ることが、わたしにはまるでできなくてね」

「それはそれで仕方がないんじゃないかな」デズモンド氏が言った。車道でくり広げられている陣取り合戦に気を取られて足を止めたジョニーより、さら何歩か進んだところで、ふたりは足を止めた。「まあ、子供というものは、たいがいちゃんと育つものだが」デズモンド氏はそう言いながら、愛しそうにジョニーを見やった。

「ああ、もちろんだとも」ロバーツ氏がうなずいた。「きみの息子は、あんなに立派に育っている」

ジョニーが歩道際まで行って陣取り合戦を眺めていると、ヴァージニア・ドナルドが近づいてきて「あなたも入らない？」と、大胆にも誘った。

「ぼくはお断りだね」ジョニーは大きな声で笑い飛ばし、それは彼の父親の耳にも届いた。「こんなお遊びを楽しめるのはガキだけ」と彼は言い、さらに、ジェームズ・ドナルドを見ながら意地悪く続けた。「あとは、せいぜい、フットボールをやる奴くらいさ」

デズモンド氏とロバーツ氏はまたゆっくりと歩きはじめていて、デズモンド氏が話を続けた。「あなたは彼らを子供ではなく、一人前の男として扱いたいんだな。男としての責任を自覚させたいわけだ」

ヴァージニアは遊びの中心にいる兄を肩越しに見て、冷やかすように呼びかけた。「ジェームズ、今の、聞こえた？」

ジェームズは走るのをやめて、いぶかし気に周囲を見まわした。「だれだよ？」と訊きながら、妹のいるところへゆっくり近づいてきた。「ジョニー・デズモンドじゃないか。いったい、なんなんだよ？」

「彼が兄貴の走りっぷりを大絶賛していたの」ヴァージニアは同意を求める目つきでジョニーを見上げた。

「あんなふうに走れるのはフットボールの選手だけだと思ってね」

「おい」ジェームズが気分を害して声をあげる。

「いちいち気にするなよ」ジョニーはうんざりした顔で言い、父親のあとを追うように歩きはじめたが、猛然と駆け寄ってきたトッド・ドナルドに行く手を阻まれた。「兄ちゃんにそんな口きくな！」と、彼がわめいた。

「どけよ」そう言って、ジョニーはトッドを突き飛ばし、ジェームズも弟に不機嫌な声をぶつけた。「いいよ、トディ、そんな奴、ほっとけ」

「だって、こいつの言い方が」トディが涙声で言い張った。「あんな口のきき方したのに、許せるもんか」

「あんたは引っこんでな、トディ」ヴァージニアがピシャリと言った。それから彼女は輝くような笑顔をジョニーに見せて、兄に言った。「彼は、ちょっとからかっただけよ」

「ぼくはただ、不思議に思っただけさ」ジョニーがジェームズに言った。「こんな子供のお遊びみたいなつまらないことに、よく自分の時間が割けるもんだと思ってね」

「フットボールのなにが悪いんだ?・」わけがわからないという顔で、ジェームズは問いただした。「おまえ、うちのフットボール・チームのことで、なにかを言おうとしてるんだろ?・」

ジョニーは弱い笑い声をもらし、また父のあとを追うように歩き出したが、ジェームズがそれを許さぬ声で言った。「言いたいことがあるなら、はっきり言えよ」ジョニーは、もうどうなってもいいというように肩をすくめ、ぴたりと立ち止まった。ジェームズが抜けたことで陣取り合戦を中断していた子供たちも、それぞれの場所に黙って立ったまま、街灯の明かりに照らされたジェームズとジョニーのほうに顔を向けている。ふたりのそばにいるヴァージニアの顔には、みんなの視線を意識した微笑みが貼りついている。

「ぼくはフットボールのチームにいる。それは知ってるだろ?・」普通なら、とっくに殴っているところだったが、そのあとを案ずるわずかな気持ちが、ジェームズに歯止めをかけていた。「知ってるよな?・」

「おい、どうした?・」ロバーツ氏が声をかけた。「アーティ?・」

「なに?・」アーティのか細い声が、集まった子供たちのなかから聞こえてきた。ロバーツ氏は鼻を鳴らし、ジョニーとジェームズのそばに歩み寄って、ふたりの身体にそれぞれ手をかけた。「ふたりとも、そのへんでやめておけ。まったく、どうしたっていうんだ?」

「ジョニー?」デズモンド氏も足を止めた場所から心配そうに声をかけ、それから息子のそばへと急いだ。「なにがあったんだ、ジョニー?」

「なんでもない、なんでもないよ」と、ジョニーが答える。

「まったく、情けない」ロバーツ氏が言った。「アーティ、おまえはそんなところで、なにをしている?」

「なにも」と、アーティが答える。

ジェームズ・ドナルドの顔が怒りの色を深めていき、彼はロバーツ氏の手を振り払った。「ぼくに構わないでください」

「きみ、謝ったほうがいいぞ」ロバーツ氏がジェームズに言った。

「ぼくはなにもしてません」ジェームズが弱々しく言い返す。

「ああ、そうさ」ジョニーが言って、彼もまた、ロバーツ氏の手を振り払った。「ぼくは、だれにも謝ってなんかほしくない」

すると、息子のもとに戻ってきて、横に立ったデズモンド氏が厳しく言った。「謝罪を受ければ、おまえだって、当然満足がいくはずだぞ、ジョニー。さあ、ジェームズ?」

長い沈黙が続き、やがて、ジェームズが悔しげに言った。「すみませんでした」

「よし」デズモンド氏が言った。「これで、きみたちの喧嘩は本当に終わりだ。ふたりとも、握手をして」

「なにが〝握手〟だよ、パパ」ジョニーが荒々しく叫んだ。そしてジェームズを見て「おい、おまえ」と口をひらいた。

「どいつもこいつも、地獄に落ちろ」ジェームズは周囲の無理解に対して若者が抱く侮蔑の感情を爆発させると、ぱっと踵を返し、黙って立ちつくしている子供の群れを突っ切って歩き去った。

その夏の終わり近く、ある文章が手書きされている二枚の紙が、トッド・ドナルドによって、森の小川で発見された。

〃十年後、わたしは美しくて魅力的な、すばらしい女流作家になっていて、夫や子供はひとりもいないけれど、たくさんの恋人がいて、だれもがわたしの書いた本を読むようになって、みんながわたしと結婚したがるけれど、わたしは決して、そのなかのだれとも結婚しないでしょう。お金と、それから宝石も、たくさん持っていることでしょう。〃

〃わたしは有名な女優か、もしかしたら画家になっていて、だれもがわたしのことを恐れ、わたしの言うことをきくようになっているのです〃

ランサム＝ジョーンズ夫人は水色のリネンのドレスをまとい、黒髪を頭のてっぺんに結い上げていた。そして、いかにも手馴れた女主人(ホステス)の顔をして、ガーデン・パーティにやってくる客人たちを出迎えていた。「まあまあ、今日はようこそ」あいさつをくり返す彼女の、高くて甘い声が響く。「足を運んでくださって、本当に嬉しいわ」

ミス・タイラーは薄いピンクのドレスにつば広の帽子をかぶりながらも、姉より少しさがった場所で、彼女と客人のやりとりを聞きながら、会釈をしたり、落ち着かなげに動いたり、的はずれな相槌の言葉をつぶやくように口にしていて、そのあと自分の番がまわってくると、どの客人にも「本当にお久しぶりですこと」と声をかけてから、ひとりひとり順番にブラッド・ランサム＝ジョーンズへと引きわたした。彼は、ふたりの妻を相手にするには、あまりにも小物すぎるが、血色のいい顔をした、ほがらかな人物だ。

「いやいや、本当に」彼は彼で、目の前に新しい客が現れるごとに、大きな声で語りかけた。「ここに、こんなに長く住んでいながら、あなたとばったりお会いする機会もなかったとはねぇ！」それから彼は、相手と力強い握手をかわし、ランサム＝ジョーンズ家の庭へと案内していく。今日の招待客の多くはこの庭を見るのが初めてで、みんながみんな、その見事さを褒めちぎった。

「親睦を深めるパーティですの」ランサム＝ジョーンズ夫人がデズモンド夫人に流れるように説明した。「こうしてご近所に暮らしていながら、わたしたちはこれまで一度も、本当の意味で親睦を深める集まりをしたことがありませんでしたでしょう？　それが、とても残念なことだと思ったものですから」白いジャケットを着て、両親のうしろに立っていた背の高いジョニーの手を、ランサム＝ジョーンズ夫人はことさらに熱をこめて握ると「それにしても、なんて大きくなったこと！」と言いながら、肩越しに彼の母親に笑いかけた。「それに、小さなキャロラインちゃんも！」彼女は余計な言葉を使うことなく、小さなキャロラインに向けた目の表情だけで、その喜びを表現した。デズモンド夫人は母親ならではの笑顔でキャロラインを見おろし、それからランサム＝ジョーンズ夫人に話しかけようとしたのだが、ランサム＝ジョーンズ夫人はすでに次のあいさつをはじめていた。「ロバーツ夫人！　あなたをお待ちしていたわ」

庭のほうでは、集まった近所の人々が、だいたいは顔をよく知っている隣人同士で固まりながら、あまり落ち着かない様子で立っていた。ランサム＝ジョーンズ家までの長い道のりを長い時間をかけて歩き、一番乗りに到着していたミス・フィールディングは、パーティ会場の真ん中に置かれた籐椅子を勧められ、そこにきちんと座ったまま、だれと親しく交わるでもなく、周囲の知人たちににこやかな笑顔を見せていた。「あなたがお元気そうで、とても安心したわ」彼女はジョニー・デズモンドに声をかけた。「ご病気だったんですって？」

「いいえ、違います」ジョニーが居心地悪そうに答えた。「あなたもお元気だと、いいんですが」そう言って、彼は母親の姿を目で探しながら、その場をするりと離れた。

「これは、これは」ロバーツ氏が愛想のいい大声でミス・フィールディングに近づいた。「この町一番の美人ぶりは、今もお変わりがないようで」その言葉に、ミス・フィールディングはびっくりした顔になったが、取り乱すことなく丁寧に答えた。「あなたもお変わりないようね、ロバーツさん」

子供たち——ロバーツ家の兄弟と、ジョニー・デズモンドと、ハリエット・メリアム——は、慣れない場所への不安が勝ちすぎて、まだ自由にふるまう勇気が出ぬまま、みんなでひそひそ話をしながら、少しずつ母屋の近くに移動していき、そのあいだにハリエットの母親は、デズモンド夫人と壁の工事について話をしていた。ペッパー通りをはさんだ向かいの家では、だれもそのことに気づいていなかったが、マリリン・パールマンが玄関のポーチからランサム＝ジョーンズ家の庭の様子を見つめていて、そんな娘の様子を、パールマン夫人が居間の窓から気遣わしげに見つめていた。

子供はだんだんひとつに集まって、先着組にドナルド家の三人が加わったときには、ジェームズ・ドナルドが揺らぐ威厳をたたえた目でジョニー・デズモンドをねめつける一幕があり、そのあとには、バーン家の兄妹もやってきた。いずれも自分の親や友だちの親、つまり、人の顔さえ見れば「ずいぶんと大きくなって」「背が高くなったなぁ」「もう何年生？」「もうすぐ学校がはじまるから、嬉しいでしょう」といったお決まりの文句をあるだけ繰り出してくる大人のそばから礼儀正しく離れて、この会場で安心できそうな場所といえばここしかない、だれもが緊張に高ぶって妙にクスクス笑い合っている仲間の輪に逃げてきたのだ。

ランサム＝ジョーンズ氏が額に汗して屋外に運び出し、ランサム＝ジョーンズ夫人とその妹が心をこめてお膳立てした長いテーブルは、庭の枝花を使った花綱が飾られて、ふたつの大きなパンチボウルと、料理を盛ったいくつものトレイが並んでいた。そのそばに、子供たちはいつの間にやら近づいて、小耳にはさんだ情報と情熱的な推測をもとに、パンチボウルのひとつにはお酒が入っていて、もうひとつは子供に無害な飲み物が入っていることを突き止め、さらに、トレイや大皿にのっているサンドイッチは、チキンのものと、ハムのものと、中身がよくわからないのは、多数決の結果、ピーナッツ・バターだということになり、「きっと、あたしたち用よ」と、ヴァージニア・ドナルドがうんざりした顔で言った。そのほかにも、クッキーが並んでいるお皿や、大量のセロリとオリーブを盛った器があって、これを見たメアリー・バーンは「あたし、オリーブならいくらでも食べられるな。だって大好きなんだもん」と言った。そして、この調査の締めくくりには、きっとあとで、とてつもない量のアイスクリームが振舞われるはずだという、否定することなどありえない意見が子供たちのあいだで共有された。

　このパーティに、マリリン・パールマンは招待されていなかった。マック夫人もそうだったし、マーティン家のジョージとハリーも同様だった。パーティの計画が持ち上がったとき、ミス・タイラーはこう釘を刺した。「当然、テレル家は呼ばないわよね」これは、ちゃんとした立場にある、立派な隣人のための催しだった。ランサム＝ジョーンズ夫人は二十一人の来客を予定していたが、実際には、二十人になった。残念なことに、バーン氏が仕事の都合で急に来られなくなったからだ。それゆえ、バーン夫人とパットとメアリーは最後に到着することになり、その頃には、すでに大人の招待客たちが、ロバーツ夫人を先頭にテーブルのほうへと案内されて、きれいな飾りつけや用意された料理に感嘆の声を上げ、さらに、この庭に対するお義理の賛辞を今一度しっかり口にしてから、ランサム＝ジョーンズ氏が差し出す、お酒か否か、どちらかのパンチが入ったカップを受け取っていた。

　親の目に制されて、うしろにさがっていた子供たちは、大人の順番が終わったところで、ようやく列に並ぶことを許され、ひとりずつ、お酒ではないほうの飲み物が注がれたカップと、三個のサンドイッチと、苺のアイスクリームを受け取った。「この庭の一番端のところまで行くといいわ」ランサム＝ジョーンズ夫人が子供たちに愛想よく声をかけた。「みんなで行って、好きなように遊びなさいね」それから彼女は、そばの客たちに説明した。「あのあたりには多年生の植物を植えてあるんですけど、なにも心配はいりませんから」

「あんたたち、花には気をつけなさいよ」すかさず、ロバーツ夫人が息子たちに注意を飛ばし、それと同時にメリアム夫人が「ハリエット、よそ様のお庭ではお行儀よくすること、わかっているわね?」と声をかけ、バーン夫人が「パット、メアリー、足もとに注意して」と用心をうながした。

子供たちはそれぞれにお皿を持って移動した。途中、このあたりだろうかと思ったところで振り返ると、ランサム＝ジョーンズ夫人が手をひらひらさせて、もっと先まで行くように合図した。それで、すぐそばに生け垣のある、本当に庭の端っこまで行って、ここが自分たちにあてがわれた場所だと確認すると、それぞれに腰をおろして食事をはじめたが、大人たちから離れて食べ物を口に運ぶうちに、だんだんと緊張がゆるんだ彼らは、当然のなりゆきながら、ふざけて小突きあいをはじめ、やがてそれは、自分たちに許された範囲を厳格に守りながらの鬼ごっこへと発展した。

「みんな、いい子ね」移動していく子供たちを見送りながら、ランサム＝ジョーンズ夫人がメリアム夫人に言った。「あんなにいい子供たちなんて、ほかでは見たことがないわ」

「それはもう、きちんと育てられたお子さんばかりですからね」と、メリアム夫人。「ハリエットはヴァージニアととても仲良くしているんですけれど、ヴァージニアは実にしつけの行き届いたお嬢さんだと思うわ」

「わたしたちね、ちょうど今、お宅のお嬢さんをほめていたところなんですよ」ランサム＝ジョーンズ夫人が、そばを通りかかったドナルド氏に言った。「ヴァージニアって、本当にかわいらしいお嬢さんね」

「素敵なパーティですね」ドナルド氏はそう言うと、ミス・フィールディングのそばへ行った。「こんにちは。調子はいかがです？」

「こんにちは」ミス・フィールディングは、彼女自身はお酒が入っていると思っている、実はお酒の入っていない飲み物のカップを、彼女なりのもっとも美しいティーカップの持ち方で膝の上に置き、もう片方の手にはクッキーを一枚、持っていた。「わたしのほうは、おかげさまでね。あなたは？」

「やあ、きみ、元気にやってるかい？」ドナルド氏の背後から、ロバーツ氏が暑苦しく声をかけてきた。彼はドナルド氏の肩に親しげに手をかけて、続けた。「ミス・フィールディング、あなたも、ご機嫌はいかがです？」

「おかげさまでね。ありがとう」ミス・フィールディングはそう答え、手にしたクッキーを慎重に少しだけかじった。

「このパーティをひらいたのは、壊されつつあるあの壁を称えるためでもあるんです」ランサム＝ジョーンズ夫人が、メリアム夫人とデズモンド夫人に説明した。「結局、あれがなくなってしまったら、ご近所の形だって、これまでと同じようにとはいきませんものね」

「お宅は、あそこからこんなに離れていて、いいことね」メリアム夫人が言った。「わたしたちの家なんて、塵や埃はもろにかぶるし、それにあの騒音ときたら……」

「わたしとキャロラインは、昨日、家に戻ったばかりなの」デズモンド夫人は、母親の横におとなしく座っているキャロラインを見おろし、そっと髪をなでた。今日の少女は、よそ行きの黄色いワンピースを着て、黄色い靴下をはき、髪には黄色いリボンを結んでいる。メリアム夫人とランサム＝ジョーンズ夫人は、ふたりそろってその姿に目をやり、やさしい笑顔になった。「あんなひどい埃のなかに置いておくなんて、キャロラインには毒でしかなかったから」デズモンド夫人はそう続けながら、メリアム夫人とランサム＝ジョーンズ夫人にまなざしで訴えた。「この子、ひどく咳きこんでいたのよ」

「ビルに言ってるんです。その気になれば、あの人たちは工事をやめさせることができるはずだって」バーン夫人が断固たる口調でドナルド夫人に言った。「ビルや、デズモンド氏や、マイク・ロバーツや、そのほかの人がみんな望めば、あの人たちは、いつだってすぐに止められるはずなんです」

「あんな工事は、このご近所をだめにしてしまうだけよ」と、ドナルド夫人がうなずく。

「もちろん、今となっては手遅れだけど」と、バーン夫人が続けた。「わたしは、ビルに言ったの」

ロバーツ夫人はランサム＝ジョーンズ氏を捕まえ、お酒のパンチの材料についてあれこれ言い立てていたが、最後の最後にランサム＝ジョーンズ氏が「まあ、こういった飲み物は、年配のご婦人向けですからね」と言い、彼女を見て、声を立てて笑った。すると、ロバーツ夫人が「だったら、なんであたしにそれをくれたの?」と陽気に言い返したので、ふたりは声をそろえて笑い、そのあと、気づかぬ人も多くいるなかで、ミス・フィールディングと、ドナルド夫人と、ランサム＝ジョーンズ夫人と、ほとんどの子供たちに見られながら、ふたりはもっと飲み甲斐のあるものを台所で捜すべく、母屋に入っていった。ふたりが台所に行くと、そこには、先にこっそり入りこんで、ひとりでチキンサンドを食べているドナルド氏の姿があって、彼は追い出されるように外に出たものの、そこですぐさまバーン夫人に捕まり、ペッパー通りを救うための行動を適切な時期に起こさなかったことについて文句を言われる羽目になった。その間、ドナルド夫人がロバーツ氏にエスコートされるまま台所にふらりと入って、そこに用意されていた軽食を先客とともに飲み食いしはじめ、おかげで、ここはすぐにも、外のテーブルより肩の凝らない第二会場と化した。

デズモンド氏は子供たちの輪に入って、皿ごと持ってきたクッキーを上機嫌ですすめてまわりながら、自分の息子とジェームズ・ドナルドが親しげな沈黙のなかで食事を共にしている様子を嬉しい気持ちで眺めた。「それでこそ男の子だ、ジョニー」そばを通りしな、そう声をかけてやると、ふたりはそろって彼を見あげ、それからまた、うつむいた。デズモンド氏が子供たちのそばを歩きまわっているあいだに、ヴァージニア・ドナルドがすっと立って、スカートの汚れを払い落とし、大人たちがいるほうへ、のんびりと歩きはじめた。それを見たハリエットも、しばらくためらったあと、やはり立って、彼女についていった。ヴァージニアは、バーン夫人と並んで座っている父親へ陽気に手を振ったあと、さりげない態度で母屋に入っていった。ハリエットもそれに続こうとしたが、急にだれかに肩をつかまれ、あわてて顔をめぐらせると、上気して、どこか落ち着きのない父親がいた。「楽しんでいるかい?」彼が娘に言った。「わたしはこっちにいるからね」

ハリエットは母屋のほうへ歩いていく父親を見送ったあと、母親のそばに行った。「パパが家のなかに入っちゃったわ」母親が自分を見るのを待って報告すると、メリアム夫人は笑みを浮かべてうなずき、デズモンド夫人との会話に戻った。ハリエットはランサム＝ジョーンズ夫人の視線をとらえ、小声で言った。「すみません、お手洗い(バスルーム)はどこでしょう?」

ランサム＝ジョーンズ夫人が妹に言った。「リリアン、悪いけれど、ハリエットをお手洗いまで案内してもらえる?」

メリアム夫人がぱっと顔を上げた。ハリエットはランサム＝ジョーンズ夫人の声の大きさを恨めしく思いながら、ミス・タイラーについて、母屋に入っていった。台所の前を通りかかると、にぎやかな声が聞こえてきて、薄い色合いのドレス姿で前を歩くミス・タイラーが顔をそむけた。太陽の光にあふれていた庭をあとにして、暗く沈んだ屋内の部屋を抜けながら進んでいくのはなかなかに難しく、とうとうハリエットは、先に立って自分を待っていたミス・タイラーにぶつかりかけた。「素敵なパーティだと思わない?」ミス・タイラーが、まるでささやくように、やわらかな低い声で言った。「庭が、とても美しく見えて」

「素敵なパーティです」ハリエットが言った。

ミス・タイラーが身を乗り出して、ハリエットの腕に手を置いた。「でも、ロバーツ家の人間を招いたのは失敗だったと、わたしにはわかったの。あの女は、とてつもなく下品よ」彼女は悲しげに首を振って、続けた。「なぜブラッドが、彼女にあれほど礼儀正しく接しているのか、まるで理解できないわ。下品な人間に礼儀正しく接するなんて、彼の性分ではありえないのに」

「ランサム＝ジョーンズさんは、とても礼儀正しい方ですから」と、ハリエット。

「つねに礼儀正しくあらねば」そう言ったあと、ミス・タイラーはハリエットをじっと見た。「この先、あなたが美人になることは、当然ながら、決してないけど、大きな魅力が持てるように訓練することはできるわ。美しさなんてものは、必ず衰えるものなのよ、必ずね」ハリエットは、なにか言わなければと思った。感情を抑えた、落ち着きのある言葉を。しかし、ミス・タイラーがすぐさま続けた。「たとえば、このわたし。わたしも、昔はとても美しかったなんて、きっと今のあなたには考えられないでしょうね」

彼女が誘いをかけるように小首をかしげ、ハリエットは思わず言った。「いいえ、きっとお美しかったと思います、ミス・タイラー」

「馬鹿みたいな話よ」ミス・タイラーが軽い笑い声をもらした。「彼の妻はね、魅力があるタイプなの」彼女は、ハリエットの凝視に気づいて、説明した。「彼の妻、ブラッドの妻、わたしの姉のことよ。彼女は昔からずっと、魅力的なタイプだった。あなたは運がいいわ、決して美人になることはないんだから」

ハリエットは、自分がこの先何か月か、いや、きっと死ぬまでずっと、今の言葉を気に病むことになるだろうと、すでにわかっていた。それで、くぐもった声で言った。「わたし、今、体重を落としているんです」

「あなたがそんなに太っているのが悪い、って話じゃないの」ミス・タイラーが厳しく言った。「あなたには、美しい女性ならではの雰囲気というものが、とにかく、まるでないって話。たとえば、あなたはこの先一生、太った人間の歩き方で歩くはずよ。本当に太っていても、いなくてもね」

ハリエットは、自分が泣き出しそうになっているのを感じた。喉がぐっと締めつけられたようで、やっと、ざらついた声を出した。「すみません、お手洗いは、どこですか?」

「あら」ミス・タイラーは、ふたりの横にある戸口に触れた。「すぐ、そこよ。まさか、そんなに切羽詰まっていたとは知らなかったわ」

ハリエットがバスルームに入っていくと、ミス・タイラーは屋内をゆっくり歩いて台所まで戻った。戸口で足を止め、そこにいる人々を視線で選り分け、ランサム＝ジョーンズ氏を見つけだす。目が合ったタイミングで手を振ってやると、彼はグラスを持ったまま、微笑みの名残を顔に残しつつ、彼女の立っている戸口までやってきた。

「素敵なパーティね、ブラッド」ミス・タイラーは、はかなげな目つきで彼を見上げた。「今日はわたしも仲間に入れてくれて、心から感謝しているわ」

「楽しんでる?」と、彼が訊く。

「ええ、申し分なく。ただ――」彼女は庭のほうを手振りで示した。「彼女が羽目をはずしているのが、ちょっとね。噂にならなければいいのだけれど」

「それなら心配いらないよ」そう言ったあと、ランサム＝ジョーンズ氏の視線が泳ぎはじめ、軽く首をめぐらせて、台所のほうを見た。

「わたしは心配していないわ」ミス・タイラーはあっさり言った。「本当に、今日のパーティをひらいてくれて、どうもありがとう」

彼女は台所の戸口を離れ、廊下を通って庭のほうへ戻っていった。ランサム＝ジョーンズ氏もふたたび台所のなかへ、ドナルド夫人とロバーツ夫人にはさまれた自分の場所に戻った。そしてまた三人で歌いはじめた。

ヴァージニア・ドナルドは、これまで大人の世界のパーティに正式に招かれたことなどなかった。いつも子供扱いで、ちょっとだけ顔を出すことは許されていても、周囲に偉そうなことを言われたり、妙に甘い態度をとられたりするのが常だったのだが、今の彼女は堂々と台所のなかにいた。ここでは思いがけず母親に出くわしたものの、その母が部屋の向こうから愛想よく手を振ってお墨付きを与えてくれたので、彼女は今、遠慮なく、台所の片隅にいるロバーツ氏と話をしていた。

「だけど、あたしにはこういうチャンスが、これまで本当に一度もなかったの」と、ヴァージニアが訴えた。「ね、だから、いいでしょう?」

「でも、わたしには責任が取れないからなぁ」と、ロバーツ氏が言った。「ママに訊いてごらん」

ヴァージニアはクスクス笑い、彼の腕に手を置いた。「おじさんから訊いてよ。ママはおじさんのこと、気に入ってるんだから」

ロバーツ氏はおどけた態度で考えこむふりをし、それから振り返って、部屋の向こうに呼びかけた。「おーい、シルヴィア! ヴァージニアって名前の娘がいる、そこのご婦人!」

「わたしに娘なんて、ひとりもいないわ」ドナルド夫人はあだなしぐさで手をひらひらさせながら言った。「そこにいるのは妹よ」

その場にいる全員がいっせいに大きな声をあげたので、ロバーツ氏はそれに負けじと声を張った。「だったら、この子に一杯、やってもいいのかい?」

「なんでも好きなようにさせてやって」と、ドナルド夫人が叫び返す。

「お母さんには用心したほうがいいぞ」ランサム=ジョーンズ氏が茶々を入れ、すぐに発言を訂正した。「おっと、お姉さん、の間違いだ」

「ほらね?」ヴァージニアがロバーツ氏に言った。「あたしは、したいことをしていいの」

「最初は、ほんの少しにしたほうがいい」と、ロバーツ氏が言った。「結局のところ、責任を負うのはわたしなんだしね」

ロバーツ夫人が待ちかねて三回目のノックをすると、ようやくバスルームの扉があいて、ハリエット・メリアムが出てきた。すれ違いざま、なんだかハリエットが気落ちしているように見えたが、どうしたのかと訊いている余裕はなかった。しっかり鍵をかけたバスルームのなかで、ロバーツ夫人は探るように鏡をのぞきこみながら、自分に語りかけた。酔っぱらってる（パイ・アイド）。あんた、酔っぱらってるよ。止めようもなく、ククッと忍び笑いがもれて、彼女は洗面台で身体を支えた。ほら、瞳孔がひらいてるじゃない、姉さん（マイ・ガール）。彼女は鏡の自分にさらに語り続けた。見た目はかなりイケているのに、あんたときたら、酔っぱらって。「あたしは、酔っぱらってる」彼女は声に出して言い、それから、だれかに今のを聞かれたのではないかと思い、神妙な面持ちになった。自分の声はどれくらい大きかっただろうかと、しばし考える。それから、鏡の自分を見つめて、また忍び笑いをはじめた。酔っぱらい、と、また心で唱える。酔っぱらい、あいつにはっきり見せてやろう、いい年をしたあの馬鹿に、古女房を持つあの男に、ドナルドの娘は両親同伴のくせして、父親はまるっきり……ああ、酔っぱらってる。彼女はつらつら考え、どうしようもなく、肩を震わせて笑った。

　庭のほうでは、ゆっくり腰をあげたミス・フィールディングに、「わたしもキャロラインを連れて帰りますから、ご一緒しましょう」と、デズモンド夫人が声をかけ、娘の姿を求めて周囲を見まわした。すると、ランサム＝ジョーンズ夫人が言った。「あの子なら、パパを捜しに行ったんじゃないかしら」デズモンド夫人は不安に目を大きくしながら、ミス・フィールディングに断った。「すみません、すぐに戻ります」

「もうお帰りになるなんて、とっても残念だわ」ランサム＝ジョーンズ夫人は、パットとメアリーを背後に従えたバーン夫人とあいさつをかわしていた。

「いい集まりでしたわね」バーン夫人が言った。「子供ともども、とても楽しませていただきました」

「素敵な時間を、どうもありがとうございました」とメアリーが言い、パットも「ありがとうございました、ランサム＝ジョーンズ夫人」とあいさつした。

バーン夫人と、そのうしろを素直についていく子供たちを皮切りに、来客たちの帰り支度がはじまり、ランサム＝ジョーンズ夫人が三、四人を相手に、まとめて別れのあいさつをしていると、隣にいた妹が唐突に言った。「彼は、あっちよ。飲んでいるわ」その声はとても低く、ほかのだれにも聞こえないほどだったので、ランサム＝ジョーンズ夫人は自分も聞こえなかったふりをし、見送りの言葉を続けた。「さようなら、今日は来てくれて本当に嬉しかったわ」

「うちの人が見つからなくって」メリアム夫人が浮かれた調子でランサム＝ジョーンズ夫人に言った。「まさか、置き去りにして帰るわけにもいかないしね」

ハリエットが母親の腕を引いて「それだったら、中にいるわ」と教えた。「パパにはパパの判断で、あとから帰ってきてもらいましょうよ」

「本当なの、ハリエット？」と、メリアム夫人。「いい子だから、急いでお父さんを連れてきてちょうだい」

ハリエットは絶望的に重たい気分で屋内に入り、台所へ向かった。台所の戸口ではヴァージニアがロバーツ氏と踊っている最中で、その横をすり抜けると、ヴァージニアが「ハリエットがいるわ」と言って、ロバーツ氏と声をそろえて笑った。ハリエットは、ここにいるだれかに父のことを訊くのは無理だと悟った。ランサム＝ジョーンズ氏とデズモンド氏とドナルド夫人とロバーツ夫人はとんでもない大声で歌っていて、邪魔することなどとてもできないし、かといって、ヴァージニアに声をかけるのは死んでもいやだ。すると、やがてデズモンド氏が歌うのをやめて、話しかけてきた。「パパを捜しているのか、ハリエット？　だったら、あの奥だよ」そう言って、食糧庫のほうを顎で示した彼のしぐさは、そこに想像を絶する恐怖が待ち受ける予感を与えるものだったが、ハリエットは食糧庫の扉をあけて、用心深く入ってみた。彼女の父親はひとりで、ひっくり返して置いてある洗い桶に座っていた。片手には酒がなみなみと入ったグラスを、もう片方の手には煙草を持って、目を半分とじたまま、なにやら鼻歌を歌いながら、笑みを浮かべている。ハリエットが「パパ?」と声をかけると、メリアム氏は飛び上がって振り向いた。笑みはすっかり消えていた。「もう、帰るのか?」そう言って彼は立ち、持っていたグラスを注意深く棚に置くと、ハリエットに近づいた。「おまえとお母さんさえよければ、わたしはいつでも帰れるよ」

父親のそばにいることで、ハリエットはさっきよりも安心した気持ちになって台所を通っていったが、ヴァージニアのそばまで来ると、彼女がすれ違いざまにハリエットの父の腕をつかんだ。「待ってよ、ブラザー・メリアム、まだあたしと踊ってないじゃないの」すると、メリアム氏は愛想よく「また今度」と返して、ハリエットとともに庭に出た。

彼は完全に素面に戻り、完全に従順な態度で、なんら渋ることなくランサム=ジョーンズ夫人に別れのあいさつを告げたが、それでも家に帰る道すがら、妻にこう言った。「なあ、今日のパーティは実に楽しめたよ」

「台所で?」メリアム夫人が切って捨てるように言い、あとは家まで、みんな黙って歩いた。

ドナルド夫人とロバーツ夫人がとげを含んだ言葉の応酬を続けているさなか、デズモンド夫人が台所の戸口に姿を見せた。それに気がついたのは夫のデズモンド氏だけだったが、自分を見ている妻の表情にただならぬものを感じた彼は、すぐさま廊下に出た。台所から見えない場所まで来ると、デズモンド夫人は夫の腕を荒々しくつかみ、自分のそばへと乱暴に引き寄せた。彼は驚きに言葉を失った。

「キャロラインはどこ?」デズモンド夫人が問いただした。「あの子はどこにいるの?」

「もはや、疑問の余地など、まるでないわ」と、バーン夫人が言った。彼女は、夫のティーカップの外側に触れてから、そっとテーブルに置いた。「まだ熱すぎるから、飲むのは一分ほど待ってね。まさか、あんな風だなんて、これまで疑ったこともなかったのに」

「台所で踊ってたよ」横からメアリーが発言した。「コートを取りに行って、あたし、見ちゃった」

「すぐ近くに何年も暮らしていたって、他人の本当の姿を知ることはできないということよ」バーン夫人は胸の内を吐露した。「想像してみて、あの台所を」

「女が酒を飲んでいる姿は好きじゃないね」バーン氏が尊大に言った。「子を持つ母親なら、なおさらだ」

「なのに、あんな台所なんかで」バーン夫人が盛大に身を震わせた。「ジョゼフィン・メリアムがどう思ったか、見当もつかないわ」

「それなら、ランサム＝ジョーンズ夫人でしょ」メアリーが口をはさむ。「なんたって、彼女の旦那さんなんだから」

「メアリー」バーン夫人が注意する。

パット・バーンがいきなりグラスを置いた。「ぼくは、ミス・フィールディングがどう思ったか気になるな」と、笑い出す。

「パパが行かなくて、本当によかったわ」バーン夫人はそう言ったあと、ふと気がついたように続けた。「玄関のベルが鳴らなかった？　パット、見てきて」

パットはナプキンを置いて、席を立った。「きっと、どこかの酔っぱらいだよ」その言葉に、母親の「パット！」という注意が飛ぶのを聞きながら、彼は部屋を出て行った。

玄関に行きつく前に呼び鈴がまた鳴って、パットは「つたく、何度も鳴らすなよ」と文句をつぶやきながら、「はい？」と扉をあけた。外に立っていたのは、トッド・ドナルドだった。

「話があるんだ」トッドが言った。その声はいつにもましてか細く、しかも彼は片手を伸ばして、パットの袖をつかんできた。「聞いて、パット。ぼくたちはずっと、すごく仲のいい友だちだったよね、だから、きみにぼくの自転車を買ってほしいんだ」

「自転車って？」パットは驚いて訊き返した。

「ぼくの自転車さ」トッドの声はしつこさを帯び、トーンが高くなった。「きみに、ぼくの自転車を売るって言ってるんだ。きみは自転車を持ってないから、ぼくのを譲ってあげるよ」

「おまえの自転車なんて、いるもんか」パットが扉をしめようとすると、トッドが袖をつかむ手に力をこめた。「待って、パット、きみは買わなきゃだめなんだ。ぼくがきみに自転車を売るから。こうすること、ぼくはずっと前から考えてたんだ。本当だよ」

「おまえ、頭がおかしいよ」

「たった五ドルでいいんだ」トッドが切羽詰まった声で訴えた。「お父さんに頼んだら、きっと出してもらえるよ。いい自転車なんだ、知ってるだろ？」

バーン夫人の声が台所から聞こえてきた。「パット、どなたなの？」それに対して、パットは「なんでもない、だれもいないよ」と答えてから、「おい」と、トッドに言った。「さっさと帰れ。おまえの古い自転車なんかいらない」

「いい自転車なんだ」トッドの口調に激しさが増した。「それに、ぼくのを売るんだから、大丈夫だよ。あれはジェームズがぼくにくれて、今は、ぼくの自転車なんだ。五ドルでいい、お父さんに頼んでよ」

「パット？」バーン夫人が台所の戸口から呼びかけた。「だれが来ているの、パット？」その声は玄関に近づいてきているように聞こえる。トッドは「お願いだよ、パット」と言って、つかんでいた袖を放し、軽く身を引いて立った。

「家に帰れ」パットが不機嫌に言う。

「だれにも言わないで」そう言うと、トッドは道路のほうへ走り去り、それと同時に、玄関に立つパットの背後にバーン夫人が現れた。

「いったい、だれが来ていたの？　なんの騒ぎ？」

「トッド・ドナルドだよ」と、パットが答えた。「あいつ、様子がおかしくてさ」

「なんの用だったの？」バーン夫人は玄関の外に一歩踏み出し、道路のほうを見た。

「ぼくに自転車を売りたいとかなんとか言ってきたんだけど、その態度がすごく変だったんだ」

「ほら、あれ」突然、バーン夫人が言った。ランサム＝ジョーンズ家のほうから、かすかに歌声が聞こえてくる。「気分が悪いわ。中に入りなさい、パット」


「全然、見ていません」ミス・フィールディングは鍵をかけた玄関の内側から、かすかな声で答えた。「ごめんなさい、もう寝ていたので、お嬢さんのことは全然、見ていませんわ」

「黄色いワンピースを着ていたんです」デズモンド氏は両手を扉に押し当て、戸板に顔を近づけて言った。

「黄色いワンピースで、髪には黄色い──」

「ごめんなさい」ミス・フィールディングは、さらに弱い声で答えた。「わたし、寝ていたんです」

　フレデリカ・テレルは何度もくり返して言った。「だから、言ってるじゃないですか、ちゃんと見てきたばっかりだ、って、あの子は自分がいるべき、自分のベッドで寝てます」

「きみの妹さんじゃない」デズモンド氏が言った。「彼女の話をしてるんじゃないんだ。キャロラインの話、わたしの小さな娘の話だよ」彼は玄関扉の端をしっかりとつかんだまま、それでも、フレデリカの言いだすことを予測して、すぐにここを立ち去れるように半身に構えて立っていた。

「その子、お金は持ってたんですか?」彼女なりの突然の理解を得て、フレデリカが訊き返した。「だって、ほら、お金を持ってると、それを使いに出て行っちゃって、使い果たすと戻ってくるって、よくあるから」

「これは、わたしの小さな娘の話だ」デズモンド氏はその場を離れながら言った。「娘はまだ、三歳なんだよ」彼は肩越しに叫んだ。


「まあ、なんてことでしょう」パールマン夫人が言った。「あの小さな赤ちゃんが?」

「三歳です」それが重要な点であるかのように、デズモンド氏が言った。

「デズモンド夫人も、なんて、なんて、かわいそうな人なんでしょう」パールマン夫人はデズモンド氏の腕に軽く触れて言った。「ちょっとお待ちになって。夫を呼んできますから」


「よそから来た人間が連れてったんだろうねぇ」マック夫人が老いた大きな頭でうなずきながら言った。「壁のあちら側から来た連中さ」

「娘は迷子になっただけだと、わたしたちは考えているんです」デズモンド氏が言った。「きっと道に迷っているんですよ」

「ここの人間じゃあない」マック夫人が続けた。「小さな女の子が連れてかれるような場所と違って、このご近所は、いい人ばかりだからね」

デズモンド氏は、わめいたりパニックに陥ることなく、まだ落ち着きを保った声を出し続けている。「これまで、こんなふうに迷子になることなんて、なかったのに」

「なるほど」マック夫人はまたうなずいて「それが起こってしまったんだね」と、物知り顔に言った。

「ここには来てません」ハリー・マーティンが言った。「おばあちゃんを起こしてきましょうか?」

「よその子について行ってしまったんじゃないかと思ってね」デズモンド氏が言った。「つまり、うちの娘が、どこかの子のあとを追って、行ってしまった可能性もあるから」

「でも、こっちには来ないですよ」ハリーが言った。「おばあちゃんを起こしてもいいけど、このへんには絶対にいないと思います」

「どうもありがとう」と、デズモンド氏。

「いいえ、お役に立てませんで」と、ハリーが言った。


デズモンドの家を訪ねたメリアム家の三人は、だれかが出てきて迎え入れてくれる様子もなかったので、返事を待たずに踏み入った。屋内にデズモンド夫人の気配は感じられず、また、デズモンド氏が近所の家を一軒一軒まわっていることは知っていたが、そのままホールに立っていると、じきにジョニー・デズモンドが現れ、三人を見るなり、たずねてきた。「見つかりましたか?」

「あなたたちの力になりたくて来たのよ」と、メリアム夫人が答えた。

ジョニーは悄然と両手をひらいて見せた。「どうすればいいか、わからなくて」

「お母さんはどこ?」メリアム夫人は自信たっぷりに顎を上げた。「そばについていてあげたいの」

ジョニーは家の奥のほう、メリアム一家が一度も入ったことのない扉が並んでいる先を身振りで示した。

「自分の部屋にこもってます」

メリアム夫人はぐっと胸を張り、それでも、そわそわした手の動きは止められないまま、教えられたほうへと廊下を進んでいった。それを見ながら、ジョニーが言った。「おばさんがいてくれるなら、ぼくも捜すのを手伝いに外に出ても大丈夫ですよね」

「ハリエット、おまえはここに残ったほうがよさそうだ」メリアム氏が言った。「わたしはジョニーと行って、デズモンドを見つけ、なにをどうしたらいいか話し合ってくるから」

ハリエットは母親が消えていった部屋のほうをおずおずと見た。「わたし、パパたちと行くほうがいいわ」

彼女は父親とジョニーについて外に出ると、ペッパー通りの歩道を歩きはじめた。「いつ、妹さんがいないことに気づいたんだ?」彼女の父が質問し、ジョニーが答えた。「今日のパーティで、帰る支度をしていたときです」

「五時頃か。ずいぶん前だな」

「それからずっと捜しているんです」

通りを半分ほど来たところで、急いで上着をはおってきたらしいバーン氏とパットに出会った。「見つかったか?」バーン氏が訊いた。

「いや、まだだ」メリアム氏が答える。歩道の上で身を寄せ合った男性四人は、おぼつかない様子で佇み、ハリエットはその輪から少し離れて待った。彼らは全員、どこかばつの悪そうな顔をしていた。ひょっとすると今夜のことは、つまらない真相が明らかになって終わるだけかもしれず、だとしたら、山場を演じる役者みたいな態度で語ったり行動したりしている今の自分たちは、ずいぶん間抜けなことをしているものだと、だれもがそう感じているかのように。

「あんな小さな子が、ひとりでどこに行けるというんだ」バーン氏がようやく口をひらいた。

「父を見つけましょう」ジョニーが言った。「メリアムさん、まずは父を見つけないと」

一行は先へ進みはじめた。やがてロバーツ家にともる明かりが見え、メリアム氏は迷いのない足取りで玄関まで行き、呼び鈴を鳴らした。応対に出たのはロバーツ夫人で、いつもより顔が赤らんで見える彼女は、高ぶった様子で言った。「まあ、あなただったの、メリアムさん。あの子はもう、見つかった?」

「いいえ、まだ」と、メリアム氏。

「あの子とは今日の午後に会ったけど、ほんのわずかな時間だけだったの」ロバーツ夫人が言った。「ほんとに、チラッと見ただけでね。うちの子たちは、全然、見ていないって。あの子は、ここらの子供と遊んだりしないから、それも当然だけど。とにかく、うちはみんな、あの子を見てなかったわね」

「これからみんなで、あの子の捜索をすることになると思います」メリアム氏が重々しく言った。「特に、男は総出で捜索に参加すべきだと思いましてね」

「はぁ」と、ロバーツ夫人は相槌を打ち、それから「あぁ!」と声をあげた。「つまり、マイクを呼んでこい、ってことね。ちょっと待って」彼女は戸口から何歩かさがって、奥に呼びかけた。「マイク! ちょっと、こっちに来て」

居間のほうから、ロバーツ氏の不機嫌な声が聞こえてきた。「今度は、なんなんだ?」それに対して、ロバーツ夫人は「メリアムさんが、あなたに会いに来てるのよ」と言い返し、それからメリアム氏に「ちょっと待ってね」と、くり返した。

ロバーツ氏は一歩ずつ慎重に足を運ぶ、いささか不安定な歩き方で玄関にやってきた。その髪はくしゃくしゃで、妻の横を通りしな、顔をしかめて彼女をにらみ、玄関の戸枠にもたれかかった。「やあ(イブニング)、メリアム。

わたしに用かい?」

メリアム氏は面食らいながら言った。「いや、実のところ、特別な用があったわけじゃないんだが、人手は多ければ多いほどいいと思ったんでね」

「デズモンド家のお嬢ちゃんがいなくなったの」ロバーツ夫人が横から言った。夫を冷たく見すえる彼女の顔には独善的な笑みが浮かび、目は勝利の喜びに光っている。「今日の午後、姿を消しちゃったのよ」

「いなくなった?」ロバーツ氏が恐怖に顔色を変えた。「誘拐か?」


ハリエットは、ジョニーとバーン家の親子とともに歩道で父を待っていたが、一分ほどたったところで、三人に「ちょっと、ごめんなさい」と断り、ひとりでこっそり先に進んだ。彼女はパールマン家にまだ明かりがともっているのを見て驚き、それから、もう夜更けのような気がしていたけれど、本当は、まだ十時にもなっていない時刻だったのだということに気がついた。彼女はポーチの階段を素早くのぼって、玄関のベルを鳴らした。

「パールマン夫人」彼女は息を切らしてたずねた。「デズモンドさんは、こちらにいらっしゃいました?」

パールマン夫人は驚いた顔でうなずき、それから叱るような表情になった。「こんな遅くに出歩くなんて、だめじゃないの。さあ、入って、じきに夫が帰ってくるから、それまで待っていなさい。あとでお宅まで送ってもらうわ」

「無理です」ハリエットは答えた。「今、うちにはだれもいないし。だって」パールマン夫人があからさまに顔をしかめたのを見て、ハリエットは頭の整理がつかないまま、言葉を続けた。「つまり、あたしは、デズモンドさんがまだここに来ていなかったら、パールマンさんは知らないでいると思って」

「デズモンド氏なら、ついさっき、いらしたわ」

「みんな、あの子を捜すために出ているんです」


「あなたはひとりで外にいちゃだめよ」パールマン夫人が続けた。「あぁ、あの人もなんてかわいそうなのかしら。さあ、ちょっとお入りなさい。わたしとマリリンが一緒にいてあげるから。ただし」ハリエットを見つめたまま、彼女はこう言い足した。「ただし、あなたのお母さまが、あなたがマリリンの家に来たことを知って、気を悪くするかもしれないと思うのなら、無理には勧めないけれど」

ジェームズ・ドナルドは母親と妹を連れ戻しに、ランサム＝ジョーンズ家に行った。玄関のドアがあいていたので、彼はホールに入って、声をかけた。「こんばんは」


ミス・タイラーがどこからともなく現れた。たぶん、寝室にいたのだろう。その証拠に、薄いネグリジェの上に日本の着物をはおった格好でいる。「ごきげんよう」彼女は堅苦しくあいさつをした。「なにか、ご用かしら?」

「妹を捜しているんです」自分の母親までここにいることを、この女性には伝えたくなくて、ジェームズはそんな言い方をした。

「みんな、台所にいるわ」そう答えたあと、ミス・タイラーはわずかな悪意を含ませて続けた。「きっと、みんなで朝食をとっているんじゃないかしら」

「お休みの邪魔をして、すみません」ジェームズは、どうやって台所まで行き、そのあと、どうやってここを出たらいいかということばかりを考えて言った。「台所は、あっちですか?」

彼は扉があいたままになっている戸口へと進みかけ、ミス・タイラーの妙に熱を帯びた低い笑い声に、その足を止められた。「そこはわたしの寝室よ」彼女はそうささやくと、彼の横をすり抜けて部屋に入り、叩きつけるように扉をしめた。「廊下をそのまま、まっすぐお行きなさい」扉の向こうで、彼女が言った。「わんぱく坊主さん」

ジェームズは廊下を先へと急いだ。台所に近づくと何人かの声が聞こえてきて、母親の甲高い声が響いた。

「新しいコーヒーが入ったわよ」と、叫んでいる。

ジェームズが台所の自在扉（スイングドア）を押しひらくと、彼の母親が金切り声をあげた。「わたしの坊や！　見て、みなさん、わたしの坊やの登場よ！」

そこにいたのは、ランサム＝ジョーンズ夫妻とドナルド夫人とヴァージニアの四人で、みんなでテーブルを囲んでいた。ヴァージニアはランサム＝ジョーンズ氏と熱心に話しこんでいて、台所に入ってきたジェームズを見ようともしなかったが、ドナルド夫人はぱっと駆け寄り、両腕をまわして抱きついた。

「こっちに来て、コーヒーを飲みなさい、ハニー」そう言ったあと、彼女はランサム＝ジョーンズ夫人を見て、浮かない表情を作って訊いた。「うちのハニーちゃんも、コーヒーをいただいて、いいかしら？」

「母さん」子供っぽい声が出てしまったことを悔やみながら、ジェームズが言った。「母さん、家に戻ってほしいんだ。今、すぐに」

「今の、聞いた？」と、ドナルド夫人が言い、ランサム＝ジョーンズ夫人が調子を合わせたやさしい声で「本当にいい息子さんねぇ」と答える。

それに構わず、ジェームズは言った。「とんでもない事態が起こったんだよ」

最終的には、近所に住むほぼ全員が、伝統的に言うところの忘れられた村広場——ドナルド家の前の歩道に集まった。今回ばかりは、子供たちも親のそばにくっついていた。ほとんどの母親が我が子の身体に手を置いていて、隣には、それぞれの夫が立っている。子供たち自身も静まり返って、不安のあまり、いつものように目配せをしあうこともなかった。

「あの人も、かわいそうなことよね」パールマン夫人が親しげな口調でバーン夫人に話しかけた。彼女は自分の前にマリリンを立たせ、その肩を両手でしっかり押さえている。「考えるのも恐ろしいような目にあって、本当に、かわいそうな人」

メリアム夫人はまだデズモンド家に残っていたが、ハリエットは父親のそばにくっついて立っていた。「男性諸君」彼は声を張っていた。「男性諸君は懐中電灯を持って」

「警察には、彼がうちから電話しました」と、バーン夫人が言った。「あの子を捜すために、だれか、お巡りさんが来てくれるはずです」

ドナルド夫人とヴァージニアは人の輪から少し離れて立っていて、そのそばにはジェームズもいた。「こんなことになってたなんて」ドナルド夫人が泣きながら言った。「わたしたちが、もっと早くに気づいていたら」彼女の隣にはランサム＝ジョーンズ夫人が立っており、彼女はそちらを見て、ランサム＝ジョーンズ夫人に言った。「わたしたちが、もっと早くに気づいてさえいたら、よかったのに」

だれもかれもが、これという目的もないままにしゃべっていた。みんながなにかを待っていた。今の状況をはっきりとさせてくれるであろう、だれかの行動を待っていた。今回の出来事がどういう類のものであるのか、それが判別できない限り、だれも行動を起こしようがなかったのだ——これが、とんでもなく盛り上がってしまっただけの空騒ぎなら、あとは、みんなでおとなしく家に帰れば、それでいい。しかし、これが緊急事態で、危機的状況で、悲劇的事件であるならば、彼らは、人として共に行動するために集まり、同じ地域に暮らす男女として、男たちは危険な問題に立ち向かうべく外へ出ていき、女たちは両手をもみ合わせながら、窓辺に立って、事の成り行きを見守ることになる。

デズモンド氏は輪の中心に立っていた。不安に震えおののきながら、同じ言葉をくり返していた。「すぐに見つけてやらないと、あの子は死んでしまいます。あの子のために、ほかにどうしてやればいいのかわからないが、あの子が死んでしまうんです」

ランサム＝ジョーンズ氏とメリアム氏は、互いに主導権を取ろうとしていた。メリアム氏が「ここにいる男が全員、懐中電灯を持てば、自分たちで捜しに行けます」と訴えている一方で、ランサム＝ジョーンズ氏が「念のために、わたしも電話をしておいたので、警察はじきに到着するはずですよ」と話している。

ある種の強烈な興奮が、その場の空気を支配していた。パールマン夫人はマリリンの背後で「なんて、かわいそうな人かしら」と感傷的につぶやき、ドナルド夫人は「もっと早くに気づいてさえいたら」という文句をくり返していたが、集まった人々のなかで、キャロライン・デズモンドが無事に戻ってくることを心の底から願っている者は、ひとりもいなかった。彼らの心を一番に占めているのは、喜びの感情だった。なぜなら、今夜のこの恐怖、生存競争の非情な指先は、明かりがともる自分たちの安全な家のすぐそばに迫って、自分たちに触れそうになっていたのに、どの家の安全も脅かすことなく、立ち去っていったのだから。そう、たったひとつの家を除いて。苦痛によってもたらされる、激しい快楽がある。だからこそ、苦悩するデズモンド氏の姿を、彼らは貪欲な目で見つめ、そのあと、罪悪感に駆られて視線をそらした。

「男性諸君は、懐中電灯を持って」メリアム氏が言った。

ジェームズ・ドナルドは母親のそばを離れ、メリアム氏のところへ来て、言った。「懐中電灯なら、ぼくも二本、持ってます。捜索は一刻も早くはじめるべきだと思いますが」

「名案だ」メリアム氏は、そのことに初めて気がついたように言った。デズモンド氏が「今のは――ジェームズか?」と近づいてきて、彼の肩に手を置いて、言った。「わたしたちが見つけてやらないと、あの子は死んでしまうんだ」

ジェームズも、さすがに今回は、低く抑えた落ち着きのある声を出すように心がけた。その声で、もう一度言った。「今すぐ、はじめるべきです」

ジェームズの横には、それぞれデズモンド氏とメリアム氏がいて、そのふたりが、彼を見ながらうなずいている様子は、まるで、ここから先の指揮はジェームズがとることになったかのようだった。バーン氏が「そうだ、ただちに」と言い、ランサム＝ジョーンズ氏が「警察が来たら、すぐに」と言った。

淡い色をした街灯の下で、ジェームズの頭は大人の男性たちとほぼ同じ高さで並んでおり、雄々しい意見をきっぱりと語るその声も、大人たちの声に馴染んでいた。と、そのとき、パット・バーンが急に母の手を振り払い、前に出て大声で言った。「だれか、彼らにトディのことを話してやった?」

「トディ?」デズモンド氏が漠然とくり返す。

「トディ?」ドナルド夫人が言って、自分のそばを見まわした。「トディ?」

とたんに、だれもがトディの姿を捜しはじめた。パット・バーンは母親に止められることなく、大人の男性たちが集まっているところへ歩み寄り、精一杯、低い声で言った。「トッド・ドナルド。彼は今夜、ぼくのところに来て、自転車を売りつけようとしたんですが、その様子が、すごく変だったんです」

フレデリカ・テレルは玄関先の階段に立っていた。ベバリーがまだ眠らずにいるので、家を離れる危険は冒せなかったが、そのかわりに首を伸ばして外の人々を眺めていて、だれかが声をあげれば、それは彼女の耳にも届いた。そうやって彼女が見ていると、男性たちの輪が崩れて、だれかがだれかに歩み寄ったり、話をしたりしはじめるなか、デズモンド氏はしばらくひとりきりになり、両手を握り合わせながら、しきりに首を動かしてペッパー通りを見わたしはじめた。そんなんじゃ見つかりっこないわ、とフレデリカは賢しらに考えた。ただそこに突っ立ってたって、逃げた人間を見つけることなんか、絶対にできないんだから。

隣の家では、ドナルド氏が、扉をあけたまま玄関口に立っていた。彼は、前の車道に広がっている人々のほうへ行きかけて、でも、さして進まずに元の位置に戻るという動きを、何度かくり返していた。片手に持っている本は読みかけのページに指を挿していて、時々、自分の家を振り返っては、明かりのともった居間の窓を恋しそうに見ている。さっさと家に入ればいいのに、とフレデリカは思った。あの人が出て行かなくたって、あそこには、じゅうぶんすぎる数の人間が立ってるじゃない。そのとき、通りに集う人の群れからジェームズ・ドナルドがいきなり飛び出し、父親のいるほうへと走った。「トディは?」父に近づきながら、ジェームズが訊いた。「家にいる?」

ドナルド氏が首を振ると、ジェームズは横をすり抜けて屋内に駆け入り、一分ほどで玄関に戻ってきた。「ここにはいない」そう言ってから、彼はフレデリカを見て、声をかけた。「うちの弟を見なかった?」

「昨日、見たわ」と、フレデリカが答える。

「違う、今日だよ」ジェームズが言った。「今夜の話だ」

「いいえ。昨日、見たっきりよ」

突然、ドナルド夫人が大声をあげた。「トディ」彼女は泣き叫んだ。「わたしの坊や」

ドナルド夫人のそばにいた女性たちは一斉にさっと身を引き、ヴァージニアが乱暴に言い放った。「お母さん、黙って!」

ジェームズが自宅の玄関先から動かずにいるあいだも、パット・バーンは大人の男性たちと車道に固まって立っていた。そして「彼の態度があまりに変だったので、ぼくもすごく驚いたんです」と力説した。
すると、今の今までなにも言わず、懐中電灯を手に、だれかの号令で夜の捜索活動がはじまるのを待っているだけだったパールマン氏が、すでにみんなが心のなかで思っていたことを口にした。「ふたりの子供が一緒だとしたら」彼は静かな声で、分別くさく問いかけた。「その少年は、なぜ、女の子を家に送り届けなかったのだろう？」

その場の全員が押し黙った。これで、次に口をひらく者は、さらに酷いことを言わなければならなくなったと気づいたからだ。それは、だれもが等しく考えていることで、事の真偽はまだわからずとも、このペッパー通りで起こりうる出来事の中で最悪の、恐ろしい想像を表わす言葉になるはずだった。

街灯が投げかけている淡黄色の光のように、この場の全員の上にピンと広がった薄い膜、だれがそれを言うのかと、一番小さな子供にまで期待と不安を覚えさせた緊張の帳（とばり）を破ったのは、当然といえば当然、デズモンド氏だった。「トディ！」その名前だけを発すると、彼は車道からドナルド家側の歩道にあがり、玄関前の私道に立っているジェームズに叫んだ。「彼はわたしの娘になにをしたんだ？」

フレデリカはあわてて玄関に背中を押しあてた。ここでうっかり扉があいて、その小さな音や動きがデズモンド氏の気を引いたらと思うと、怖かったのだ。デズモンド氏の背後では、車道に残った人々がひとつに集まり、だれもその輪から抜け出せないほど、いっそう身を寄せあっている。その顔や手元は街灯に照らされ、フレデリカからもよく見えたが、あまりにぴたりとくっついているので、だれがだれやら顔の区別がつかず、それでいえば手も、自分ではなく他人の手と固く握りあっているのかもしれなかった。

パット・バーンとパールマン氏は、キャロラインの捜索にやってきたふたりの警察官とともに、森の小川を目指していた。道すがら、目的地への案内役を務めながら、トッドについて知っていることを警官たちに語り聞かせるパットは、三人の大人と同じように歩幅を大きくとった勇ましい足取りで歩き、これまでしたことのないような大胆な言葉使いで話をしていた。

　道に沿って歩いているときも周囲はすでに暗かったが、小川近くの木立に入るとその暗さはさらに増して、本物の道案内よろしくひとりで先頭を歩くパットは、無理にも気持ちを奮い立たせないと、いささか緊張している様子で話す声も震えがちなパールマン氏のところまで、ずるずると後退してしまいそうだった。いったん森に入ると、パットは無口になった。ふたりの警察官は「ほら（ゼア）」とか「そこに（イン・ヒア）」といった短い言葉でやり取りをしており、そのうしろにいるパールマン氏は、何度も転びそうになりながら、のろのろとついてきている。やがてパットは、前方の暗闇にいっそう目を凝らした。黒々と広がっているのは、まるで見覚えのない場所だ。目印となる倒木を見落として進んでしまったらしく、どこにいるのかわからない。こうなると、警察官たちの着実な捜索活動における彼の存在意義は消え、きびきびとした短い言葉のやり取りが続くあいだにも、懐中電灯の光が照らす先にはパットの助けとなる景色が現れず、彼は背筋の凍るような不安に突き落とされた。

　それでも、ついには警察官の「あそこだ」と言う声が響いて、もうひとりの警官の「確かに」と応じる声も聞こえて、パットは反射的に彼らの明かりのほうへと急いだ。なにがあっても動じないだけの心の準備もないままに、暗闇の先へ、捜索対象が待っている場所へ近づいた。半身で肩越しにのぞいたパールマン氏が「なんたることだ」と言葉をもらし、それに誘われるように前に出たパットは、警察官が双方から照らしている場所に目を向けた。見るべきものはただひとつ、地面に横たわるキャロライン・デズモンドの姿だけで、パットはそれをはっきりと見て言った。「キャロライン・デズモンドです」

少女はおそろしいほど汚れていた。いまだかつて、こんなに汚い格好でいるキャロラインを見た者などいただろうか。黄色いワンピースと黄色い靴下は泥まみれになり、そして、懐中電灯の明かりのもとでは確かにそうだと言えないものの、もちろん、パットはすぐに理解した。彼女の頭部全体を覆っているのは、間違いなく血液だ。森の小川で、パットも渡ったことのある倒木から二十フィートと離れていない場所で、こんな光景を目にするのはまるで思いもよらないことだったが、本当に恐ろしいのは、キャロラインのすぐ横に、まるで彼女の持ち物のように転がっている、血のついた石の存在だった。それは、この小川の一部で、この場所のもので、パットが小川に遊びに来るようになったときからずっとそこにあったはずの石で、ひょっとしたら、彼がその上をまたいだり、両手で持ちあげたりしたことのある石かもしれなかった。これまでパットは、その石がそこにあることを意識して見たこともなかったが、だとしても、それはただの石として、そのままそこに置かれているべきものだった。

壁の裏側は、いつ煉瓦が落ちてくるかもしれず、安全な場所ではなかったが、それでもトッドは怖くて、ほかの場所に移動することができずにいた。なぜなら、懐中電灯を持った近所の人たちが、互いに声をかけあいながら、ペッパー通りを中心に端から端まで動きまわっていたからだ。自分を捜しているんじゃないかと、トッドはそう思ったものの、自分のことでこんな大騒ぎが起こったことは人生で一度もなかったし、なにより「ぼくはここだよ」と出て行ったとたん、自分を見た彼らがきょとんとして、そのあと、こいつは自分が捜されているつもりだったらしいぞと馬鹿にした笑いが起こるかもしれず、それを思うと、どうしても出ていけなかった。

壁の裏側にいるのは寒く、トッドはわずかに身体を動かすたびに、ゆるんだ煉瓦が落ちてくるのではないかと心配になって、そわそわと目を動かしては壁の様子を確認した。こんなふうに隠れるなんて、ロバーツ家の茂みにひそんで、ヘスターと兄の話を盗み聞きしたあの夜みたいだ。しかし、兄のジェームズの姿は、これまでのところ、どこにも見えない。トッドが壁の裏側に隠れたのは、ほんの数分前からで、だから彼は、自分の家族が自宅の壁の内側にいることを、ひとつの部屋に全員が集まっていることを知らなかった。うちの家族は自分を捜すことも面倒なのだろうと、そう思っただけだった。

彼のいるところからは、ランサム＝ジョーンズ氏とメリアム氏の姿が見えた。あのふたりはパーティの場でも、あんな感じに並んで立って、しばらく話をしていたっけ。トッドはランサム＝ジョーンズ夫人に別れを告げることなく、パーティ会場を後にしていた。パーティをこっそり抜け出すのは社会的に間違った行為で、今日はとても楽しかったです、と夫人にあいさつをするまで、形式上、彼はまだパーティ会場にいることになるのだ。トッドは少しばかり時間をかけて心の準備を整えて、いざ壁の外に出ようとしたものの、ランサム＝ジョーンズ夫人の姿を見るなり、また元の場所に身を縮めてしまった。ここにいる限り、彼は安全だった。でも、ベッドに入る時間は、とうにすぎてしまっている。

すぐ近くで声がして、用心しながら外をのぞくと、ロバーツ夫妻がコルテス通りをわたっていくのが見えた。「そうやって馬鹿みたいに飲みすぎるから、ほかの人たちと一緒に行けなくなるんじゃないの」と、ロバーツ夫人が話している。

その後、さらに長い時間がたった。そのあいだに、トッドはなんとか工夫して腰をおろし、しかも、どうやら壁に頭をあずけて眠りこんでいたらしく、はっと気づいて外を見ると、通りはがらんとした空気に包まれていた。どこにも人影はなく、明かりも見えない。本当にだれもいないのか、しばらく待って確認すると、彼は壁の裏からこっそり出て、コルテス通りを走ってわたった。そして、ミス・フィールディングの家の前で歩道にあがり、これまで何度もそうしてきたように、歩道の割れている場所をほぼ無意識に飛び越えながら素早く進み、みっしり植わった松の木を背景に暗闇に沈んで眠っている貸し家の前も抜け、そこで足を止め、震えあがった。松の木に隠れてよく見えなかった彼の家には、まだ明かりがともっていた。家族が自分の帰りを待っている、そんなことなどあるんだろうか？

トッドはそっと裏口にまわり、なかに人の気配がないことを確認すると、ようやくノブをつかんで慎重にまわした。扉をあけ、せまい戸口をするりと通り、あけた扉を静かに戻しながらも、ラッチボルトが鳴らないように、しめきる手前で手を放す。それから少し気をゆるめ、足音を忍ばせながら、裏階段をのぼっていった。ようやくたどり着いた二階の廊下は、明るくて、暖かくて、よく知っている安全な場所で、ここまで来ると、彼はもうゆっくり動くことなどしていられず、ベッドを目指して一気に走り、枕とともに頭まですっぽり布団をかぶった。

一階の居間で、ジェームズが天井を見上げた。「今、なにか聞こえなかった？」そう言いながら、彼は家族を見まわした。母親はもう泣きやんでいて、父親は本を読んでいて、ヴァージニアは指に髪を巻きつけている。ジェームズは腰をあげ、「もう一度、見てきたほうがよさそうだ」と言って、二階に向かった。そして、弟と一緒に使っている自分の部屋の前で、声をかけた。「トディ？」

「なに？」ベッドからトディが答えた。

「クソッ！」そう吐き出すなり、ジェームズは階段のほうへ走り、最上段に立って下に怒鳴った。「みんな、トディはここだ！　ここにいる！」

母親と父親とヴァージニアが階段下からこちらを見上げるのを見て、ジェームズはさらに怒鳴った。「ヴァージニア、デズモンドさんを連れて来い、早く！」

その警察官は医者のようであり、歯医者のようであり、半額で入場させる前に年齢確認をしようとする映画館の人のようだった。職務を示す制服を魅力的に着ている点を除けば、トッドを見る彼の目は歯医者にそっくりで、あえて口にはしないけれども、お前のことは知っているし、お前が望もうと望むまいと、いずれはこちらの判断で痛い目に合わせてやるぞと、言っているかのようだった。あるいは、ここから逃げる道はどこにもないし、一番いい方法を知っているのは自分だけだと思っている医者のようだった。あるいは、法的に見て十二歳未満の子供をみんな嫌っているかのような、映画館の人によく似た表情をしていた。

トッドが警察官と座っている自宅のダイニングルームには、さっきまで大勢の人間が出入りしていた。険しい顔をしたジェームズ、母親と父親、それに、だれがだれだかわからない人々が、まるで自分たちの家にいるような態度でトッドのことを見ていった。そして、ついに彼は警察官と――歯医者と、医者と――ふたりきりになり、これから自分はどうなるのだろうと思っていた。

「さてと（オーライ）」ようやく口をひらいた警察官は、ドナルド氏が毎晩座っているテーブルの椅子にふんぞり返った。「もういい（オーライ）だろう」

トッドは相手をじっと見た。この部屋に連れてこられたとき、彼はいつもの席に迷わず進んだ。そして今、その場所に座って、椅子の脚に自分の脚をからませ、両手を膝に置いていた。

「よし（オーライ）」警察官が言った。「話を全部、聞こうじゃないか」

トッドは麻痺したように首を振った。口をあけたら、この男に、ドリルで歯に穴をあけられるかもしれない。腕を動かしたら、この男につかまれて、針を突き刺されるかもしれない。

「怖いのか?」警察官が言った。「そりゃそうだろう。さ、なにがあったか話すんだ」

トッドはまた首を振ったが、警察官は明るい色をした冷たい瞳で彼を見たまま、待っている。「いずれは話さなきゃならなくなるんだぞ、坊主。なら、早くはじめたほうがいい」

いずれは、しなきゃならなくなる……聞きなれた文句が頭のなかをぐるぐるまわり、トッドは椅子から腰を浮かしかけたが、警察官がさっと片手を伸ばすと、彼は座ったまま静かになった。

「いいかね」警察官が、少し厳しい口調になって言った。「今から一時間ほど前に、ふたりの警察官と――」彼は目の前の一枚の紙に視線を落とした。「――きみの友人のパトリック・バーンが、森の小川跡に行き、そこで幼い少女を発見した。だから、それについては、こちらもすでに承知している。きみはただ、なにがあったかを話せばいいんだ」

パトリック・バーン。パットのことだ。それが、あの小さな紙に書いてある。

「だれもきみを怖がらせたいと思っているわけじゃない」警察官は身を乗り出して、手にした鉛筆の先をトッドに向けた。ああ、今度はこれか、一番怖い、校長先生にそっくりだ。「これは深刻な事態なんだ。それを、きみにはちゃんと理解してほしい。さあ、わたしに話してごらん。きみが、どうやってあの少女を殺したのかを」

トッドは息をのんだ。以前、彼はテストのときに、教科書を見ながら答えを書いているところを見つかったことがあった。

「よく聞くんだ、坊主」警官が続けた。「われわれは、きみを牢屋に入れることになる」

それだけ言うと、警察官はトッドの返事を待たずに立ち上がり、テーブルの書類を集めながら言った。「また逃げようなんて思うなよ。しばらくひとりにしてやるから、そのあいだに、よく考えるんだ。全部話す気になったら、知らせてくれ」彼はダイニングルームを出ていった。容赦ない怒りをたたえた大きな厳しい背中が扉の向こうに消えた。

その後、警察官は自分で予定していた以上に長く、それこそ一時間近くも席をはずすことになった。それというのも、今や涙に暮れているデズモンド氏に廊下で引き止められてしまったからで、ようやくダイニングルームに戻ってみると、そこでトッドが死んでいた。

トッドは台所から物干しロープを持ってきて、毎晩、食事のときに座っていた自分の椅子に上ったのだ。吊り下がった彼の身体は、これまでの人生のどの瞬間よりも、まっすぐな姿勢をしていた。

警察官は戸口を一歩入ったところで、しばし立ち尽くし、トッドの姿を見つめながら、手に持ったままでいた書類の束を親指の爪ではじき続けた。そして「なるほど」と、大きく息を吐いたあと、最後にこう言った。「これで、本件は解決だ」

翌朝、ハリエット・メリアムは、なにか最悪のことがあったはずだという、おぼろげな記憶とともに目が覚めた。枕に頭をのせたまま、自分のなかに滞っている死んだようなこの感覚、それとわかる絶望感がどこから来たのかを探るように、朝日のあたる室内を見まわした。そう、なにかが起こったのだ。すると、少しずつ、少しずつ、いろんなことが浮かんできた。はっきりと覚えているのは、自分が外の通りに立っていたこと。それからひとりで帰宅して、暗いなかでベッドに入った。でも、その前には、確か、通りに近所の人たちが立っていて、そこには、デズモンド氏とデズモンド夫人の姿もあったはず。そこまで思い出して、ついに、あの出来事が脳裏によみがえった。あのとき、デズモンド氏が笑いながら立っていた台所の前を通って、自分はミス・タイラーに案内されるまま家の奥へと入り、そして言われたのだ……太っている、と。

不快な、胸の悪くなる言葉が、それを言ったミス・タイラーの小さな声で聞こえてきた。太っている。ハリエットは上掛け布団がかかっている自分の身体を見おろした。わたしは、巨大な山がぶざまに連なったような、みっともない身体つきをした、太った、太った、太った少女だ。

彼女は枕の幅いっぱいに首を振り、自分自身を見なくてもいいように目をつむった。そして思った。あなたは、この先もずっと太ったままよ。美しくなることもなければ、魅力的になることもないし、華奢な体形になることだってない。恥辱がもたらす高揚感に浮かされて、彼女は美しさを表現する言葉を知っている限り思い浮かべた。でも、それらの言葉はどれひとつとして、自分に当てはまることなどない。

やがて彼女は起き上がり、頬を涙で濡らしたまま、窓に目をやった。窓の外にはユーカリの木があり、その枝葉が、空を背景にレース模様を作っている。肉体のない軽い存在になって、あのレースの上に横になれたらいいのに。そうしたら、あのやわらかさに自分は沈んで、だれにも見えないところまで、深く、深く飲みこまれていって、二度と戻ってこないのに……。

「はっきり見たよ」そう言って、パットは目をとじた。「あれは、すさまじかった」

マリリンは無意識に笑みを浮かべて、せかすように言った。「それで、どんなふうだったの?」

「すさまじかったよ」パットは生き生きと語った。「血まみれの、泥まみれでさ。あれは、すさまじかった」

「石はそこにあったの?」ジェイミーが尊敬の面持ちでたずねた。

「もちろん。もうちょっとで触りそうになっちゃったよ」パットの言葉に、子供たちがそろってため息をもらす。「全体に血がべったりついててさ」

「すげぇ」ジェイミーは感嘆の声をあげ、腕を組んで、残念そうなまなざしになった。「ぼくもそこにいたかったなぁ」

「へえ」パットが鼻で笑った。「おまえみたいなガキんちょに、あれを見るのは無理だったと思うけどな。本当に、すさまじかったんだから」

「ちょっと、パット」メアリーが言った。「ちゃんと教えてよ、あの子、そんなにすさまじかったの？　つまり、全身血まみれだったわけ？」

パットは表情豊かに顔を動かした。「なにもかもが血まみれだったよ。おかげで、ぼくの靴まで汚れそうだった」

「うわぁ」マリリンは顔をくしゃくしゃに歪めた。「パット、あんたって、ひどすぎ！」


事件翌日の夕暮れ時、森の小川沿いをゆっくり歩いてきたメリアム氏は、倒木のところでパールマン氏とばったり出会った。ふたりは互いにきまり悪そうな笑顔を見せ、それから、並んで立って、小川の向こうに広がっているゴルフ場を眺めた。

「様子を見に来てみたんですよ」と、メリアム氏が言った。「ちょっと思い浮かんだことがあって、そのために、ここを見ておこうかと」彼は落ち着かなげに笑い声をもらした。「どうやら警察は事件が解決したとみて、すべての捜査を打ち切るようですが」

「そのようですね」と、パールマン氏が言った。「でも、しっくりこない気がしませんか？」

「同感です」メリアム氏がうなずく。「今回の件には、とにかく、しっくりこないものを感じる」

「妙に感じる点のひとつは、あの少年が小さすぎたことです」パールマン氏が熱をこめて言った。「あんなに身体の小さな少年が、あれだけの大きさの石を持ちあげられると思いますか？　理にかなっていますかね？」

「いいえ」メリアム氏が静かに答えた。「わたしも、そうは思いません」

「とにかく、不可能ですよ」と、パールマン氏は続けた。「それに、もうひとつ妙なのは、彼が家に戻ったことです。本当に犯人なら、帰って来たりはしなかったでしょう」

「知ってのとおり、デズモンドは、少年の服が血まみれだったと言い続けているんですが」メリアム氏は秘密を打ち明ける声で言った。「実のところ、このわたしも、家に戻ったトッドの姿を目にした人間のひとりなんです」そこで彼は、言葉の効果をあげる間をおいてから、こう続けた。「彼の服には血の跡なんてありませんでした。染みひとつ、ついていなかったんです」

「ということは、これもまた妙な点のひとつになりますね」と、パールマン氏。「彼が犯人なら、多少の返り血は浴びていたはずだ。そうでしょう?」

「わたしの考えを聞いてもらえますか?」メリアム氏が言った。「わたしは、流れ者の仕業じゃないかと思っているんですよ。たまたま、このあたりをうろついていた、老いて堕落した浮浪者じゃないかと。わたしは前から、子供たちがここらで遊ぶことに反対だったんです。いかにも浮浪者が住み着きそうな場所ですからね」

「言われてみれば、まさに」パールマン氏がうなずいた。「うちのマリリンも、よくここに遊びに来ているんですよ。下手をしたら、どんな目にあっていたことか、考えたくもないですね」

「うちの娘もですよ」と、メリアム氏も言った。

それからふたりは黙ったまま、静まり返った周囲の木立や、人気(ひとけ)のないゴルフ場を見つめた。少しして、パールマン氏が言った。「とにかく、すべてのことが、あまりに早く進んでしまった。あまりに性急すぎましたよ。だれもかれもが結論に飛びついてしまった」

「わたしに言わせれば、犯人は浮浪者です」メリアム氏がくり返した。

「あの人たちは知っていることを全部話していないんじゃないかって、わたしは思うの」メリアム夫人がそう言って、力強くうなずいてみせると、バーン夫人が耳に心地よい声で言った。「そうはいっても、これ以上の騒ぎは起こしたくないと思っている気の毒な人たちを責めることはできないわ」

「だけど、わたしは思うの」メリアム夫人は自分の言いたいことを強調すべく、前に身を乗り出した。「もし、自分に男の子がいたとして、その子がトッドみたいな、どこから見ても明らかに、その、正しくないところのある子で、どういう手を使ってか、ああいう小さい女の子を人気のない場所に連れていくようなことをしたら……って」彼女はまたうなずいて、それから椅子にもたれなおした。

「そうね」バーン夫人が言って、落ち着かなげに身じろぎした。メリアム夫人は「お茶のおかわりはいかが、バーン夫人?」と声をかけたが、バーン夫人は片手をあげて、その必要がないことを示した。メリアム夫人は低くこもった笑い声をもらして、続けた。「きっとあなたは、わたしがあの恐ろしい事件のことを話したいから、あなたを自宅に招いたのだと思っているでしょうね、バーン夫人。だけど本当に、わたしはどんなときも、あのことについて考えずにはいられない状態でいるの。それだけ、あの事件がわたしたち全員の心に生々しく残っている、ということでしょうけれど、だからこそ、考えるほどに腹が立つのよ。あの子が、あんなにあっさりと消え去ったことがね」

「あっさりと?」バーン夫人がぎょっとした顔でくり返す。

「だから」メリアム夫人はあわてて言った。「わたしの言いたいこと、わかるでしょう? もちろん、彼があんなふうに……ああいう手段を取ったことは、その前になにも話さなかったにせよ、自白したのと同じことよ。それでも、彼らはまず先に事実を集めるべきだったのよ」

「あの子はいつも、とても無口で目立たなかったわ」バーン夫人が言った。「だから、あの子のどこにそんな勇気があったのかと思うと、なんだか変な感じがするの。まさか自分でロープを取りに行って――」

「やめて」メリアム夫人が身を震わせた。「そんなこと、考えたくもない」

「そうね、それじゃ、うちのパットの話にしましょう。あの子も現場にいたから」と、バーン夫人が言った。「あの子、おまわりさんたちと一緒に行って見つけたのよ、あれ……キャロラインを。一緒に行かせてよかったなんて、今となっては、少しも思えないわ」そこで彼女がメリアム夫人を見ると、メリアム夫人は恐怖に目を剝いた顔をして同感を示した。「それでね」と、バーン夫人が続けた。「パット自身は、あれを、事故みたいなものだったんじゃないかと、考えているらしいの。たぶん、キャロラインはあの石の上に落ちて、頭を打って、トッドのほうは、彼女を助けられないとわかったとたん、おびえてしまったんじゃないか、って。納得のいく話よ」

「いいえ」メリアム夫人が反論した。「実際には、そんなことなど起こりえないわ、バーン夫人。あの少年のことを考えてみて。いつもいつも、どんな行動をとっている子供だったか。あの子は常に風変りだった。わたしもよく覚えているけれど、あの子はどんなときだって、おかしな態度を見せていたじゃない。その上で、公にされていない事実について考えてみて。これからわたしが言うことを、心に留めておくといいわ。今回の殺人事件が偶然起こった事故だとしても、この件に関しては、偶然という言葉では片づけられないほかの要素がいくつもあるのよ」そう言うと、彼女は口元をくっと引き締め、勝ち誇った顔をした。

「〃禍(わざわい)あれ〃」愛犬が辛抱強く見つめる前で、マック夫人はわずかに声を高くして朗読を続けた。「〃おのが家のために悪しき欲をむさぼり、災厄の手から逃れんとして高き場所に巣を構えんとする者に禍あれ！　汝はおのが家に恥ずべきことを謀りて行い、あまたの者を滅ぼして、おのが魂をその罪で汚した。ゆえに石は石壁から叫び、梁は建物からそれに答えるであろう。血によって町を造り、不正によって都を築く者に禍あれ！〟」


「今回の件はなにもかもが胸糞悪くて、ギャーっと叫びだしたい気分よ」ロバーツ夫人はベッドで身体を起こしたまま、暗闇にぼんやり浮かぶ夫を、怒りの表情で見おろした。「だいたい、あなたになにがわかるっていうの？」彼女は辛辣に迫った。「あなたなんて、したたかに飲んで、酔っぱらって、まともに立てなくなっただけじゃやないの」

「おやすみ」ロバーツ氏は枕に顔をうずめて言った。

「しかも、デズモンドさんへの、あの言葉」ロバーツ夫人はお構いなしに続けた。「あんな、みんなに聞こえるような場所で言うことかしら」ここで彼女は、トーンの高い物まね口調になった。「〝デズモンド、きみの小さなお嬢ちゃんが誘拐されたなんて、本当にお気の毒だよ〟」

むっとしたロバーツ氏は、寝返りを打って仰向けになると、理詰めで言い返すべく口をひらいた。「あのとき、おれが言ったのは――」

「あたし、死ぬかと思ったわ。まあ、彼のお嬢ちゃんのほうは、もう、あそこで死んでたわけだけど」

「なんてことを」ロバーツ氏はうめき、また寝返りを打って、うつぶせに戻った。

「あたしは、すごく恥ずかしかったの」ロバーツ夫人は声のトーンを一オクターブほどさげて続けた。「これからだって、きっと何度も、肩身のせまい思いをするんだわ。ほかのみんなが外で人助けに励んでいるのに、あたしの夫は酔いつぶれて寝てるしかないなんてことが起こるたびにね。すてきなパーティに呼ばれた結果が、ご近所でたったひとりだけ、死ぬほどお酒を——」

「おやすみ」ロバーツ氏はくり返した。

「しかも、ヴァージニア・ドナルドなんかと、大学生の男の子みたいに踊ったりして。子供たちだって、ずっとあそこにいたんですからね」暗闇のなかでベッドに起き上がったまま、ロバーツ夫人は泣きはじめた。


「ということで」フレデリカは反り返り、丸テーブルの向こう側にいる妹をじっと見た。ベバリーは口をあけたまま、両手をテーブルに置き、目を真ん丸にして聞いている。「わかった?」フレデリカは念を押した。「今、あんたに話してあげたことは、ひと言残らず、全部が本当のことなの。いつもいつも家から逃げ出すような悪い女の子がどんな目にあうか、これでわかったでしょ?」

「もう一回、聞かせて」ベバリーが興奮にあえぎながら懇願した。「フレデリカ、もう一回、聞かせてよ」


翌年の春、新しい道が予定通りに完成し、そこを最初にわたった人物はハリー・マーティンだった。ドナルド一家は夫人の実家があるアイダホに引っ越していき、以来、その消息を知る者はだれもいない。また、ミス・フィールディングは一年後に急逝し、メリアム一家が参列したその葬儀は、あまり人の集まらぬ寂しいものになった。パールマン氏は住み慣れたペッパー通りの借家を最終的に購入し、住みやすくするためにいろいろと手を加えたが、なかでも際立っていたのは車庫の増築で、そこには、彼がマリリンの十八歳の誕生日にプレゼントした車が収まっている。テレル一家は、ある日突然、引っ越していったが、新しい住所をだれかに教えることはなく、去っていくところをだれかに見られることもなかった。

ランサム＝ジョーンズ家で飼われていた猫のエンジェルが死んで、先に死んだ三匹が眠る庭の一画に、同じように埋葬された。その後、しばしの話し合いを経て、ランサム＝ジョーンズ家では茶色いシャム猫を新たに飼いはじめた。バーン一家は、電車通勤を嫌ったバーン氏の意向によって、ついにサンフランシスコの高級住宅地にある家に引っ越した。ロバーツ家では三人目の子供が生まれ、三男となるその子はフランシスと名付けられた。

壁が壊れて延びた道は、古びたペッパー通りと違って舗装がまだ新しく、路面もつややかできれいだったが、いささか滑りやすい素材が使われていたため、ローラースケートを楽しもうとすると、いつも不満が残る結果となった。そして最初の冬を迎えた頃には、歩道に大きな割れ目ができた。それは、ジェイミー・ロバーツが乾いていないコンクリートに残した手の跡のすぐそばだった。

マック夫人の家は、周囲の住民の入れ替わりが進むあいだも、むさくるしい田舎家の佇まいで残り続けた。あるとき、ドナルド一家の住んでいた家に引っ越してきた少年が、老婆の姿を見てやろうと、リンゴの木立の奥に侵入したところ、彼女は杖を振るって少年を追い払った。

ハリエット・メリアムは、母親が亡くなったあとも家で父親のために家事を続け、結婚することはなかった。デズモンド家の建物は一年近く空き家だったが、その後、オクラホマから来た人々によって購入された。

壁と、その壁に囲われた土地の持ち主である老婦人は、ある夜、眠っているあいだに、とても静かに息を引き取った。そのとき、彼女のベッドの横には、だれもいなかった。

シャーリイ・ジャクスンの作家人生は雑誌に短編を発表するところからはじまり、やがて『くじ』で世間の注目を広く集め、日本でもこの傑作短編が最初に紹介されました。さらに、わずか二十数年の執筆期間に膨大な数の短編作品を残したこともあって、彼女には短編小説家のイメージが強くあるのですが、実は、書籍化された最初の作品は、長編第一作目である本書『壁の向こうへ続く道』でした。自分の作品が一冊の本となって世に出ることには、やはり格別な思いがあったのか、彼女の死後に子供たちの手で編纂された作品集『なんでもない一日』（市田泉訳／創元推理文庫）の最後を飾るエッセーには、本書の出版を翌週に控えたある日の出来事がユーモラスに描かれており、その気持ちのほどがうかがえます。

ジャクスンは全部で六つの長編作品を残しましたが、日本での翻訳出版は後期のものが先になり、記念すべき一作目は最後のご紹介となりました。そうなった一因は、おそらく本書が、ある意味とても普通の物語だからではないかと、わたしは思っています。最初に早川書房から出された五番目の『山荘綺談』（のち『丘の屋敷（『たたり』改題）』として東京創元社からも出版）をはじめ、後期の三作品はいずれも屋敷を舞台にした恐怖小説で、『くじ』の読者の期待を裏切らぬテイストがありましたし、近年に出された二番目と三番目の作品は、いわゆるホラーではないまでも、主人公の極端な精神状況を柱にした、特異な味わいのものでした。しかし、本書の舞台は一九四〇年前後の西海岸の住宅地で、そこに登場するのは、上流にあと少し手が届かないレベルにある、ごく普通の人たちであり、描かれるのは、どこの郊外でも見られるような日常の群像劇。いくら第一作目でも、インパクトの強かった『くじ』に続いて出版するには、落差の大きい作品です。でも、だからといって、この作品が平凡でつまらないわけではありません。あとの五作品が先にあったからこそわかる〝ジャクスン節〟の面白さが、この作品には詰まっているからです。

二作目以降の長編について、わたしは〝恐怖小説〟〝特異な味わいのもの〟と書きましたが、恐怖を呼びこむ屋敷の存在や、主人公を苦しめる特殊な設定は、いわば作品にほどこされたお化粧。それを落とした土台の部分で、ジャクスンが常に描いていたのは、負の感情に支配されやすい人間の姿でした。その、だれもが隠し持つ暗い一面を、オブラートに包むことなく、皮肉とユーモアを絶妙に効かせて読者に提供してみせるのが彼女の基本スタイルであり、本書は最初からお化粧をしていない分、その〝ジャクスン節〟が、ダイレクトに響いてきます。

本書は群像劇なので、かなりの人数が登場します。もちろん、話の軸を作るため、集中的に描かれるキャラクターは何人かいますが、舞台となるペッパー通りだけでも住民は四十人ほどいて、それが入れ代わり立ち代わり、本音と建前の痛いやり取りをくり広げていくさまはバラエティに富んでおり、読んでいて飽きるところがありません。それと同時に感心するのは、ジャクスンの観察眼の確かさです。特に子供に関しては、表面的な部分だけでなく心模様まで、子供そのものの目線で細かく描写されており、四人の子がいた作者ならではのリアルさがありますし、子供には子供の、大人には大人の狭い世界の序列があって、それに支配されながら生きているところや、わずかなきっかけで変化する人間関係のありかたは現代にも通じ、まこと人の本質は変わらないものだと考えさせられます。また、ペッパー通りの住民のなかに、のちの作品を連想させる人物が散見される点は、ジャクスン・ファンにとって興味深い読みどころではないでしょうか。

ところで、本作品は二十世紀半ばのアメリカが舞台とあって、ところどころにあからさまな差別感情が描写されています。たとえば、ユダヤ人のマリリンが教室でクリスマスの話を意地悪くされたり、彼女とその母親がメリアム家を訪れた際に冷ややかな対応をされるのは明確な人種差別によるもの。アパートメントに住む中国人のエピソードも同様で、この人物については、のちにハリエットが「シナ人」と呼ぶ場面がありますす。この言葉、今では不適切な表現として、メディアをはじめ小説などでの使用が避けられており、本作でも扱いをどうするか迷うところがあったのですが、これはハリエット自身に明確な差別意識があって口にしている言葉であり、その場面での重要な要素でもあるため、あえて使うことにしました。実は、これと同じ問題はもう一か所あり、それは五章でリリアン・タイラーが口にする「知恵遅れ」という言葉なのですが、これもまた、リリアンが相手を蔑むためにわざと言っているのと同時に、彼女のゆがんだ本性を示す、その場面では欠くことのできない言葉でもあったため、編集者と相談のうえ、そのまま残すことにしました。不快に感じた読者の方には申し訳なく思いますが、その不快感は、そのまま、この物語においてその言葉を投げつけられた側の痛みそのものなのだとご理解いただけたら幸いです。

ちなみに、これらの差別用語を口にするハリエットとリリアンは、どちらも家族の強い支配下にあって、近所の人間関係においても比較的弱い立場にある存在です。そんな彼女たちでも――いや、そんな彼女たちだからこそ、自分より〝下〟の存在に対しては、平気でそれを貶める態度に出ることを示したこれらの場面は、ジャクスン節の面目躍如といったところでしょう。

それともうひとつ、今、名前のあがったリリアン・タイラーついて。本書では、彼女をランサム＝ジョーンズ夫人の〝妹〟として訳していますが、実は原文では sister としか書かれておらず、姉なのか妹なのか、明記されていません。なので、わたしも訳出にあたっては、そのあたりをあいまいに表現する方法を模索したのですが、やはり日本語にする以上は「姉」「妹」を使わないと、どうしても不自然になってしまうため、リリアンがランサム＝ジョーンズ家の世話になっている事情や、夫人がリリアンに呼びかける sweetie

という言葉の雰囲気から、夫人を姉、リリアンを妹として訳出しました。しかし、リリアンのほうが姉だとしたら、この姉妹の関係性はずいぶん変わることになります。もしかしたら、ジャクスンは読者に想像の余地を与えるために、わざと姉妹の別を明確にしない書き方をしたのではないかと考えるにつけ、訳者としては翻訳の壁に負けた自分に悔しさを覚えるばかりなのですが……これから本書をお読みになる方は、ぜひ、「姉」「妹」の文字を、ただのsisterに変えて読んでみてください。また、すでに読んでしまった方は、記憶に残っているふたりの立場を逆転させて、物語を思い返してみてください。この姉妹のいろんな場面が、何倍にも面白く、そして怖くなるはずです。

本書は六つの長編のうちで、もっとも普通の物語ですが、最後の最後にひとつだけ、ある大事件が起きます。けれども、その顚末も含めたうえで、やはりこれは〝普通〟の物語だと、わたしはそう思いました。なぜなら、ここに出てくるような人々を、ここに描かれるような町の風景を、ここで起きるような出来事を、わたしは知っているからです。だからこれは、わたしの町の、わたしの家族の、わたし自身の物語。

そして、あなたの町の、あなたの家族の、あなた自身の物語です。

二〇二一年十月二五日

渡辺庸子

シャーリイ・ジャクスン著作リスト

〈長編小説〉

1 The Road Through the Wall (1948)
『壁の向こうへ続く道』拙訳・本書

2 Hangsaman (1951)
『絞首人』佐々田雅子訳（文遊社）
『処刑人』市田泉訳（創元推理文庫）

3 The Bird's Nest (1954)
『鳥の巣』北川依子（国書刊行会）

4 The Sundial (1958)
『日時計』拙訳（文遊社）

5 The Haunting of Hill House (1959)
『山荘綺談』小倉多加志訳（ハヤカワ文庫ＮＶ）
『丘の屋敷』拙訳（『たたり』改題・創元推理文庫）

6 We Have Always Lived in the Castle (1962)
『ずっとお城で暮らしてる』山下義之訳（学研ホラーノベルズ）
『ずっとお城で暮らしてる』市田泉訳（創元推理文庫）

〈短編集〉

1 The Lottery, or The Adventures of James Harris (1949)
『くじ』深町眞理子訳（早川書房）二十五編中二十二編を収録

2　The Magic of Shirley Jackson (1966)

3　Come Along with Me (1968)
『こちらへいらっしゃい』深町眞理子訳（早川書房）

4　Just an Ordinary Day (1996)
『なんでもない一日』市田泉訳（創元推理文庫）五十四編中三十編を収録

5　Let Me Tell You (2015)

〈ノンフィクション〉

1　Life Among the Savages (1953)
『野蛮人との生活』深町眞理子訳（早川書房）

2　Raising Demons (1957)
『悪魔は育ち盛り』深町眞理子訳（『ミステリマガジン』に一部連載）

〈児童書〉

1　The Witchcraft of Salem Village (1956)

2　The Bad Children: A Musical in One Act for Bad Children (1959)

3　9 Magic Wishes (1963)

4　Famous Sally (1966)

訳者略歴

渡辺庸子

1965 年、東京都生まれ。法政大学文学部日本文学科（通信課程）卒業。
訳書にシャーリイ・ジャクスン『日時計』『丘の屋敷』（『たたり』改題）、ケイト・トンプソン『時間のない国で』三部作、少女探偵ナンシー・ドルー・シリーズ、ジェラルド・ペティヴィッチ『謀殺の星条旗』ほか。

壁の向こうへ続く道

2021 年 12 月 10 日初版第一刷発行

著者 : シャーリイ・ジャクスン

訳者 : 渡辺庸子

発行所 : 株式会社文遊社

東京都文京区本郷 4-9-1-402　〒 113-0033

TEL: 03-3815-7740　FAX: 03-3815-8716

郵便振替 : 00170-6-173020

装幀 : 黒洲零

印刷・製本 : 中央精版印刷株式会社

乱丁本、落丁本は、お取り替えいたします。
定価は、カバーに表示してあります。

The Road Through the Wall by Shirley Jackson
Originally published by Farrar, Straus and Company, 1948

ISBN 978-4-89257-138-1